Best Time

白 马 时 光

# 他为星辰（下）

HE IS THE STAR

北倾 著

江苏凤凰文艺出版社

# 目录 Contents

/下卷/ 至此终年

Chapter 13　一眼定终身　　　003

Chapter 14　从今以后　　　024

Chapter 15　介意的事　　　048

Chapter 16　想对你说的话　　　070

Chapter 17　苏清澈，我等你回来　　　092

Chapter 18　为你而来　　　111

Chapter 19　领证　　　138

Chapter 20　保护与守护　　　155

目 录
Contents

| Chapter 21 | 不一样的时光 | 176 |
| Chapter 22 | 心疼 | 200 |
| Chapter 23 | 还没有说过我爱你 | 226 |
| 番外一 | 陆参谋长之听说姻缘天注定 | 246 |
| 番外二 | 苏家滚滚 | 256 |
| 番外三 | 秦家苏苏 | 263 |
| 番外四 | 谦诚潇璃——喜欢 | 268 |
| 番外五 | 踏过时光 | 274 |
| 番外六 | 你乖 | 280 |

# 至此终年

— 下卷 —

一辈子能有多久?
待他解甲而归,终不负她的痴心以待。
他轻柔地吻着她,在这入了夜的温柔里。
时光也盗不走的爱人。

## Chapter 13
## 一眼定终身

宋星辰是在一片晨光中醒来的,飘窗微微开着,拂过来的风似乎都带了阳光的味道。

她刚吃完他昨晚煮的皮蛋瘦肉粥,电话就响了起来。

苏清澈也正好刚到部队,见她乖乖地醒来,说了几句就挂了电话。

宋星辰把粥盛到保温杯里,拎着就去医院看奶奶了。

宋爸爸正推了宋奶奶在楼下的花园晒太阳,见她匆匆地跑过来,赶紧叫住了她:"怎么毛毛躁躁的。"

宋星辰扬了扬手里的保温杯:"奶奶,我给你带了皮蛋瘦肉粥,我们吃点儿好不好?"

"清澈做的吧?"宋奶奶娇嗔地看了宋爸爸一眼,这个动作由她做起来格外地喜感,"你来晚了,清澈一大早就来过了,把粥放下就赶去部队了。这孩子比你爸有心多了。"

宋星辰看了一眼宋爸爸那不好看的脸色,忍了忍最后还是没忍住,笑出声来,被宋爸爸一瞪立马又老实了。

等宋爸爸上楼去了,星辰才摸出手机给苏团长发信息。

宋星辰："苏团长，你这么直接挑衅我爸，不怕被打压得更厉害吗？"

苏团长大概是正在忙，好久才回了信息："我都是要给你爸当儿子的人了，趁现在还能造反当然要利用机会表现一下。"

她笑得乐不可支。

"跟清澈发短信呢？"宋奶奶看了她一眼，牵着她的手让她走到跟前，"其实我这身子我也知道，你爸爸让我做手术，我想了一晚上，为了我的星辰我也打算试一试。"

宋星辰柔顺地在她的座椅前蹲下来，把她干燥的手握进掌心里："奶奶，我只想你好好的。"

"我知道。"宋奶奶笑了笑，揉了揉她的头发，就像是回到了小时候，宋星辰伏在她的膝上晒太阳一样。

她的眼神似乎是透过宋星辰看向更远的地方，半响才轻叹了一口气："我怕等不及看你嫁作人妻了，星辰。"

宋星辰就着这个姿势把脸埋进了她的掌心里，很温暖的掌心，她却控制不住地抽泣出声，眼泪一滴滴地打在宋奶奶的手心里："奶奶。"

"不哭，哭什么啊。"宋奶奶弯了唇角笑，"我活了这么一大把年纪，替自己活的，替我那已经去世的老爷子活的，都活够了。虽然还有放不下的，可也该走了。"

宋星辰不说话，只是咬着唇，心里像是有一只蛰伏已久的怪兽，猛然苏醒过来，在她的心口掀起大风大浪，一下下都打得她生疼。

"其实没什么，人固有一死。你这么大也该懂事了，要开解你爸爸，他这个人认死理，固执得不行。"说话间，她低头看向伏在她膝上的宋星辰，抬手给她擦了擦眼泪。

"有些人不在了，你会觉得活着都是种痛苦，索然无味。"她一顿，缓缓笑了起来，"星辰，不论我什么时候走，你都不要难过，我只是去找你爷爷了。"

## Chapter 13  一眼定终身

宋星辰的确没法理解这种深种心里几十年的感情,那种已经融入骨血和自己成为一体的爱情太沉重,她还没有资格领受。

不过她是知道宋奶奶为什么要趁着宋爸爸不在的时候跟自己说这些的,谁能比自己更了解自己的身体,宋奶奶的身体状况其实已经很差了,现在唯有最后放手一搏,进行最后一场手术了。

手术都有风险,尤其是宋奶奶这种风中残烛的身体,上了手术台下不来的可能性很高。

宋爸爸和宋奶奶的感情深,最不爱听她说这些话,但是宋星辰能听懂,她知道,宋奶奶是真的想爷爷了。

韩潇璃是下午来的电话,她昨晚打完电话之后立刻就订了飞机票回来,连行李都来不及放,就直接到了医院里。

宋奶奶正在休息,宋星辰就开车先送她回去。

韩潇璃一路上都闭口不说话,等宋星辰把她送到了门口,她才一个转身把人紧紧地抱住:"星辰。"

倒是宋星辰被她这个动作弄得措手不及:"怎么了啊?受委屈了?"

韩潇璃一边感慨宋星辰无论何时在她面前都是一副御姐样,一边可怜兮兮地抹了把眼泪:"你别这样啊,弄得好像我在唱独角戏一样,你难过的时候哭一下会死吗?"

"我什么时候难过了?"她拍了拍韩潇璃的背,"行了啊,我才是当事人,能别抢我风头吗?"

"我这不是愧疚得嘛!"韩潇璃松开她,一双眼睛黑亮亮雾蒙蒙地看着她,"真的啊,你要是哭就到我怀里来啊,我都没见你哭过,太不甘心了好吗?"

宋星辰扯了扯唇角,眼神却暗淡了下来:"我没事,你犯得着直接飞回来吗?小心导演不给你发工资,你回去抱着伯父伯母哭去吧。"

韩潇璃挽着她的手又蹭了一下:"我明天再去看你,昨晚一夜没睡,只顾着担心你了。"

　　说不感动是假的，宋星辰只觉得胸口有什么东西满满的，都要溢出来一般，眼眶也微微地湿了："有些时候流过一次眼泪就没必要再哭了，虽然现在一想起来就挺难受的，但奶奶好歹还在我身边，一切都会好起来的。"

　　生命中总是有一些人会选择离开，或者留下来。

　　我们无法左右他们的决定，无法阻拦他们的离去，也无法决定他们的生活。

　　能做的无非是尽力，就像苏清澈说的，很多事情尽力就好，哪怕遗憾，以后想起来自己是努力过的，也会释怀了。

　　更何况是生老病死呢，留不住的人强留下来也是一种痛苦。

　　苏清澈和她说的，以及宋奶奶对她说的，都是这个意思。


　　回去的时候宋爸爸和宋妈妈都在，正陪着宋奶奶看戏剧。满屋子的咿咿呀呀，但此刻听在宋星辰的耳朵里却是分外温暖。

　　宋奶奶的食欲最近越来越不好，有时候连一碗清粥都吃不下，今天兴致来了说要吃饺子，宋妈妈把食材弄好特意带到医院来让宋奶奶一起包。

　　宋星辰对这些一向一窍不通，偶尔愿意尝试下也是没包几个就落荒而逃。

　　此刻安安静静地坐下来，说说笑笑的，似乎时间一下子流逝，他们并不是在病房里，而是到了春节过年。

　　想起去年的春节，奶奶和妈妈在厨房包饺子，她还捧着手机在客厅玩游戏。屋子里暖气充足，她盘膝坐在沙发上偶尔张望下厨房，从未想过今年的春节也许就会少了一个人。

　　一个从小陪伴她长大，却渐渐老去，终于要离开的人。

## Chapter 13  一眼定终身

宋奶奶对包饺子、包馄饨都自有一手,速度快,样子也好看,宋星辰坐在她边上慢慢地学。电视里依然是那戏曲的声音,宋星辰的心却一如去年春节那晚一般,满满的,热乎乎的。

"星辰,我要是有个万一就没办法再教我的学生画画了,你是我亲自教的,反正也闲着,帮我带带他们吧。我要是一走,这个学校就没有美术老师了。"宋奶奶把饺子放到碟子里,侧头看了她一眼。

这个姑娘从小在她身边长大,如今亭亭玉立,想不感叹时光荏苒都不行。

宋星辰想了想,点了点儿头:"好。"

宋奶奶自打爷爷去世之后就调职去了离家最近的中学教语文,后来那里缺美术老师,她就兼职再教美术。宋星辰的美术也是宋奶奶一手教的,家里最多的应该就是爷爷的画像了,全部被宋奶奶放在箱子里妥善保管着。

那么轻的纸,承载着她的思念,慢慢地厚重起来,到如今,那箱子连宋爸爸都抱不动了,就搁在宋奶奶的床前,当床头柜用。

宋星辰已经有好几日没顾得上网店了,今晚宋爸爸守夜,她就自己开了车回去。

苏团长回来的时候,她正在一堆情趣用品中写快递单。

他拉开门一看,就看见宋星辰蹲在地上,一双眼睛还雾蒙蒙颇有些懵懂地看了他一眼:"你怎么走路那么轻啊,我还以为进贼了。"

苏团长挑了挑眉,倒是笑了起来:"哪家的贼这么不长眼,进首长家偷东西?"

"你不就是吗?"她把东西打包好全部装进快递箱子里,揉了揉酸疼的腿站起身来。

苏清澈就在她身侧,见她腿又麻了,微俯下身子把她横抱起来,往客厅走:"我是个有格调的小偷,不偷东西,我偷人。"

宋星辰搂着他的肩就笑出声来,笑着笑着就想起了什么,紧紧地一搂苏团长的脖子。

苏清澈一顿,看向她:"怎么了?"

"我们结婚吧,就明天。"

她说这话的时候眼睛一直都是看着苏清澈的,在灯光下那眼底细细碎碎的光拼凑起来聚拢成流光,闪闪烁烁。

他也只是一顿,没说好也没说不好,只是抱着她坐在了沙发上,细致地给她捏了捏腿:"还麻不麻?"

宋星辰却只是盯着他,他一抬起头来她就干干脆脆地捧住他的脸,不让他有逃避的机会:"我说我们结婚!"

苏清澈眸光一闪,似笑非笑地睨了她一眼:"为什么?"

"想结婚了。"她这么回答。

"宋同志,你很不理智。"他微曲了手指在她脑门儿儿上轻轻一弹,"你是自己说还是我一句句地问出来?"

宋星辰顿时蔫了,噘着嘴气恼地瞪了他一眼:"我都求婚了,你就不能头脑一时发热地答应我啊?这么理智,是不是你对我的感情都是假的?"

苏团长原本还打算拿话逗她,她最后一句话脱口而出之后,他唇角那似笑非笑的笑意也一下子收敛得干干净净。

他瞬间变得那么严肃,宋星辰就更心慌了,心里跟有谁在敲鼓一样,一下下地打着节奏,循序渐进,然后越来越快,越来越急促。

苏清澈蹙眉看了她好一会儿,才无奈地轻叹了一口气:"求婚这件事应该由我来。"

宋星辰不说话,只是垂着眼看着他落在她腿弯的修长手指。

"我大概知道你是为什么想明天跟我结婚。"他这么说着,稍微动

## Chapter 13 一眼定终身

了动。

宋星辰却以为他是要松手,赶紧环住他,贴得更近了些。

苏清澈一手揽住她,一手拿过他刚才放在桌上的平安符:"这个明天拿去给奶奶,老爷子听说了奶奶生病的事,就去寺庙求了一张平安符回来。虽然我不是很信这个,但终归是老爷子的一番心意。"

宋星辰接过拿在手里,再转头去看他时,眼底又泛起了湿漉漉的雾气。

"结婚不是小事,是你这辈子最重要的决定,我不想你以后留有任何遗憾。你爸爸现在还都是在观察我的态度,我要是真的明天就跟你领证了,你是打算让我未来的老丈人真的不待见我了是吧?"他放缓了语气,揽着她的手又紧了紧。

"结婚这事应该我比你急,你看我现在遇见了这么好的一个姑娘,不领证我也不安心。等奶奶稳定了,我正式地登门见见你的父母,你再随我去见过老爷子。到时候谁拦着我,我跟谁急!"

他这番话下来,宋星辰顿时笑出声来:"可你拒绝了我的求婚,我很没面子啊。"

苏清澈原本想说,那等我求婚的时候你让我多求几次再答应,但一想宋星辰极有可能真的这么做,那到时候苦的就是他了。

于是,到了嘴边的话就是一转,变成了:"自己人,面子问题还用得着计较?"

很久很久之后,有一次陆参谋长得知了此事,曾经问过苏团长:"嫂子那次向你求婚,你怎么就那么正人君子地拒绝了?别跟我讲大道理啊,我太了解你这个人了,腹黑得要死,绝对不会放过这个机会的!"

苏团长闻言挑眉看了他一眼,默认了。

没得到答案的陆参谋长哪里会放弃这个好机会,当下又问了一遍:"你倒是告诉我原因啊。"

苏团长手中的笔就是一顿，力透纸背，他漠然地扫了他一眼："告诉你可以，你最近新上路的那辆路虎还不错，借我几天？"

话点到即止。

陆参谋长这么个不机智的人果然挣扎了一下就在能够得知苏团长答案的诱惑下点头了，直接掏出钥匙扔了过去："快说！"

苏团长接过钥匙，慢条斯理地又抿了口茶，才徐徐然道："那时候结婚报告还没写……"

再说那辆路虎，被借走之后，再也没有回到陆参谋长的手里。

宋奶奶的手术虽然成功了，可是对病情却是没有一点儿帮助，反而因为这次上手术台元气大损，身子越发弱不禁风起来。

宋爸爸把Ａ大的事情安排好了之后就整日地都守在宋奶奶的床前，等她能出院了，又带着去看了中医。

宋奶奶现在只能保守治疗，再经不起任何的风浪了。

她还能坐着的时候，都会让宋爸爸把她存在箱子里的画像都拿出来，一张张地看，看着看着就会笑起来。

"国良，你倒是跟你爸越来越像了。"

宋星辰坐在边上给她煨暖了汤药："奶奶，喝药了。"

"再搁一会儿，今天不想喝。"她摆摆手，那干燥的手指缓缓地又落在了画像上宋爷爷的脸上，"我苦了大半辈子，可是得了他最后的爱护也算是值了，所以国良，你不要对清澈有偏见。"

"有一个全心全意爱星辰的男人，真的比什么都来得重要。"她絮絮叨叨地说着，眉眼间的神色越发温柔，"清澈呢？好久没见着了。"

"在部队呢，他说过几日来看你。"宋星辰接过宋爸爸递来的汤匙，舀了一勺送到宋奶奶的嘴边哄着她喝，"奶奶，就喝一口。"

宋奶奶哪会不知道她打什么主意，张嘴含下："我这个老婆子有什

## Chapter 13 一眼定终身

么好看的,清澈的工作忙,你要体谅他。"

阳光暖洋洋的,宋星辰透过那乌黑的汤汁看见了自己微垂下的眼,满满的都是舍不得的悲伤。

苏清澈一有空就会来宋奶奶这里看她,每次他一来,喂汤药的活计就绝对是他接手了。

宋奶奶现在偶尔也会有神志不甚清楚的时候,宋星辰不知道她身上有多痛,但是知道她是强忍着的。半夜睡着,都会胡言乱语地说着梦话。

但苏清澈每次过来,她的精神始终都很好。会让苏清澈把椅子搬到院子里,然后晒着太阳说着话。

很多时候都说的是部队里的事,好像只有这样,她才能证明自己是一直存在于爷爷的生活里一般,偶尔想念起来就会一言不发地看着远方。

这日苏清澈刚喂宋奶奶喝完药,陪着她在院外晒太阳。宋星辰拿着碗进了厨房,就看见宋爸爸正背对着她抹眼泪。

宋星辰心里顿时就被刺了一下,轻轻地把碗放在一边就走出去了。

屋里已经没有阳光了,她站在门扉后面,这么一道门之隔,就像是两个世界一般。

宋奶奶偶尔侧头微笑的时候,神情很温柔很温柔。

她站了好一会儿,才平息了心底涌起的酸涩,缓缓走了出去,坐在宋奶奶的身侧,像小时候一样笑眯眯地趴在她的膝盖上。

宋奶奶身形越来越消瘦,前段时间还不觉得。宋星辰此刻一趴下去就感觉硌得慌。

苏清澈察觉到她一僵,顺手揉了揉她的头发。等她抬起眼去看时,他并未在看她,唇边一抹浅笑,如沐春风。

只是手指轻轻地握住了她。

下午宋奶奶睡下之后，宋星辰就跟苏清澈一起整理她早上翻出来的那些画。

宋奶奶不只画了宋爷爷，还有许多小时候的宋星辰。几乎是每天一张，然后妥帖地放起来。

他一张张地看着，看到其中那张宋星辰搭了一个画架坐在院子里画画的图时，略略地一挑眉，颇感兴趣："你倒是没告诉过我你会画画。"

"很久不画了。"她凑过去看了一眼，转身去壁橱里拿东西。

她小时候的涂鸦都被宋奶奶放了起来，她抱了一摞出来，摆在了他的面前。两个人就着临窗的地板上盘膝坐下，身后落了一地的阳光。

宋妈妈端了茶过来，看见的就是宋星辰和苏清澈头碰头笑着的样子，自打宋奶奶生病了之后，倒是很少看见星辰这么开心地笑了。

她就站在楼梯上看，看了好一会儿，还是不愿意打扰，轻轻地下了楼。

宋爸爸正坐在沙发上看相册，见她捧着茶上去又原样地下来，问了句："怎么了？"

"难得奶奶开心，星辰也开心。"她笑了笑，给他把茶又热上，"你老实告诉我，你对苏清澈这孩子的印象怎么样？"

宋爸爸仔细想了想，微微地皱了眉头："他是不错，可那又怎么样，他再好，都是要娶我女儿的，我就怎么看怎么不顺眼。"

宋爸爸难得孩子气，宋妈妈抿了口茶，倒是笑了起来："星辰还像个孩子一样，他比星辰大，总是能照顾得她很好。你女儿就是一个小事儿精，这天下能管得住她的人还真没几个，尤其是管她，她还心甘情愿的。"

宋爸爸显然也是意识到了这一点儿，不由得心头烦躁："你倒是长他人威风，星辰那么好，谁能娶她那是福气。想娶我女儿，还就得我点头同意了才行。"

他的女儿他从小捧在手心，舍不得说一句重话，舍不得她受一点儿

## Chapter 13　一眼定终身

委屈，真的是世间所有的好都双手奉上，只为博她一笑。

长大之后更是防火防盗防师兄的，哪知道她偏偏就看上了苏清澈。

如果不论苏团长那职业，的确是千个万个好，饶是宋国良也觉得自己做不到那么好。但是军人这个职业，始终是他心上难解的心结，随着时间的增加，那心结就慢慢地变成了病，没有良药，怎么能好。

宋奶奶的情况越来越糟糕了，现在已经没有坐起来的时候了，一般都是躺在床上，身形消瘦，更是只能吃点儿流食了。

昏睡的时候居多，偶尔清醒了过来，宋星辰就会给她身后垫上枕头，帮她梳理头发。

宋爸爸请来的两个护工会帮忙擦身子、清洁床铺，日子过得淡淡地，就如那午后微醺的阳光。

暖暖地，却又有挥之不去的凉意。

宋奶奶再次被送进医院的时候，医院直接下了病危通知。

那么苍白的病房里，她只剩下了一口气，轻轻的，若有若无。

宋星辰就坐在她的病床前，握着她满是针孔的干燥的手，手心有些凉，但宋星辰握着，就能感觉到她还是存在的。

这个时候她才明白，为什么苏清澈那么喜欢握住她的手，哪怕有时候她手凉凉地透着一股冷意，他都会直接握在掌心里。

两个人肌肤相贴，温度互相传递，真的很温暖。

下午的时候，奶奶倒是醒了过来，睁着眼看着天花板很久，才缓缓地笑了起来。

她的精神很好，能够坐起来，但说的话却让宋星辰的心一点儿一点儿地凉透了。

人总归是要走的，她留不住了。

苏清澈是那天晚上从部队出来的,先到了医院看奶奶。奶奶从今天下午开始就一直精神很好,苏清澈来的时候她还笑着跟他打了招呼,握着他的手好一会儿都不松开。

"你要对我的星辰好。"从头至尾,她只是说了这么一句。

宋星辰就站在苏清澈的身后,轻轻浅浅地弯了唇角笑了笑:"奶奶您放心,他不敢对我不好。"

苏清澈郑重地握住宋奶奶的手,点了点儿头:"我会对她好的,您放心。"

宋星辰鼻尖一酸,说不上是什么感觉,只觉得心里空荡荡的,似乎又刺得疼,只觉得呼吸到胸腔里的空气都带了一股刺鼻的呛味,脑袋都晕晕地疼。

她是真的不敢想,如果奶奶走了,如果走了……她会有多难过。

宋奶奶就是那天晚上走的,宋星辰等苏清澈走了之后就睡下了,睡到半夜眼皮一直跳,却怎么也叫不醒,医生来看过后就摇摇头,让他们做好准备。

宋星辰握着她的手,紧紧地握着,她能感觉奶奶现在正在挣扎,很痛苦地挣扎。

痛得厉害了,还溢出轻轻的呻吟来,似乎是有气无力,连在承受的痛苦都不能发泄出来。

宋星辰心疼得厉害,眼泪止不住地往下掉。

宋爸爸立在床前,抿着唇一言不发,宋妈妈就陪他站着,眼底都湿了。

最后还是宋星辰忍不住放声大哭起来,她双手紧紧地握住宋奶奶的手,把脸蹭在她的掌心,一遍遍地叫她:"奶奶,奶奶,你醒过来好不好?"

宋爸爸站了片刻,才轻叹了一口气,眼神颇有些晦暗不明:"星辰,让奶奶走吧。"

## Chapter 13 一眼定终身

他话音一落,宋星辰就感觉宋奶奶的手微微地动了动,她抬起头来,只看见宋奶奶似乎是笑了一下,很吃力很吃力地笑了一下,手指缓缓收拢,把她的手指握在了掌心里。

宋星辰说不上来此刻自己是什么感觉,只觉得浑身都疼,所有的力气全部都集中到了手指上一般,只知道握紧她。

苏清澈不知道是什么时候来的,拍了拍她的肩,轻轻附到她耳边:"乖,松开,你把奶奶握疼了。"

宋星辰恍然地抬眼看去,他正好低下头来,微微抿了抿唇,抽了纸巾给她擦脸:"哭得跟小花猫一样,奶奶要笑话你了,嗯?"

他的声音轻柔,一下下地,更多的都是安抚。

宋星辰内心的恐惧似乎瞬间就缓解了些,她动了动唇,是想跟苏清澈说奶奶快不行了,可话到了嘴边,却怎么也说不出口。

苏清澈也顾不得宋爸爸和宋妈妈在场,就这个姿势微微偏了头,轻轻地吻在她的发上:"我在。"

短短两个字,宋星辰的心里却掀起了轩然大波。

宋星辰缓缓地松了些紧握着宋奶奶的手,又靠近些,在她的耳边轻声道:"奶奶,没关系,我知道的。如果你真的累了,你就走吧。我跟爸爸妈妈都会好好的,你不要挂心了。"

苏清澈微微皱了皱眉头,唇角紧抿成一条线。

"爷爷的那些画我就偷偷留一张,别的都让你带走……"她突然哽咽了起来,"我真的没有关系,就是不能再多陪你一些时间。"

送别总是惆怅的,宋星辰的人生里过往那么多人,可真正经历的生死离别却只有这一次,爷爷去得早,她对他的感情也不深,可奶奶不同。

这个坚强的女人贯穿了她整个人生,影响深远,她是真的舍不得。

可终归要离别。

宋奶奶就是那晚走的,离开得很平静。

在她说完了那些话之后，宋爸爸就让她出去外面等，没过多久，宋妈妈就出来叫她进去。

她对那晚唯一的记忆就是苏清澈偏头落在她发上的轻吻，奶奶握住她的干燥手指，宋爸爸紧绷着下巴的凝重哀痛的表情，以及走廊里惨淡的灯光。

整夜整夜的凉意，她看着好像是没有尽头的走廊，只觉得心里一片空荡荡的，生生被剜走了一块肉一般，疼得她五脏六腑揪着疼。

宋星辰以为她会根本接受不了这个现实，可就在知道宋奶奶走了之后，她却发现自己其实已经很平静了。

甚至很理智地问接下来要做的事情。

最后还是宋爸爸让苏清澈先把她带走，回去好好休息一下。

宋星辰一躺下，闭上眼看见的全部都是宋奶奶坐在椅子上，她笑着伏在她膝上的样子，那么温暖，也格外地遥远起来。

她哭着醒来，就看见苏清澈坐在床边，正拿热毛巾给她擦脸。

"睡不着就不睡了。"他的手落在她的手上，拿毛巾细细地擦了擦，"要不要吃点儿东西？"

宋星辰摇摇头："你陪我好不好？"

苏团长从善如流地把人搂进怀里上了床："我们聊聊？"

他的声音低沉，就在她的耳边响起。

宋星辰其实一直很奇怪苏团长的声音对于她为什么那么功效显著，她手足无措的时候他一安抚她，莫名地就会觉得很有安全感，这种习惯性的依赖其实对于宋星辰来说反而是颗不定时炸弹。

她歪头在他胸口上蹭了蹭："我觉得我越来越离不开你了。"

苏清澈把她揽在怀里，细心地拉了薄被把她裹了进去："离不开才好。"

宋星辰抬头去看他，手指搭在他的胸口很是不安分地动了动："苏清澈。"

"嗯？"他懒洋洋地应了一声，托着她的腰把她微微拉高了些，"我怎么今天才发现你那么黏人呢，我一直以为我媳妇是高冷型的女强人。"

"你判断错误了。"她轻捏了他一笑，微垂了眼睫。

"我有一个战友，他也是前段时间刚送走了他的奶奶。"他手指搭在她的长发上轻轻地梳理，"可就在送走奶奶的前几个月，他已经送走了他的爷爷。"

宋星辰抬眼去看他，他就顺势在她的脸上啄上一口："政委还怕他情绪低落不好受，就去做他的工作，可其实啊，虽然难过他却很释怀，你知道他说了什么吗？"

"天下无不散之筵席吗？"她问。

苏清澈轻叹了口气，把她揽得更紧了些："他说他的爷爷奶奶平生就很恩爱，恩爱了一辈子。爷爷走了，但是他想奶奶了啊，所以就回来叫她了。"

宋星辰微微垂了眼，不说话。

他手指搭在她的背上有一下没一下地轻轻拍着："很多时候留下来的人才是最痛苦的那一个，奶奶那么爱你的爷爷，可她为了你、为了整个家操持到如今，累了倦了，爷爷就回来接她走了。"

"你是想说离别只是为了以后更好地相聚吗？"她终于笑了起来，眼底细细碎碎的又是以往的光亮。

"是啊，只是爷爷来接她走了。"

她的视线渐渐地就模糊了起来，一瞬间有太多的场景从眼前呼啸而过。

奶奶明媚地笑着，指着照片让她叫爷爷，握着她的手教她画画，让她伏在膝上晒太阳，亲手给她做她爱吃的馄饨。

所有的场景到最后都变成了今晚，惨淡的灯光下，奶奶干燥的手指有力地握住她。那眼皮还在颤动着,似乎挣扎着要醒来,可就在她说她会过得很好时,奶奶唇角那若有若无的笑意。

奶奶啊,你是不是真的等到爷爷来接你了?

这个你爱了大半辈子的人,坐在了轮椅上都要一天天摩挲他的画像,看见他的照片还会不由自主地微笑,哪怕只剩你一个人,可一想到他就会很满足,就这样坚定地爱了整个青春。

哪怕生命的尽头依然念念不忘的男人。

你曾说这个男人第一次出现在你的生命里时,一身笔挺的军装,站在阳光下,浑身都像是发着光一样。弯着的眸子里似是有一潭清凉的泉水,就这么一眼,你便误了终身。

宋星辰从回忆中走出来,看到苏清澈的眼神坚定、温暖,虽然什么都没说,可就一个这么坚定的眼神,她便觉得足矣。

宋星辰的眼底微微湿润,她抬起手捧住他的脸,倾身吻上。

苏清澈,愿你也是时光盗不走的爱人。

宋奶奶的身后事在冬至前总算办完了。

宋星辰想着以前冬至都是到奶奶家一起包饺子吃,现在奶奶刚走,这个冬至过起来都有些没味。

吃过饭她收拾了碗筷洗碗,等再出来的时候就看见宋爸爸坐在沙发上看电视,但那架势分明就是在等她的。

她切了水果端过去,在他身边坐了下来。

"你打算什么时候去中学教画画?"他推了推鼻梁上的眼镜,语气一如既往地温和。

宋星辰已经接到了通知,择日就可以去上课了,不过眼下只是星期五,她便打算过了周末再说:"星期一就过去,只是实习带课。"

宋爸爸看了她一眼,点点头不再说话。

## Chapter 13  一眼定终身

宋星辰因为奶奶的事情这段时间一直没管网店,想着也该开起来了,坐了一会儿就打算回去。

宋妈妈送她到门口,嘱咐了好些话,等她开了门,宋爸爸倒是说了一句:"什么时候让苏清澈过来一起吃饭。"

宋星辰一脚刚踏出门口,就这么傻站着了。

还是宋妈妈突然笑了起来:"赶紧回去,路上小心,到家了给妈来个电话报平安。"

宋星辰很是淡定地关上门,淡定地下了楼,等走出楼道才蓦然停住了脚步,弯起唇角笑了起来。

苏清澈接到电话的时候正在部队里,陆参谋长正跷着腿在沙发上坐着,就见苏团长挂完电话之后,眼角、眉梢都是笑意。

他刚想八卦一下,罪恶之手还没伸出去呢,苏团长就一挑眉看了过来,钩了钩手指:"走,我们去五公里越野。"

陆参谋长顿时脸色大变……

次日苏团长和政委交了班之后就直接赶回来了,他来得早,身上还有着清晨浓重的雾气。

宋星辰昨晚忙了一夜,又是清仓又是盘货的,最后直接在客厅的沙发里将就着睡了,空调开了一晚。

苏团长被这一屋干燥的热气迎面袭过来,微微皱了皱眉头,随后就看见一片晨光中,蜷着睡着的宋星辰。

他扫了一眼她面前的笔记本,现在已经在待机了,他轻晃了一下鼠标就看见了她盘货的表格。

见她一时半会儿也不会醒,想着现在抱她去卧室还没客厅里暖和,索性就卷了袖子下厨去给她做吃的。

苏清澈自打宋奶奶去世之后也一直忙着部队里的事情,虽然偶尔回来，下厨倒是少了。反观宋星辰，冰箱里塞了好几包速冻的饺子和馄饨，三餐质量堪忧啊！

他想起昨晚她打来电话时，那掩不住的雀跃的语气："苏团长啊，跟你报告一件好事，你要怎么奖励我啊？"

苏团长记得那时候陆参谋长也在，他就微微压低了声音说了句："随便你怎么支配。"

宋星辰那边顿了一下，难掩笑意地问了句："是全身各部分零件都随便我怎么支配吗？"

苏团长略略一挑眉，心情顿时好了起来，刚写完报告的疲惫感似乎都消失不见了："嗯，你现在可以说了吗？"

"我爸让你什么时候有空跟我回家吃饭。"说着她又笑了起来。

苏团长虽然第一个反应很不厚道地是"鸿门宴"，但随即在她清脆的笑声中也舒展了微蹙的眉头，似乎是感染了她的开心，再说话时，声音也有了意外的温柔："随时有空。"

宋星辰刚从电梯里出来，正要拿钥匙开门，见他并没有意料之中的欢喜还轻声嘀咕了几句，边开门边说了一句："你明天有空吧，我们去见见老爷子吧，我也该去拜访了。"说完，也不等电话那头的他回答，很利落地就把电话挂断了。

这的确是个惊喜……

苏清澈拉开冰箱看了一眼，就打定主意做什么吃的了。

以前宋星辰的冰箱里要么空荡荡的，要么就都是不健康的东西，如今一开冰箱门起码还有能下厨的食材。

宋星辰还真的是在一室的香气里被馋醒的，苏清澈正好把面盛出来，一回头就看见宋星辰叼着个牙刷走进来，这边转一圈那边绕一圈的，这才满意地继续回去刷牙。

## Chapter 13 一眼定终身

等再坐下来的时候,面的温度正好可以吃了。她一筷子夹起,腾腾的热气顿时扑面而来,她深呼吸了一口面的香气,笑得眸子弯弯的:"苏团长,你是不是怕我半路跑了,所以那么无耻地使了美食计?"

他慢条斯理地把碗里的肉丝夹到她的碗里,微抬了眼看她,那眼神里的笑意分明就是在嘲笑她的不自量力:"你觉得你能在我手里跑掉?"

宋星辰一把夹住他的筷子:"太过分了啊!"

苏团长的筷子利落地一收,手腕一转就反夹住了她的筷子:"很多事情都是从小事就能反映出来的。"

宋星辰顿时觉得自己一大清早的就找不舒坦……

苏清澈那些体贴啊什么的绝对是浮云,今天一听说她要跟他回去见老爷子了,本性就暴露了。

这么想着,她的小脑袋顿时就开了光一般一个念头飞快地闪过:"苏团长……你是不是目的达到了,打算过河拆桥?"

苏清澈差点儿没跟上她跳跃性的思维,转了好几个弯才反应过来她说的是什么:"我的最终目标是领了证把你领回家,我现在过河拆桥有什么好处,嗯?"

宋星辰终于明智地决定老实吃她的早饭了……

宋星辰其实对见老爷子早就做了准备,她知道苏老爷子喜欢字画,韩潇璃认识一个书画大家,她就早早地让韩潇璃去买了一卷回来。

当一卷字和一幅画到她的手里时,她随口问了一句价格,就默默地挑了眉。

不过韩潇璃那家伙说话大喘气,还有后面大半截子的话没说完。

她先用了大篇幅的笔墨说她是怎么委曲求全的,最后还被苏谦诚利用了这个把柄,最后委曲求全地为了宋星辰的终身幸福牺牲了自己。

宋星辰不耐烦地掏了掏耳朵:"重点。"

原本滔滔不绝的人立马严肃了脸色:"重点就是苏谦诚让程安安帮忙拿下的……"

宋星辰顿时嗅到了一丝阴谋的味道:"那你可还真的是委屈啊,竟然眼睁睁地看着自家男人去找以前的爱人帮忙,是不是好心酸啊?是不是心跟被捅了一窟窿似的?没哭晕在厕所里吧?"

韩潇璃顿时咬牙切齿:"滚!你给我付钱!不送给你了!"

"晚了。"她顺手把东西收起来,喷了韩潇璃一身的尾气,悠悠然地就走了。

据说,韩潇璃在苏谦诚那里大闹天宫了三天三夜,可惜最后还是被苏谦诚镇压在了五指山下……

得知这个悲伤消息的宋星辰埋在枕头里笑了一天一夜……

这就是腹黑的损友啊!尤其是这个腹黑的损友还找了个比她更腹黑的男人夜以继日孜孜不倦地教导着。

苏老爷子一大早接到苏清澈的电话说要带媳妇上门的时候,连老战友的聚会都不去了,赶紧推掉,换了一身衣服端端正正地坐在客厅等孙媳妇上门。

王嫂从厨房到客厅来回几趟,不由得笑了起来:"老爷子,时间还早呢,说是中午吃过饭再来。"

苏老爷子正在翻报纸,闻言随口应了一声:"这臭小子总算舍得把媳妇带回来了。"

王嫂给他泡了壶茶:"迟早的事情。"

苏老爷子似乎是想起了什么,重重地哼了一声:"只有迟没有早!"

宋星辰打上午开始就一直在紧张,苏清澈还真的开始担心她会不会半路就跑了。直到到了家门口,宋星辰反而淡定了,他才松了一口气。

宋星辰站在门口深呼吸了好几口气,又扫了好几眼苏清澈,这才一

## Chapter 13 一眼定终身

副视死如归的表情,壮烈地按了门铃:"伸头是一刀,缩头也是一刀,死得快一点儿……"

苏清澈:……

王嫂来开门,看见苏清澈和宋星辰的时候还有些奇怪:"来了啊,老爷子等了很久了,怎么不用钥匙开门?"

"她比较喜欢按门铃……"苏团长如是回答。

宋星辰闻言一个激灵回头瞪了他一眼,一边笑着迎了上去:"伯母你好,我是宋星辰。"

"你叫我王嫂好了,别站外面了,外头风大。"

老爷子听见动静就回过头来,见从屋外进来了一个身材高挑的姑娘,他第一眼看见的就是宋星辰的那双眼睛,很清亮,像星星的光一样,闪闪烁烁的分外动人。五官也颇为精致,重要的是气质更是不错。

明眸皓齿,落落大方,光是这么站着就让人觉得眼前一亮。

其实说起来,苏老爷子起先还以为这位叫宋星辰的姑娘应该是清清秀秀的,不过现在看来,跟"清秀"二字是完全搭不上边。

倒还真如苏清澈说的,眉目如画,顾盼生辉,活色生香。

苏老爷子问过苏清澈,他当时说的就是这三个词,老爷子那时候还当他是开玩笑,现在一看果真如此。

苏清澈那日的原话其实是这样的:"老爷子,你觉得书香世家出来的姑娘都是秀气斯文的话绝对错了。星辰是个你看第一眼就觉得很有吸引力的女生,我形容不来她的好,只知道她是我这辈子第一个见了一次便怎么也忘不掉的人,眉目如画,顾盼生辉,活色生香。"

所以,苏清澈才是最早动心的那一个。

感情就是这样,你看对眼了,那真的就是就一眼,便能定终身。

苏清澈以前不知道,可现在他明白了。

Chapter 14
# 从今以后

宋星辰对见家长一点儿经验也没有,尤其是见的还是那么威名赫赫的家长,一时也有些手足无措。

苏清澈就站在她的身后,见她侧过脸来眼里那抹求救一般的眼神,差点儿没笑出来。

他弯了弯唇,手越过去牵住她的:"老爷子,这是宋星辰。"

苏老爷子顿时就弯了眉眼:"坐,别站着了。"

宋星辰紧张得头发都要打结了,深呼吸了一口气,才把手里拿着的东西双手递了过去:"老爷子,我听说您喜欢字画,机缘巧合地正好得了一幅,您看看喜不喜欢。"

王嫂笑眯眯地端了茶出来,给她斟上:"老爷子很随和,你不用紧张。"

宋星辰低眉浅笑地接过茶杯,轻声道谢。

宋星辰规规矩矩的时候其实并不是很多,她此刻坐在沙发上,绷直了背脊拘谨的样子倒是让苏清澈一直忍不住想笑。

见惯了她飞扬跋扈,倒是难得看见她有一次低眉顺眼的。

## Chapter 14 从今以后

老爷子接过那字画一看,眼睛就是一亮:"机缘巧合?我可不信。"他细细地看了看那幅字画,爽声笑了起来,"我可告诉你啊,我原本正打算过年让清澈这小子给我弄这个回来的,你倒是有心了。"

"她早就准备了。"苏清澈淡淡地补充了一句,"比我还上心。"

那语气里似乎是又有着浅浅的责怪,怪她宁愿去问别人苏老爷子的喜好也不来找他问。

苏老爷子一下子就听出了这个苗头,越发开心起来:"晚上就留下来吃饭吧,让苏清澈下厨。"

宋星辰侧目看了一眼苏清澈,弯唇一笑:"好。"

苏老爷子抿了一口茶:"你也知道,我们家庭是有点儿特殊的。清澈肯定也跟你说过了,但清澈从小是我看着长大的,我视如己出。"

苏清澈一直握着她的手,闻言睨了她一眼,唇边的笑意却是浅浅的,一直扬着。

"我知道的。"她轻轻地握紧他的手,看向苏老爷子,"这些我都知道。"

苏老爷子点点头:"我们家清澈啊别的都好,不管是对人还是对感情,都有责任心,所以星辰啊,你选择清澈绝对是你这辈子做得最好的选择。哈哈。"说着他自己也笑了起来,"你可别说老爷子我自卖自夸,我绝对没有为了推销这小子出去就夸大其词。不过清澈也的确老大不小了,过段时间啊我们就上门去拜访一下你父母,把事情给定了。"说着,用眼神示意苏清澈表示些什么。

苏清澈却是懒懒地一抬眼,嘴角含笑:"老爷子说得是,我会尽快办好的。"

宋星辰:……

"还有一件事啊。"苏老爷子突然收敛了笑意,一脸的凝重,"你看我那么大的岁数了,身边也没个承欢膝下的,都忙着工作。小孙女也去美国了,我觉得不仅婚事要提上议程,生孩子的事情也可以开始准备了。"

宋星辰心想:怎么有种进错门的感觉。

宋星辰在车上的时候一直忐忑不安,还一直问他苏老爷子是个什么性子,苏清澈那时候脸不红心不跳地说:"老爷子是个很严肃的人,年纪大一般也不喜欢小辈顶撞他,不管他说什么,你只要点头就好了。"

宋星辰紧张了那么久,此刻却深深地有种进入了狼窟的感觉。

她幽幽地看了一眼好整以暇的苏团长,弯唇笑了笑,对着老爷子道:"我也是这么跟清澈说的,可是他说我年纪还小,还没玩够,等我收了心,他调整到最佳状态之后我们再谈这件事。"

她故意加重了"调整"两字,果不其然,话音一落,苏老爷子脸色就是一变,不动声色地把苏清澈扫描了一遍:"胡闹,还调整!一大把年纪了,还当自己年轻呢。"

宋星辰差点儿没憋住笑出声来。

苏清澈也不辩解,只是看着宋星辰一字一句道:"老爷子说得是,我一定加快脚步争取明年抱俩。"

宋星辰想:怎么有种搬起石头砸了自己脚的错觉?

苏老爷子今天的目的全部达到了,也不多打扰小两口,借口有事就出门了,连带着王嫂都放了半天的假。

整个屋子立刻空荡荡的只剩下苏清澈和宋星辰了。

嗯……苏清澈的眼神有点儿奇怪。

宋星辰这么想着,就开始撤退了,她往边上挪了挪:"我怎么没听你提起过你还有妹妹这件事?"

苏清澈原本还想去捞她,闻言就是一顿:"提过。"

宋星辰仔细地回想了一下,最终也没想起来他是什么时候说过的。

## Chapter 14　从今以后

苏清澈显然是不想再继续这个话题，起身拉起她："想不想去看看我的房间？"

宋星辰那句"不想"还没说出口，苏清澈已经揽过她的腰强制性地往楼上带："在楼下想做点儿什么都不方便。"

宋星辰顿时石化了。

苏清澈对于一到他房间就自动进入探索模式的某人差点儿无语，刚进门的时候也不知道是谁死死地拖住他的手不让他有动弹的机会来着。

他才刚示意地说了句："起码让我先去把柜子合上。"

宋星辰就发挥了007的精神，开始翻箱倒柜找寻证据。

可其实他的柜子里只放着一些军功章，干净利落得无迹可寻。

他走过去从身后抱住她，慢条斯理地从一旁的抽屉里拿出一张全家福来："证据那么明显都找不到？"

全家福还是去年过年的时候照的，照片里有苏老爷子、苏清澈，另外两个看起来应该是苏爸和苏妈，那站在苏清澈身侧巧笑嫣然的应该就是苏清音了。

她"咦"了一声，手指着照片里的那位小姑娘："她就是……"

苏清澈看了一眼照片上俏皮的小姑娘点点头："嗯，苏清音——我的……妹妹。"

她微微皱了眉，转头去看他。

他一双眸子里似是有一弯清潭，影影绰绰的光忽明忽暗，一如既往地好看的眸子，可宋星辰却觉得他的眼神里有种说不清的违和感。

"你是不是有什么瞒着我？"她皱眉问道。

苏清澈身子一顿，却是挑了挑眉，理所当然地说："瞒着你什么？"

宋星辰刚想说你要是想瞒着，我能知道吗？可话到嘴边，却转了个弯："就算瞒着我，也是过去的事情了，对不对？"

她微扬了眉,这话看着是善解人意,可苏清澈却分明看清了她眼底那隐隐的警告。

还真是不改本性啊。

他轻叹了口气,看了一眼她手里拿着的那张照片,想了想,还是决定等有了合适的机会再说。毕竟,他还没有说出口的准备。

今天的主角是她,他一点儿都不想被谁打扰。

这么想着,他便说道:"看来你真的很有精神,那我们用这点儿精神做点儿别的。"

宋星辰还没来得及抗议,苏清澈已经倾身覆上了她的唇,吻上,重重地蹂躏。

苏清澈原本还想浅尝辄止,可他的确是低估了宋星辰日益增进的吸引力,怀里的温香软玉,让他根本把持不住,只想靠近些,再靠近些。

宋星辰暗自心颤,苏清澈却吻得格外温柔细腻。她依附着他,迷迷糊糊地随着他的动作还想着,如果他要是再多做一步……她想她也是,愿意的。

苏清澈最后是结束在楼梯上传来的脚步声中,他微微皱眉,额头抵着她平复了一下,这才缓缓起身。

拉开门一看,是提前回来的苏老爷子。

苏清澈轻掩上门,微靠在门框上挑眉看着正打算过来刺探军情的苏老爷子:"老爷子,这习惯可不好。"

"小声点儿。"苏老爷子脸一燥,哼了一声背着手下楼去了。

苏清澈再回到房里的时候,宋星辰已经扯了他的被子躲进去了。

苏清澈舔了舔唇,颇有些回味无穷的感觉。

他在床边坐下,很利落地掀了被子把她抱出来:"闷着不难受吗?"

宋星辰脸红得像煮熟的虾一样,此刻哪敢再看他,莫名地就有种做

## Chapter 14 从今以后

了坏事被抓到的窘迫感,当下环着他,就把脸埋进了他的胸口:"不准看我。"

"好,我不看。"他从善如流地答应着,手指却不安分,就着她单薄的衬衣慢慢地往里摸去,"我不看你,我们继续刚才被打断的事情。"

他后面这句话说得尤其轻,就像是故意在撩拨宋星辰一样,她也不负众望地脸更红了一些……

苏清澈勾着唇角笑了起来,手只是环过去抱着她:"你星期一去学校?"

宋星辰见话题终于开始往正常的方向发展,这才喘了一口气:"嗯。"

苏清澈意味深长地"嗯"了一声,随即淡淡地道:"中学……男孩子看见动不动就脸红的老师,应该很容易把持不住吧?"

宋星辰顿时炸毛,狠狠地拧了他的手臂一下:"你以为谁都跟你一样吗!"

苏团长缓缓地眯了眯双眸:"不如你来说说我什么样?"

宋星辰在苏团长日益强大起来的气场中,毫不犹豫地说道:"苏团长你就是我人生中的bug,而且没有之一!"

苏团长反复把这句话嚼了一遍,还是决定放过她:"好歹是唯一。"

宋星辰:"……你敢不敢再不要脸一点儿。"

"我不要脸的底线就是白日宣淫,你打算全力配合?"他反问。

声音如清泉一般掷地有声,清清朗朗的。

宋星辰想了想,颇有些为难地点了点儿头,在苏团长有所动作之前,立刻补充了一句:"前提必须是有法律保障了之后,我才可以对你为所欲为,不然你被我吃干抹净了都没地儿哭去。"

苏团长勾了勾唇角,笑出声来:"不要养成白日做梦的习惯。"

宋星辰一个没忍住,在苏清澈的脖子上咬了一口。但很快,她就从沾沾自喜变成了悔不当初。

下楼吃晚饭的时候，苏老爷子吃一口饭盯着苏清澈的脖子看一眼，欲言又止。

宋星辰坐在苏清澈的身边头皮都发麻了好吗……

不过老爷子还是坚持到了吃过饭之后才语重心长地告诫道："凡事都不宜太猛，伤身。"

宋星辰就是在苏老爷子这种慈爱的目光下，夹着尾巴逃走的……

宋妈妈知道自家姑娘今天去见家长，晚上接到宋星辰的电话时，第一句话就是："怎么样啊？"

宋妈妈对苏清澈是很满意的，不管是从哪方面来看，苏清澈都是宋星辰的上上之选。

说年龄吧，虽然苏清澈偏大，大了宋星辰六岁，可宋爸爸也和宋妈妈相差了八岁啊。年长一点儿知道照顾人，会疼老婆，更重要的是苏团长能给宋宋当指路人。

有指路人，那人生的道路虽然说不会跟开了挂一样顺风顺水，好歹遇着事情的时候有盏灯照着，哪怕有一天绕进了胡同里也能尽快地走上康庄大道！

再说相貌吧，宋妈妈觉得自己真的不是吹啊，她家的闺女说不上比明星好看，怎么着也是明艳动人，光彩照人，那老公好歹也得眉清目秀，风姿俊朗啊。

苏清澈的长相身材吧，虽然比她预期的好太多了，但还在宋星辰的把持范围之内，再说了，他一个长期在军队面对一帮大老爷们的人，回家看见宋星辰得多宝贝啊，是吧？

最后说苏清澈那一手厨艺，她可也是尝过的，变着法儿地给宋奶奶做吃的，还怕姑娘嫁出去了会饿着自己吗？完全不用担心了好吗！

她上次还私下里问过，苏清澈内务一把抓，她都能省下宋星辰婚后

## Chapter 14　从今以后

她去伺候他们这一对的心了!

这么一比较下来,什么三姑六婆介绍的对象简直就是完败!输得一塌糊涂!

最重要的是自家的闺女她知道,闹腾起来谁都没辙,但苏团长不一样啊,人家好歹也能用武力镇压。(喂喂喂,你是不是亲妈?)

说起来,宋妈妈最满意的一点儿就是,宋星辰喜欢他,他也喜欢星辰,是个过日子的人,那就千般万般都是好。

于是,就在宋爸爸还持中立态度的时候,她已经明目张胆地倒戈了。

宋星辰想了想:"有点儿糟糕。"

"啊?"宋妈妈愁了,"那是哪里糟糕啊?"哪里糟糕补哪里!(手贱地想补充完:哪里糟糕补哪里!妈妈再也不用担心我嫁不出去了!)

宋星辰突然笑了起来:"糟糕在圆满结束啊!哈哈。"

"这孩子。"宋妈妈笑骂了一句,一回头就看见宋爸爸的眼神瞟了过来,低低地跟宋星辰说了几句就挂断了。

宋爸爸见宋妈一副要谈话的架势,立马合上文件起身:"别每天都惦记着这些无聊的事情,让她警醒着点儿,准备好星期一去上课。别出个什么纰漏,我可丢不起这个脸。"

宋妈妈冷笑一声,立马站在了女儿这边:"我告诉你,你别现在态度那么强硬,小心你闺女真给你来个非君不嫁,到时候熬上几年,你就急去吧。"说罢,怡怡然地哼着小曲走了。

留下宋爸爸站在原地,脸色青一阵白一阵。

所以,由此可见,宋星辰的某种性格,其实是遗传宋妈妈的……不然,当年怎么拿下宋爸爸!

宋星辰原计划今天见过老爷子之后,明天就带着苏清澈正式回家一趟,但是思忖了半响,觉得自己似乎太急切了一点儿。

不过苏团长显然不知道自家未过门的媳妇这么纠结,次日就回部队处理事情去了。

宋星辰星期一去了学校报到,午休过后就有她的一节课。

苏团长正好是在她备课的时候打来的电话,她怕吵到办公室里的人,赶紧拿着手机溜出去接电话。

"怎么样,还习惯吗?"

宋星辰好久没上讲台了,竟然略微有些紧张,走廊上四下无人,她就踏着阳光去校园的花坛那儿晒太阳:"还好吧……也不是很复杂的课,只要带他们画画就可以了。"

可说着简单,做起来并不轻松。

不过宋星辰是谁?虽然有些紧张却丝毫不会怯场。

"那我下午去接你?"他微微扬高了声音,虽是疑问的语气却说出了不容拒绝的味道来。

宋星辰想起停在学校停车场的自己那辆小四轮:"我自己开车来的。"

苏清澈在那儿顿了一下:"那就先让它在学校过一次夜,熟悉熟悉环境。"

宋星辰顿时郁闷了,敢情不是你的车,明天你不用再上班!这么想着,她拒绝得也干脆利落,"不要,我不能搞特殊化,我要按时上下班。"

"我是让你不能按时上班还是不能按时下班了?嗯?"他微微扬高了尾音,随即补充了一句,"如果是以后的话还真的不好说,现在……暂时没有这个困扰。"

宋星辰顿时福至心灵地明白了苏团长补充的这句话是什么意思,只觉得照在身上的太阳光瞬间有些灼人了。

"像苏团长这样把时间精确到秒的人,我还真的不信你会不按时!"说罢,却差点儿自己把舌头给吞了,她的本意就是想嘲笑苏团长这种高

## Chapter 14 从今以后

标准守时的人不可能出现这个情况,可话一出口她才意识到这话根本就有点儿在自掘坟墓!

苏团长这么机智的人自然也听出来了,当下扬了扬眉毛,笑出声来:"芙蓉帐暖,夜夜春宵,春宵苦短,日阳高照,从此君王不早朝。"

他的声音低沉,轻轻地念出这一句,委实销魂。

宋星辰觉得耳根子都被烫了一下,有种做了坏事被抓包的心虚感。可她到底心虚个什么劲啊?

似乎是察觉到她的窘意,苏团长很不厚道地补充了一句:"你是低估了你对我的吸引力,还是高估了我的自制力?"每次的点到为止他都必须花费全部的心神才能克制住。

宋星辰莫名地想起了他昨天在房间里抱着她说的那些话。

这么想着,她决定理智地挂断电话,再说下去,指不定能扯到哪里!

"我先挂了啊。"

苏团长沉默了一下,才缓缓说了一句:"你是不是忘记今天要做什么了?"

宋星辰还真不记得今天有什么事要做了:"什么?"

"我觉得可以见家长了,就今天。"说罢,他似乎是轻咳了一声,抿了口茶。

宋星辰立马原地满血,很不客气地嘲笑他:"苏团长你这是等不及了吗?"

苏清澈想起今天早上醒来的时候,一脚踩到了一个冰凉凉的物体。宋星辰脑袋还埋在被子里,他顺手捡起她的手机,碰到了手机上的键,屏保上是她昨晚设的备忘。

到底要不要在今天带男人回去面圣,然后大战三百回合?

嗯,字体狂放,语气嚣张。

于是苏团长就欢快地帮宋星辰决定了。

他看着训练场上正在训练的士兵,唇角柔柔地一勾,声音轻柔:"嗯,我等不及了。"

苏清澈最后也没开车过来接她,因为宋星辰很坚持地不想她的恋情曝光。原因无他,宋星辰来学校的时候除了证件,手里还拿了一份宋奶奶写的推荐信。

所以她来上班的第一天,全校的老师就都知道了新来的美术老师是宋奶奶的孙女。宋奶奶在学校的口碑很好,宋星辰就沾了光。

这份新环境,她不用怎么去适应,就已经能融入了。

学校有年轻的老师,但更多的都是已经成了家的,她太知道三个女人一台戏了。要是苏清澈现在出现,她以后的日子绝对不安宁了!

她把车停到了小区的地下车库里,一出来就看见苏清澈斜靠在他那辆霸气的路虎上,正在打电话。

他微微拧了眉,语气却颇有些轻快:"行,晚点儿联系。"

等他挂了电话转过身来,看见宋星辰没戴围巾的时候,眉头就是一皱:"围巾呢?"

宋星辰怕冷,所以冬至一过,只要一出门那都是全副武装的,手套帽子围巾,三宝绝对不会缺!

他这么一问,她也觉得自己脖子上凉飕飕的,伸手一摸:"大概是忘在学校里了。"

"车里开了空调,等会儿路上再买一条。"说话间,他很自然地抬手握了她的一下,果不其然是凉的。

宋星辰原本还以为他是开玩笑的,经过专卖店的时候还真的带她进去买了条围巾,不只给她买了,还顺带给宋妈妈买了。

宋星辰戴着新鲜出炉的围巾突然有了兴趣,问道:"苏团长啊,你紧张不紧张?"

## Chapter 14　从今以后

苏清澈侧头看了她一眼："早就见过了,想酝酿也酝酿不出这种感觉。"

宋星辰：……您老果真淡定。

可事实是……

苏清澈下了车,看了一眼自己手心里的冷汗,勾起唇角自嘲地笑了。

说起来,苏团长上天入地,还真的很少能有紧张这种情绪,但今天想到要面对的是自己未来的老丈人和丈母娘,竟然手心里出了一层汗。

不过这件事,只有他一个人知道罢了。

宋星辰直接拿钥匙开的门,一进门,扑面而来的暖气顿时让她感叹出声："还是家里好。"

宋妈妈正在客厅,听见动静就迎了出来。

苏清澈今天没特意地换衣服,还是一身笔挺的军装,身姿挺拔的。

宋星辰在门口正在换鞋子,他就空出一只手来握住她的胳膊支撑着她："你就不能坐下来换吗？"

说话间看见宋妈妈走过来,这才轻轻地松开手："阿姨。"

"小苏来了啊。"宋妈妈点点头,脸上都是笑意,"进来坐。"

宋爸爸正在书房里,听到宋妈妈的声音,就拿着报纸走了出来,看了一眼苏清澈,很不热络地点点头,然后径直在沙发上坐下。

苏清澈先把手里包装好的围巾递过去："也不知道伯母您喜欢什么,就跟星辰一起挑了条围巾,希望您会喜欢。"

宋妈妈接过的时候手其实都有些颤。

说起来,宋妈妈对军人是有一种敬畏感的,因为以前的公公就是一位军人。尤其那时候她经常见到宋爷爷对着宋爸爸大发脾气,哪怕以后和宋爸爸结婚之后,只要看见宋爷爷穿着军装,她都会下意识地敬畏起来。

虽然面前站着的人是她未来的女婿,可看着这身笔挺的军装,宋妈妈还是有些不淡定:"你倒是客气了,坐。"

苏清澈对这些事都处理得很好,周全有礼,就算是对着臭着一张脸的宋爸爸也是暖暖地笑着,把礼物双手奉上。

宋爸爸看着薄薄的信封,猜测这小子是不是打算拿钱贿赂他,接过的时候就不动声色地摸了摸。

苏清澈垂了眼,只是更往前递了递,让宋爸爸能看清信封上的字。

是个顶尖的化学界研讨会,重要的是还是正常情况下宋爸爸不够资格参加的那种……

他颇有些诧异地看了一眼苏清澈。

苏清澈这才说道:"这是邀请函,我知道伯父对化学颇有见解,这种研讨会怎么能少得了您这么权威的人。"

这马屁拍得连一旁的宋星辰都自愧不如……

但果然,宋爸爸立马变了脸,也不再端着他那副臭架子了,当下笑了起来:"你倒是通透,这东西怎么来的?"

这东西还真不是任何人想要就能给的,就算是看面子,那也得看那人的面子大不大。

苏清澈刚开始还真没想到要用这个去讨好自己的老丈人,还是老爷子提点了这么一句,他去的时候借着苏老爷子的面子就把邀请函拿到手了。

于是,大家总算是能融洽地坐下来聊一聊了。

宋爸爸虽然一开始就被这见面礼砸得心悦诚服,不过该要摆的谱一样没落下:"最近工作忙不忙?"

苏清澈一早就知道宋爸爸对他这个职业心存芥蒂,此刻自然不会自己再去撞枪口,只是握住了宋星辰的手:"不是很忙。"

宋爸爸看了一眼两个人相握的手,重重地哼了一声:"那工作顺利吗？"

苏清澈："工作和个人生活肯定都要兼顾，所以都很顺利。"

宋爸爸：……他突然开始担心苏清澈给宋星辰最大的压力不是职业特殊而是……智商之间的差距了。

不得不说苏清澈对自己的老丈人做了深刻的研究，对他的心理完全摸透了，见宋妈妈要起身去做饭，忙说道："伯母，要我帮忙吗？"

宋妈妈笑着看了他一眼，婉拒："不用了，你是客人，哪有上门干活的道理。"

苏清澈原本想说"都是自己人……"，话到嘴边，考虑到这里还有位难缠的老丈人同志，还是变成了："应该的。"

多说多错，少说少错。

宋星辰一边对比自己那日见老爷子是不是也是这么拘谨，一边还是帮衬着说道："妈，你让他打下手吧。跟苏清澈认识后，我那厨房都是他霸占着。"

不得不说宋星辰这句话是正说到点子上，宋爸爸的脸色就是一松，大手一挥："没这个道理，你去给你妈打下手，清澈坐这儿陪我。"

宋星辰被打发走了，进了厨房也不专心，频频探出脑袋看情况。

宋妈妈倒是觉得她这副样子好笑，分配了青菜给她洗："到现在这步了，你倒是跟妈妈说说，他对你好不好？"

"你觉得你女儿那么精明的人能去伺候他吗？不好的话我也不会那么稀罕他。"这倒是真话。

宋星辰一直相信感情都是要双方付出的，苏清澈是真心对她好，那她也用真心去回报他，然后越靠近越吸引。

在初见苏清澈的时候她绝对想不到，原来一旦走进了他的心里，他就不像外表给人的那种不近人情的感觉，反而暖暖的，一靠近就能感觉到他的无微不至。

037

宋星辰以前还怕硬碰硬，还很认真地想过如果发生双方争执不下的情况要怎么处理。

可事实是，根本没有这个机会。就算意见不同……苏团长也能很麻利地让她迅速地同意他的意见。

宋星辰以前也有过小小的反抗，可时间久了却并不觉得这样有什么不好的。

就如宋奶奶的那件事，他说的保守治疗，可她坚持的却是尽全力治疗。她还想过他是不懂她的感受才会这么说。

可结果，他就直接做了。他认识专家，直接调了专家过来医治，他并不坚持跟她争论出结果，而是用这种方法告诉她。

他什么都知道，也已经思虑周全。他明明可以完全拿主意的，可为了照顾她的心情、她家人的心情，他会尽最大的努力先去做，仅是这份细心就让宋星辰觉得苏团长是个很不错的男人。

她也是个独立的人，可这种有人做好一切的感觉，真的很好。

她是真的很喜欢苏清澈，比她想象中的还要喜欢，她已经无法自拔，也不打算抽身而退。

都说谈恋爱的时候要保持一半的理智，可她在他的面前，却是一点儿也做不到。就那么全身心地信任他，毫无理由的。

宋妈妈这会儿一看她的表情就知道她的想法了，微微地抿了唇："我跟小苏也接触过，我很喜欢他。倒是你爸那边，你也不要怪他，他毕竟是为了你好。这个世上最疼你的人一个刚走，另一个就在这里。"

宋星辰的手一顿，眼底似乎是弥漫上了一层薄薄的水汽。

宋妈妈还在说着："苏清澈这个人我就不评价了，就妈妈个人的意见来说，他还是很不错的。我也相信我女儿的眼光，你不是个愿意吃亏的人，所以你既然认定他了，我也是站在你这边的。倒是你爸爸啊……"

她轻叹了口气，随即又缓缓地笑了起来："倒是你爸爸，怎么都放不下你。昨天晚上还一夜没睡，跟我说了很多。他说一眨眼你就长那么大了，到了该嫁人的年纪，可他却还没有做好心理准备，把你交给另一个男人。"

"我能看得出来，他并不是不喜欢苏清澈，只是怕你以后会跟奶奶一样。他为难小苏，也不过是不甘心罢了，他说他不知道苏清澈能不能照顾好你，他不放心。"宋妈妈看了她一眼，见她垂着头择着菜叶不说话，也只是轻轻地叹了口气。

"星辰，无论什么时候你都要记得，并不是所有人都要对你好，这不是理所当然的。以后无论是对苏清澈，还是对他的家人，都要心里存着一份感激。"

心有春风，才能四季温暖如春。

宋爸爸平日很少沾酒，一来家里没有可以和他拼酒的人，二来他也不是很喜欢喝酒。

因为宋爸爸喝醉之后，就有酒后吐真言的好习惯……噗。

但今日，他还是去开了家里一直存放着的那瓶红酒。

酒过三巡，宋爸爸就有了些醉意，眼神都微微迷离了起来。宋妈妈起身给他去盛汤醒酒，宋星辰就在一边沉默着吃饭。

苏清澈明显感觉到她从厨房里出来之后就有些情绪低落，此刻转过头看了看她，伸出手去，悄悄地握住了她垂放在膝上的手。

屋内暖气充足，可她的手还是有些凉。他紧紧地握了一下，面上却是一般无二地继续和宋爸爸说着话。

宋星辰转头去看他，就看见苏团长一双眸子亮得惊人，双唇微弯，满满的笑意。

等一顿饭吃完，宋爸爸也醉了，他的酒量还真的不是很好。被宋妈妈搀着坐在沙发上，宋星辰就捧着醒酒汤给他喂下去。

苏清澈被宋爸爸灌了很多，此刻还能身姿笔挺地坐在沙发上，微微有些慵懒地笑看着她。那神情，是怎么看怎么轻松，就跟……革命胜利了一样。

不负众望地，宋爸爸又开始酒后吐真言了。

他睨着苏清澈，恶声恶气的："我告诉你，我女儿嫁给你，你要是不珍惜，我宋国良有的是办法治你。"

苏清澈很是淡定地一颔首，再抬头时却是看向宋星辰的："您放心，不会有这个机会。"

宋星辰拿着碗的手顿时就是一颤，然后默默地移开了视线。

宋爸爸还在继续："我闺女养大到现在费心费力，我又是防着她早恋又是防着她被渣男骗……你不珍惜她都对不起我。"

宋星辰觉得这段话应该录下来给唐睿泽听听，让他知道一下他敬重的导师真实的面目。

苏清澈这回沉默了一下，还是回答道："我觉得这辈子应该都不太有可能对不起您。"

宋爸爸："苏清澈，你要记住你今天跟我承诺的。"

苏清澈这回眼神终于散了散，随即很是认真地点了点儿头："会的。"

这回宋爸爸安静了，沉默地抿紧了唇角。

宋妈妈正好收拾出来，见状微微扯了扯唇角："行了，你赶紧把清澈送回去，你爸这里有我呢。他喝醉了没个消停。"

"我今晚高兴……"宋爸爸睁眼看了看宋星辰，突然笑了起来，"我闺女有个好归宿，我高兴。"

宋妈妈看了眼苏清澈，轻轻地应了一声："嗯，我知道。"

楼道里的灯大概坏了还没修，宋星辰就拉住他的手往下走。

楼道背光，所以黑暗得一点儿光都没有。她差点儿踩滑，还是苏清

## Chapter 14 从今以后

澈一把稳稳地拉住她,然后扣着她的腰一直没松开。

宋星辰被他突然压在墙上还有些反应不过来,刚问:"你怎么了……"后面那句"你不舒服吗"都来不及问出口,他就倾身覆了上来,吻住她。

苏清澈其实也是有些醉了,吻起她来一点儿也没有往日的温柔,几乎是有些凶狠地咬着她。

她呜呜咽咽地推了他一下,他便双手一收抱得她更紧。

他的呼吸渐渐粗重起来,宋星辰轻咬住他的舌尖,还能闻到红酒那醇厚的香气。

黑暗里,感官就越发敏锐起来。

她只感觉他缓缓地轻柔了下来,抱着她的手缓缓地扣住她的后脑勺,那唇压得更重,碾着她的唇。

她也伸手抱住他,就这么微微仰着头,任由他索取。

电话就是在这个时候响起来的,他顿了那么一下,似乎是叹了口气,抱着她平息了一会儿,才接起电话:"嗯?"

电话那头说了些什么,他就轻轻地应几声,然后便说了句:"在哪儿?我现在过去。"

苏清澈喝了酒不能开车,掌控方向盘的任务就交给了宋星辰。

苏清澈坐在副驾上,吹着空调的暖气,有了点儿喝完酒后的副作用,有些头疼。

他手撑着车窗,手指一直轻轻地按压着太阳穴,偏一双眸子还一眨也不眨地看着她。

宋星辰起先还能淡定不管,但他一直看着,看到最后她都有些不自在了,抬手摸了摸脸:"怎么了啊今晚?"

"醉了。"他勾起唇角一笑,一双眸子微微眯起,慵懒十足。

宋星辰觉得还是不要搭理他好了，苏团长喝醉酒之后的杀伤力……还是比较大的，她会被影响得很不专心。

苏清澈接到的是陆参谋长的电话，陆参谋长伤好出院了之后又请了年假，说是被押着相亲了。

然后今晚，相出问题来了。

苏清澈在会馆前，拉住正往里面走的宋星辰，很认真地交代了一句："如果有麻烦，你赶紧跑。"

宋星辰想她要不要说一句我不要，我宁死也要跟你在一起？

其实事情的情况是这样的。

陆群被自家的母亲大人安排相亲，虽然他很不情愿，但是他是一个有孝心的儿子，于是他就欢快地去了。

这个姑娘今晚是第二次见面，因为第一次相处甚欢，所以陆群就被自家的母亲大人"强逼"着打了电话，"强制性"地要求出来约会。

但是意外就在这个时候发生了，这位年轻貌美的姑娘是位有男朋友的人，正好那男的出差了，回来找不到女朋友，给她闺密打了一个电话就知道了事情的真相，于是怒气冲冲地找了人来捉奸。

当然，这些还建立在一个前提上，女孩的家里反对她与这位男孩的交往。

宋星辰跟苏清澈到的时候，双方已经僵持上了，当事人之一的女主角正可怜兮兮地躲在陆群的背后寻求帮助。

宋星辰看了一眼对方过来的七个人，再看一眼陆群这边，加上自己，是有两个动手能力不够强悍的弱势一方。

但苏清澈却是一点儿反应也没有，只是挑了挑眉毛，扫了眼陆群："你一个人搞不定？"

那语气说得理所当然，甚至隐隐有些……鄙视。

宋星辰的眼神在陆群的身板上转了一圈，表示了一定的怀疑，但随即想起什么，宋星辰扯了扯苏清澈的手："部队不是不准打架斗殴吗……"

苏清澈低头看她一眼，用更理所当然的语气："谁说要打架斗殴了？我们都是讲道理的人。"

宋星辰觉得苏清澈的确是醉了，就是醉得比较清醒。

苏清澈的临时加入算是瞬间扭转了局势，他站在陆群的身边，轻轻浅浅地问了句："怎么回事？"

宋星辰一边默默腹诽他这话的顺序一定是说倒了，一边打量了一眼陆群身后的那位姑娘，真是哭得梨花带雨啊。

陆群这边把事情一交代，带头的男的就开始叫唤起来了："你现在倒是说相亲，她有男朋友还相什么亲啊？就是你勾搭我女朋友。"

话音一落，苏团长就冷冷地扫去一眼，这一眼的威力立刻让那男人偃旗息鼓了。

"你想怎么处理？"苏团长这么问陆群。

陆群想了想，颇有些为难："我不管怎么做都有些为难啊。"说话间，眼神就飘到了宋星辰的身上。

苏清澈若有所思地看了一眼对方，那眼神颇有些挑事的冲动。

陆群似乎是看出了些不对，轻声问宋星辰："嫂子啊，我老大这是怎么了？"

"喝醉了。"

陆群点点头，欲言又止，最后也没说出一句话来。

宋星辰四下转悠了会儿，从桌上的纸盒里抽出一张纸巾，没看见笔，干脆拉开了包厢门问门口的服务员："有笔吗？"

服务员身上正好带着，默默地看了一眼屋里的架势，就赶紧把笔递了过去。

除了苏清澈秒懂之外,其余的人都是一头雾水地看着她。

宋星辰就着餐桌写了一串地址,然后把纸巾递了过去:"今天我们还有事急着办,但这件事我们就认下来了,到时候你想怎么处理直接按照这个地址过来。这里住着谁你心里有数,自然不会赖账。"

说罢,她又转头去看那个女孩:"至于你,我们跟你非亲非故的,这件事情也是因你而起。你是个聪明姑娘,知道要怎么做,当断则断。"

她话音一落,那带头的男人就皱了眉一副挑衅寻事的态度,苏清澈只眼角一挑,已经一步上前彻底用身体把他格挡在宋星辰几步开外。

"你跟我动手我们还好商量,你要敢动我老婆,那就没得商量了。"说罢,唇角一勾,似笑非笑的,偏生这个笑容却让人看得不寒而栗。

宋星辰装着不耐烦的样子道:"你要是不放心可以顺便送我们到家。"

大概是她一副信誓旦旦的样子装得够像,苏清澈又是一副不好商量的架势,两个人一来一回之间就把人给震慑住了。

宋星辰见差不多了,这才朝陆群点点头:"没别的事我们先走了,要是饿了就将就着在这里吃吧,点完全部算在我账上。"说罢,挽着苏清澈就走了出去。

陆群见状,立马带着那姑娘跟了上来。

宋星辰经过这群人身边的时候心跳都加速了,生怕这群人这会儿正好回过神来,那就更加麻烦了。

等她走出会馆门口,才大大地松了一口气,直接把重量压在了苏清澈的身上:"这招还不错吧?百试百灵。"

她这么一抬头,正好撞进苏清澈带笑的眸子里,他的手移到她的腰间一把扣住。转身跟陆群交代了几句,就带着她回去了。

陆群一边挥手,还一边雀跃:"嫂子,你要小心啊,我老大喝完酒那战斗力就跟开了挂一样啊。"

## Chapter 14 从今以后

宋星辰还没品味过来是什么意思,苏清澈已经果断地带着她走远了。

不知道是不是最近楼道里的灯都约好了要罢工,宋星辰公寓门前那盏灯在一亮之后,也"啪"的一声哀号就熄灭了。

她被吓了一跳,钥匙正要插进锁孔,这么一来,钥匙直接擦着锁孔过去,重重地划在了她放在一边拉门把的手上。

她"嗞"了一声,立马缩了手,手里的钥匙更是落在地上,发出突兀的声音来。

"怎么了?"他一直站在她身后,听见动静上前一步,黑暗中也能准确无误地按住她的手,摸到的就是湿漉漉的触感。

他眉头一皱,俯身过去,轻按了一下:"出血了。"说话间,已经捡起了落在地上的钥匙,用手抖了几下,摸着锁孔就开了锁。

宋星辰的大拇指被划了一道口子,血倒是流得不多,却疼得她龇牙咧嘴的。

苏清澈对处理外伤还是很在行的,清洗消毒再包扎,这么一通步骤下来也才花了几分钟而已。

"还好不是右手。"她摸了摸薄薄的一层纱布,略有些忧伤。就是开个门,她居然也弄出个流血事件来。

苏清澈却抓不住重点,反而问她:"你明天什么时候有课?"

宋星辰想了想:"明天早上第二节课。"

坐在她身侧的男人若有所思地点了下头:"虽然对你来说时间有点儿紧迫。"

他一说到时间紧迫,宋星辰就立马跟浑身过了电一般:"我订单还没看!"

刚起身想走,就被苏清澈一把握住了手腕:"今晚还有更重要的事情要做。"

045

他的手这么扣着她的手腕，温度有些烫，她伸出手想去探他的额头。就看见苏清澈的眼神闪了闪，随即起身，很利落地打横抱起她，踢开房间门就往里走。

宋星辰顿时瞪大了眼，这这这……是什么节奏？

房间里没有开灯，对面大厦霓虹灯的灯光闪烁着，随着月光洒在窗前，温柔了一地。

"星辰。"他突然唤了她的名字一声。

宋星辰被他放在床上，浑身都紧张得有些紧绷，她知道接下来会发生的事情，所以此刻脑子里微微有些混乱。

"以后牵着我的手，哪怕闭着眼睛你都不会迷路。"他说得很认真，这句话从他嘴里说出来，更像是一种承诺。

然后她听见自己问了一句："你准备好了吗？"

她感觉到苏清澈似乎是愣了一下，然后给她的回应便是落在她唇上的吻。

很浅的一个吻，比起刚才在楼道里的激烈却让宋星辰的心里漾开了一圈圈的涟漪，她想了想，还是伸手环住他："其实我一直以为你会忍到我们结婚。"

苏清澈似乎是闷笑了一声："本来是这么想的……"他顿了顿，"可现在等不及了。"

其实苏清澈想说的话还有很多。

比如，他还没有告诉宋星辰，宋爸爸之前对他说了一句："星辰和这个家都是我的命，现在交给你，我不强求你什么都让着她，她有时候的任性我也知道。我只希望你多包容她，我不喜欢你的原因你也知道，就是因为你那一身军装代表的职责让你根本无法把她当作一切。所以，苏清澈，在我终于愿意把她交给你的时候不要辜负我。"

他不知道要怎么告诉宋星辰，他今晚有多开心，那是一种形容不出来的满足,比他完成了任务立了功都要来得愉悦。

以前他克制自己就是因为宋爸爸的反对,所以他愿意尊重宋星辰的选择。

可现在,哪怕是宋星辰不愿意,都由不得她了。

他决定了要留在身边的人,哪里会准许她离开一步。

"是,我准备好了。"准备好给你一个完完整整的家,给你一段你梦想中的婚姻,给你全部的安全感,也准备好给你一切你想要的。

他吻着她,从唇瓣到下巴,又反反复复地亲着她的眼睛、额头、鼻尖,最后才移到耳垂上:"今天……就不会有到此为止了。"

苏团长的温柔其实都是假象。宋星辰默默地想。

可是宋星辰没有经验可以对比,也不知道他这样算不算是开了挂。

她已经不记得他花了多少时间哄她,只知道自己已经困乏得恨不得立刻睡去。

苏清澈结束后,怜惜地吻了吻怀里显得异常可怜的姑娘:"抱你去洗澡?"

不出意外的,苏清澈没等到宋星辰的回答。

浴室轻柔的水声里,他抱着她,感觉胸腔里满得要溢出来的满足,勾唇一笑。

从今以后,她便是他这一生的责任。

Chapter 15
## 介意的事

宋星辰是踩着点儿赶到学校的,包刚一放下,上课铃声就响了起来。

她拿起桌上的茶灌了一口,那透心凉的感觉就直接从喉咙一直滑到胃里。

苏清澈的电话就是这个时候打来的,她一边抱起书往教室走,一边接起电话:"喂?"

苏团长还在学校门口,听到她的声音,才问道:"我听见铃声了……"

宋星辰脸色顿时稍微白了一下,然后哼了一声,狠狠地挂断。

镜头拉回清晨。

宋星辰是被苏清澈叫醒的,叫醒的方式颇有些破坏社会和谐……

她是因为呼吸不过来,才骤然转醒的,当然,你不要以为是苏团长温柔地用吻吻醒了睡美人。他是很干脆地直接捏住她的鼻子……

宋星辰觉得还好不是在部队,她也不是苏清澈的兵,不然她绝对有理由相信苏团长能直接扔颗催泪弹,作为叫她起床的方式。

因为苏团长被宋星辰按在床上打了几下之后,还辩解道:"这个方式不温柔？那下次换个刺激点儿的……"

但这个话题就在宋星辰看见时间后戛然而止，然后兵荒马乱的清晨就开始了。

苏团长看了一眼时间，不紧不慢地起身套了裤子，然后翻着衣柜的宋星辰又分神看着苏清澈慢条斯理地穿戴好……这才狂奔进厕所，洗漱。

等她收拾好吃过早饭下楼的时候，苏清澈正好开着车停在了门口，真是分秒不差。

然后宋星辰蓦然想起来："你昨晚好像……没戴……吧？"

苏清澈握着方向盘的手指顿时滑了一下，他回头扫了她一眼，见她那副天要塌下来的表情，颇有些坏心眼地添油加醋道："没戴，全部留里面了。怎么了？"

宋星辰一时之间，五味陈杂。

苏清澈："昨天是安全期。"

宋星辰一边回想刚才自己的表情是不是太露骨地表示了自己的排斥，一边很明智地转移话题："我要迟到了。"

苏清澈看了一眼时间，笃定道："不会。"

于是，欲盖弥彰的宋星辰就着这个无聊的问题和苏团长下了一个赌注。

赌注如下：

如果宋星辰准时到校，晚上就被苏团长支配着为所欲为。

宋星辰听到这个赌注的时候，脸色更不好看了，默默地瞪了他好几眼，才勉强点头。

如果宋星辰迟到，哪怕只有一秒，苏团长就要滚去客厅睡足一个月！

苏团长听到这个赌注的时候，脸色也是几变，然后……他违纪了，闯了一个红灯绝尘而去。

所以就有了以上这个电话。

宋星辰的任务还是很轻的，宋奶奶生前教的是初中三个年级的美术，每班一个星期就一节课，她上起来也是很轻松的。

上午一节课，下午两节课，她今天的任务就完成了。

但宋星辰今天的心情实在是有些糟糕，因为昨天晚上不幸发生了流血事件，她不只手上一道口子，身上也多了一道。

于是，她今天一整天的走路姿势都有些别扭。

下午下起了雨，她下班得早，比放学提前了一节课，就站在学校的传达室门口等。

苏清澈去了一趟部队，下午就出来了。

接到她的电话没一会儿就开着车赶过来了。

传达室离苏清澈停车的位置有些距离，她刚想冒雨走出来，就看见苏清澈下了车，撑着一把伞走了过来。

其实他走得也不算慢，可这些动作在宋星辰的眼里似乎是被放缓了一样，一格一格地被她缓缓捕捉到。

他穿得还是那身常服，碧绿的一身，在这微凉的雨天里却格外醒目。

传达室的老大爷好奇地扫了他们两个人一眼："宋老师，这是男朋友啊？"

宋星辰回过头，笑了笑："嗯，男朋友。"

苏清澈走到她跟前的时候也对着老大爷笑了笑，这才揽着她的肩膀，把她纳入自己的怀里。

雨声渐渐地有些大了，他的伞微微地往她这边倾了些："今天是手套没戴？"

宋星辰随着他的视线看向自己的手："怪谁？"说得那叫一个理直气壮。

苏清澈被她这么一反问，也不辩解，只是在把她送上车之前问了一句："你不用一直提醒我昨晚做了什么，我觉得这辈子都不会忘记，所

## Chapter 15 介意的事

以今天也不会……"

宋星辰：……能不把事情都往那个方面带吗？

还要不要和谐了？

苏清澈上了车之后，表现就有些不对劲儿，具体表现在他一直在拿指腹轻轻摩挲着方向盘。

通常苏团长有这个动作的潜台词就是在想事情或者是不耐烦。

此刻没红灯、没黄灯一路绿灯的，可能性也只可能是他在想事情……

然后宋星辰觉得浑身都痛了起来，不能怪她不纯洁啊，开了荤的男人那就是放虎归山啊，不能小觑。

不过苏清澈也没让宋星辰担惊受怕太久，他很快就揭晓了谜底。

苏团长："奶奶刚走，不适合办婚礼吧……我们延后，等有了孩子以后，正好让孩子当花童怎么样？"

宋星辰震惊得差点儿把勒在身前的安全带撕裂："你就是在琢磨这个？"

苏团长不明所以地反问："不然你以为呢？"

宋星辰颇有些心不在焉地点点头："是啊……奶奶刚去，不适合办婚礼。"

苏团长很自然地就把她的意见当作同意了，顺着问她："那我们明天就去领证吧，正好明天是黄道吉日。"

宋星辰：……

当初说好的求婚你来呢？

宋星辰一直以为苏团长是在跟她开玩笑，但是当她发现路线是去A大的时候她就有些淡定不起来了，在走廊上看见两个站岗的战士之后她更有些浑身不适了。

她一把拉住苏清澈,求证道:"所以你在车上跟我说的都是来真的?"

"你什么时候见我考虑过不在目标范围内的问题?"他也不催,就等她僵立在原地思考结束。

宋星辰想了好一会儿,直到苏老爷子打电话催苏清澈赶紧接她回来,她才有些不情不愿地跟着苏团长进了……自己家。

宋爸爸和宋妈妈都坐在沙发上,显然是一副相谈甚欢的节奏。

宋爸爸虽然面色不是特别好看,不过总体来说……还是没有反抗的。

然后宋星辰就跟着一起晕乎乎地吃了一顿"团圆饭",再晕乎乎地先送走了苏老爷子,这才晕乎乎地和苏清澈一起准备回家。

不给她反应时间,直接三步并成一步走,宋星辰的反弹也是很大的。

她面色不善地甩开苏清澈的手,就那么站在走廊里,抿着唇一言不发:"苏清澈,我有种上贼船的感觉。"

苏清澈挑了挑眉,却是微微地笑起来:"是我不好,我等不及了……"

宋星辰顿时更郁闷了,她记得上次是自己调侃苏团长等不及来着,结果是搬起石头砸了自己的脚。

苏团长如今搪塞她搪塞得眼都不眨一下,干脆利落地堵得她一句话都说不出来。

"你见过哪个贼能把军装穿得大气都不喘一下的?"他上前一步,不动声色地把她重新揽回怀里,"苏老爷子自己要来的,我哪里拦得住,他宝贝你这个孙媳妇比宝贝我还多。"

宋星辰任由他拉着自己走,夜色下,这片住宿楼显得格外安宁静谧。她很清晰地就能听见他轻轻柔柔的声音:"下午逗你玩的,你还当真了?你一辈子只有这么一次,我一定遵照法律程序好好走一遍……绝对不抄近道。"

可事实已经抄过一次近道了……而且抄得毫不含糊。

## Chapter 15　介意的事

宋星辰沉默不语,看了他好几眼,觉得自己这个段数如果跟苏清澈坐下来好好聊,最后一定是被他威逼利诱或者拐着弯给坑了,当下觉得还是无理取闹比较好。

于是,她甩下一句话,就跑了……

"既然不抄近道,那就等你把法律程序走一遍之后再说。"

苏清澈回身不及,没逮住她,就看见她脚下一双高跟鞋,跑得还飞快,几下就没入了夜色中。

苏团长眸色一沉,失策,忘记自家媳妇还有丈母娘这个救兵能够暂时掩护她了……

其实苏清澈原本的计划是这样的。

下午给她提个醒,然后老爷子负责搞定宋爸宋妈,他今晚回去做足了思想工作,过几日求个婚,应该能在半个月之内把宋星辰迁到自家的户口本上。

不过猫咪一直很乖不代表她没脾气,宋星辰无疑是……甩手不干了。

宋星辰接到韩潇璃的电话说她领证了的时候,神志顿时被震到了五台山,久久回不过神来。

韩潇璃对于能吓着宋星辰表示了兴高采烈,然后笑眯眯地:"下来啊,我在楼下。"

宋星辰换了套衣服,就赶紧跑下了楼。

韩潇璃正靠在车门旁等她,见她来了,迎上去就是一个大大的拥抱:"星辰。"

宋星辰拉开她左右看了看:"怎么决定得那么仓促啊?你前几天不还跟我抱怨……"话说到一半,立刻止住了嘴。

她微微侧头看向车里坐着的那个男人。

宋星辰一直都觉得苏谦诚这样的男人是比苏清澈还要强烈的存在,

她才看了苏清澈不到半年,却是看了苏谦诚五年了。

她眯了眯眼,对他客气地,又很疏离地扯了唇角一笑:"幸会。"

苏谦诚顿时福至心灵地领会了韩潇璃之前说的那句——"我的闺密战斗力很高,你争取宽大处理,千万别硬来。"

看着就不是能糊弄过去的人。

韩潇璃陪宋星辰坐在车后座,絮絮叨叨地说了一堆无关紧要的话。

宋星辰面色淡然,手指搭在她的膝盖上轻轻地敲着,敲到最后韩潇璃说话的声音越来越低、越来越低……

等到了会馆包厢里,她才缓了一口气,点了杯果汁,开始和苏谦诚面对面地谈话。

苏谦诚包下了整个会馆,打算今晚请好朋友们来庆祝一下,不过现在时间还早,所以也就只有他们三个。

旁边放了一台加湿器,烟雾袅袅,她抿了口果汁,这才提起话茬:"首先,祝贺你们白首不相离,新婚快乐。"

苏谦诚略一点儿头,算是受过:"谢谢。"

宋星辰一抬下巴姿态很是不客气:"不用谢,以后这家伙要祸害你一辈子,我乐见其成。"

说实话,苏谦诚觉得如果宋星辰是个男的,也许这件事情更好处理一些。此刻他面对这个女王范十足,又想着给他下马威,护犊心态明显的媳妇的闺密,感觉颇有些棘手。

他家的媳妇的确不懂事,怎么没把宋星辰男朋友的号码提前告诉他?

这么想着,他却是微微笑了起来:"这些年潇璃麻烦你了。"

"不麻烦。"她翘了翘唇角,扫了眼身旁的那个姑娘,"这么二的姑娘来给我增加生活乐趣,自然也是需要我处理下烂摊子的。而且我一直等着她找了老公,我好来一次性算清她欠我多少。"

这回韩潇璃笑不出来了……太拆台了好吗?

## Chapter 15 介意的事

苏谦诚笑着睨了韩潇璃一眼,手搭在她的肩膀上拍了拍:"很抱歉,到今天才来正式见你一面,因为我的职业比较特殊,当然也有我做得不够周到的一面。"

"不关你的事,一定是这个死丫头拦着你的。"她又抿了口果汁,手指在那烟雾里撩拨了一下,才缓缓地、坚定地说道,"我和潇璃都是傻姑娘,选择的男人都是职业有些特殊的,不过这并不妨碍爱情。苏谦诚,娱乐圈的诱惑那么多,你记得要给足她安全感……"

以后的路你们要一起走,相亲相爱就好。

她说到一半就说不下去了,弯唇笑了笑:"这些好像不应该我来告诉你。"

"总之,新婚快乐。"

说起来,韩潇璃的婚讯的确来得突然,让她毫无准备。和她从小玩到大的姑娘,一直在后面收拾着她的烂摊子,在她人生低谷的时候给她安慰、给她支持,在她高兴的时候陪她一起笑、一起享受,真的是很多人生的某个瞬间都有她。

宋星辰二十四岁了,看过了很多的风景,走过很多的路,可韩潇璃,始终是这一路上的风景,抑或她就是为数不多的行李中的一个,很重要。

其实,早点儿结婚,也没有什么不好。反正已经遇见了生命中不可或缺的人,也决定了要执手走一辈子,那还有什么可犹豫的?

庆祝宴来得人不多,却很热闹。

宋星辰敬酒的时候,还问了苏谦诚一句,是打算隐婚吗?

苏谦诚看了一眼身边微醉的小女人,只说了一句:"她是我唯一的妻子,为什么要瞒着大家?等时机成熟了,我会宣布的,给她安全感,也给自己一个安定。没有人会不喜欢她……"

宋星辰暗叹了口气，在心里默默地补充了后面半句，因为她又蠢又二。

程安安对她倒是颇感兴趣，特意跟秦墨换了座位坐到她的身边："苏清澈怎么没来？"

宋星辰微微地也有了醉意，慢条斯理地抿了口汤醒神，才抿着唇道："没通知他……"

"噗……"程安安顿时笑出声来，给她竖了个大拇指，"好样的。"

"你跟他有过节？"她微微皱眉问道，可仔细一想，也不可能。苏清澈很少提起大院里的人，程安安的身份怎么都跟他搭不上边啊。

不料程安安还真的点了点儿头："有。"

秦墨淡淡地扫过来一眼，剥了虾仁放进她的碗里："你少说话。"

程安安夹了一筷子塞进嘴里，颇有些不满地看他一眼："你管我！"

秦墨略一挑眉，原本要放进她碗里的虾仁直接喂进了自己的嘴里："我不管你，谁管你？"

程安安一双眸子都是流光溢彩，也不恼，只是咬着筷子似娇似嗔地看了他一眼："我要……"

然后宋星辰就看见不苟言笑的秦墨大 boss 身子微微一震，然后眼底就是那种男人受了刺激才有的光，随即那叫一个细心妥帖，她要吃的全部都搜刮过来放在她的碗里。语气更是温柔得让人惊悚："还要什么？"

程安安此刻却又有些兴致缺缺了，拿纸巾擦了擦唇角，随即看了一眼一旁呆住的宋星辰，促狭地眨眨眼："我挺喜欢你的。"

宋星辰回过神，差点儿咬着舌头，但她好歹也跟苏清澈那么久了，面上是装得滴水不漏，笑眯眯地一弯眸子："我也喜欢你。"

不过说起来……在此之前，宋星辰是打死也不愿意相信自己的人生有这么一刻，能跟这位一线大腕，这个娱乐圈里称为"女神"的女人用这种方式交谈。

太玄幻了好吗?她都生起了一种见偶像的小粉丝心理。

程安安是真的喜欢宋星辰。她在秦墨身上摸了摸:"你名片带了没有啊?"

秦墨皱了皱眉头,按住她的手:"别闹。"

程安安不耐地"啧"了一声,直接剥开他西装的纽扣把手探进去,摸到里面,抽出一张名片来,随即找了一支笔几下写了自己的联系方式递过去:"有需要可以联系我,我一定知无不言,言而无尽。"

宋星辰对此听得云里雾里的,难道这位天后是打算让自己来探听她的八卦?

可是她不是狗仔啊……不然她得乐死了好吗?

不过很快,她就知道程安安这句话的意思是什么了,这要从今晚来闹场子的秦二爷这里说起。

此时的秦二爷还是单身一枚,小怪兽还远在美国没有联系。

今天他想和李亦为来吃这家会馆的招牌菜,可一到这里就被经理通知被包场了,傲娇幼稚的秦二爷就不乐意了。

又听说是苏谦诚包的场,说什么都要去讨点儿喜气。

然后秦二爷就风尘仆仆地进来了,他第一眼看见的就是自家的大哥大嫂。他让人在秦墨身边添了位置,就跟李亦为一起入座了。

宋星辰对秦二爷也是有所耳闻,不由得多看了几眼,这么几眼下去就不对劲儿了。

秦二爷敬了一圈酒下来,发现有人看他,那眼神也飘了过来,然后他就浑身跟过了电一样,脸色不好看起来。

秦墨是第一个看出他不对劲儿的人,眉头一皱,一手按在他的肩上,喝了一声:"秦霜。"

宋星辰闻声看过去,就对上秦霜那颇有些复杂的眼神,似乎是有些……怨恨?

她皱了皱眉,实在是不想扫了大家的兴,略一点儿头扬了扬酒杯一口抿尽,算是打过招呼了。

不过秦霜显然是没打算给面子,几步到了她面前,一把扣住她的手腕就要往外拉:"你是宋星辰吧,我有事跟你说,跟我出来。"

程安安是第一个做出反应的人,她冷了一张脸,挡在了宋星辰的面前:"闹事也不看是什么场合,要么留下来好好的,要么就自己一个人出去。"

秦霜握着她的手,力道大得似乎是要捏碎她的骨头一样:"我说了,我有事要跟宋小姐说。"

宋星辰眉头越皱越紧,她轻拍了一下程安安的肩膀,见她转过身来,又看了一眼已经被打扰到的苏谦诚和韩潇璃:"我没事,既然秦二爷找我有事,我们出去说,等会儿就回来。"

程安安的脸色有些不好看,不过也只是警告般地看了一眼秦霜,转身坐下。

秦二爷毫不费力地把宋星辰带走,直到快走到门口了他才深吐出一口气,转身看她:"苏清澈是不是一直在跟清音联系?"

"清音?"她疑惑地念了一遍,随即想起来是苏清澈鲜少和她提起的妹妹,"是妹妹,肯定联系啊。"

"他这么跟你说的?"秦二爷顿时暴走,一拳把旁边的装饰品打得七零八落的。

宋星辰吓了一跳,顿时后退了一步。

"他这么跟苏清音联系,你都没关系?"好半晌,他才声音有些沙哑地开口问她。

宋星辰不笨,几乎是一下子就有些明白了过来,脸色也微微地一变:"你什么意思?"

## Chapter 15 介意的事

她这么一问,秦二爷也是一愣:"你不知道?"

她该知道什么……

秦二爷觉得自己做错事了,他抓了抓脑袋,有些为难地看着随意坐在台阶上一言不发的宋星辰:"那个,我错了行不行啊?我不知道他到结婚了都没把这破事告诉你啊……"

宋星辰睨了他一眼:"所以你只能当万年老二。"

这话……真够毒的啊!

秦二爷顿时蔘毛了:"那也是苏清澈瞒着你,是他的错啊,怎么就又怪我了?"

宋星辰觉得秦二爷的智商颇有些不够,被他这么一捣乱,她真是气都气不起来了,干脆拍拍屁股站起身来:"我记得刚才是你自己承认错误了,不怪你难道还怪我长了耳朵?"

秦二爷:他委屈得都要哭了,还是他家的小怪兽好啊……哄几句就软了,还能软成一摊水,随便折腾。

宋星辰看了一眼时间,摸出手机想给苏团长打电话,在口袋里摸了一圈都没摸到手机,这才想起来接完韩潇璃的电话就把手机放客厅里了。

她也不打算回宴会去了,心里堵得慌:"你有车吗?送我回去……"

"我的车女人不能坐。"他摸出手机发了一段短信,很是郁闷地自顾自玩上了。

宋星辰踢踢他的脚:"苏清澈很喜欢她吗?"

秦霜懒洋洋地扫了她一眼:"我叫秦霜,'秦霜'这两个字知道怎么写吗?"

宋星辰透过秦霜似乎就看见了韩潇璃一样,真的都是二得很啊。她勾起唇角笑了笑,讥讽道:"要是我是苏清音,我也会跑得远远的,被你这样幼稚的人缠上,绝对是倒了八辈子的霉。"

"我说你说话怎么就那么毒呢?"秦霜眼一眯,眼底隐隐有些冷冽,"我告诉你啊,小怪兽在我心目中是不可替代的,你说话给我注意点儿。"

宋星辰才不怕秦二爷的威胁,只是一挑眉,干脆利落地说:"那就给我车钥匙,让我滚得远远的,不然你今晚耳根子别想清静了。"

秦二爷睨了她好一会儿,慢慢摸出烟来点上。

秦霜的动作很优雅,那一小簇火苗烧起来的时候就这么柔和了他的眉眼。宋星辰心下突然柔软了起来,秦霜也无非就是一个可怜人罢了。

她轻叹了一口气,斜倚在边上看他抽烟。

他抽烟的样子很好看,起码是宋星辰印象里所见过的男人中抽烟最好看的一个。

秦霜的名号她也不是没听过,怎么着也是个名动 A 市的青年才俊,此刻突然落寞下来,还真的是让人觉得无法抵抗。

想了想,她一拨头发,建议道:"我们去喝几杯?"

"借酒消愁?"他透过烟雾看了她一眼,见她抿了唇角不回答,勾起抹淡淡的笑来,"走。"

秦二爷是这家酒吧的常客了,熟门熟路地带她坐到吧台上,更是细致体贴地为她点了一杯酒。

调酒师见到秦二爷带女人来似乎还是挺吃惊的,偷偷地冲宋星辰眨眨眼。

宋星辰很是配合地弯了唇角笑,随即不轻不重地说了句:"再冲我眨眼睛,就把你眼珠子挖出来⋯⋯"

调酒师被吓得低眉顺眼地调酒去了,秦二爷一口酒灌下去呛得咳嗽了好久。

宋星辰很少碰酒,却是喝酒的能手。

秦二爷一晚上就见她慢条斯理地转着酒杯,一点儿点儿地抿,到现

## Chapter 15　介意的事

在也只是微微红了脸,不由得好奇起来:"你到底来这儿干吗?"

宋星辰把高脚杯重重地放在桌面上,示意调酒师继续满上,这才手指着他笑了起来:"苏清澈他绝对不会陪我来这里喝酒,只能抓你这个倒霉鬼了。"

秦二爷扣住她欲拿酒杯的手:"行了,你少喝点……不然苏清澈真要把我的皮都扒了。"

"你还打不过他啊……啧啧。"她略微可惜地晃了晃脑袋,然后灯红酒绿中只觉得脑袋都晕了。

秦霜惬意地靠向椅背,修长的长腿随意地搭在地上。他专注起来眼睛似乎发着光,就这么看着她。

她抿着酒,小口地吞咽着,心里也渐渐地有些不是滋味起来。

她刚从秦霜的嘴里听到事情的完整版时,还没有多大的感觉,唯一不爽的就是他连这个都没告诉她。现在喝了酒,酒精把感官触觉又扩大了一倍,她迷迷糊糊间也能把事情联系上。

比如苏清澈很少跟她提起苏清音。

比如苏清澈那次跟她说的,他很认真地照顾过一个女孩子。

再比如苏清澈——对女孩子的细腻体贴。

她原本一直以为他本身就是细腻的人,可现在才知道这些都是他为另一个女孩子学的。

他学着体贴那个女孩,学着照顾她,甚至连女孩子的痛经都能妥帖地处理很好……还有那一手的好菜。

然后宋星辰发现,她该死地介意。


"你说苏清澈是有多坏啊,他把我的小怪兽吓跑了……他自己却找了媳妇。"秦二爷碎碎念着,眼神也迷离了起来,"你说我能不能拿你气气他啊,我真的是见不得他有一点儿的高兴……"

舞曲的声音有些大,她听得模模糊糊的,但仅仅那几个能听清楚的字拼凑起来也知道他在想什么。

她换了一个姿势,拿手拍了拍他:"那你打算怎么气他?睡我?死得难看的一定是你……真的,我会打人,还是苏团长手把手教的。"说着,她自己先笑了起来,"秦二,你真好玩儿。"

秦霜生平最讨厌跟"二"字扯上关系,当下就不乐意了:"宋星辰,你小心有一天落在我手里!"

宋星辰是真的喝醉了,对他这句话的回应竟然是:"你才要小心呢,我非苏清澈不嫁,你非苏清音不娶的话……你想想我们的辈分,你还要叫我一声嫂子。"

秦二爷彻底被这个女人刺激得暴走了,恶狠狠地翻出苏清澈的电话,恶声恶气地吼:"快滚来接你老婆!讨厌死了,跟你一个德行!"

苏清澈明天就要演习训练了,队伍一早就要开拔,他忙完了抽空想回来一趟见见宋星辰,现在车刚到楼下就接到了秦霜的电话,心底顿时有了不好的预感。

他脸色瞬间沉了下来,咬牙切齿地说:"你最好给我把人看住了,不然你给我等着……"

秦霜完全是一副死猪不怕开水烫的架势,挑衅道:"我等你!你再不快点儿来,我就带你老婆去开房了,反正我们之间迟早要打一架,今晚小爷就傺着了!"

苏清澈冷冷地勾着唇角笑了笑,一字一句道:"幼稚!"

随即问清了地址也不管那边抓狂的某人,直接挂断了电话。

苏清澈到的时候,守在宋星辰身边的人已经不是秦霜了,是秦墨和程安安。

宋星辰趴在吧台上,身旁是戴着鸭舌帽、大墨镜的程安安。

## Chapter 15　介意的事

　　她巧笑嫣然地把宋星辰交给了苏清澈，又怡怡然地端起一杯红酒递到他的面前："喝一杯吧，好久不见了。"

　　苏清澈见这架势，知道程安安是有话要说。他睨了一眼怀里脸颊粉粉的宋星辰，扣着她的腰往上揽了揽，直接拉开大衣把她裹了进去。

　　"我今天不方便，改日再说。"

　　程安安的酒杯却没移开，只是定定地看着他道："那也要喝了这杯酒。"

　　苏清澈是聪明人，她不用说他也是一点儿就通透，当下缓缓地眯了眯眼："是不是秦霜说了什么不该说的？"

　　程安安半倚在秦墨的怀里，语气倒是有些漫不经心："这不是道歉来了吗，你别跟他一般见识。"

　　苏清澈的脸色瞬间就阴郁了下来，再开口时，声音冷得像冰一样："没什么好道歉的，他不说我迟早也要告诉她。就由着他开了这个口……"

　　程安安脸上的神情还没放松下来，他又一字一句道："不过时间挑得有些不对……正好挑我回不来的时候说。"

　　酒吧里的灯光瞬间暗下来，就像此刻这里的激涌暗流一般，沉得人喘不过气来。

　　"所以，酒是要喝，账也还是要算。不只是星辰的，还有清音的。我看秦霜……不顺眼很久了。"他这话似乎都是从齿缝里挤出来的，一字一句分外清晰。

　　他身上的军威，那震慑，都是实打实地扩散开来。

　　程安安的脸色微微地变了变，身子也是一凉。

　　秦墨冷睨了他一眼，握住程安安的手把她拉到一侧："你跟秦霜之前的事我不会插手，给两家留点儿面子就好，断几根骨头也没事，只要事情不闹大到清音那丫头也知道就好。"

　　苏清澈接过程安安手里的酒杯，一口饮尽，凌厉的视线扫过去落在杯子上,随即一把捏碎了酒杯:"清音固然重要,却再也威胁不了我半分。我和秦霜之间,的确是有些事情需要解决一下。"

其实程安安倒不是担心苏清澈揍秦霜,而是担心苏清澈对苏清音还是有些心思。

秦霜怎么都是她的小叔子,她自然是向着他的,所以对苏清澈她的做法难免激进了些,可如今听到这句话,着实是松了一口气。

不过心里还是狠狠地骂了一顿秦霜没事找事,活该。

苏清澈说罢这句话也不再多做停留,抱起宋星辰就往外走:"我们回家。"

宋星辰的酒品还是不错的,一路上都只是乖乖地睡着,不吵不闹。

苏清澈抱她上楼的时候她才醒过来,一双眼睛都雾蒙蒙的,蕴着水光,在灯光下闪闪发亮,如点了漆一般。

"苏清澈。"她眨眨眼,自发自觉地抬手环住他,"你总算来了。"

苏清澈的步子一顿,安抚一般哄着她:"我来了,别睡,我们谈谈。"

宋星辰就这么看了他好一会儿,才缓缓一笑:"好啊。"

她的态度出乎意料地柔顺,苏清澈的心里却是越发地没底,侧头在她的额上亲吻了一口:"真乖。"

他开了门,正要摁亮电灯,只听她语气轻柔地问:"你是不是常常对你妹妹这么说?"

满室的黑暗里,宋星辰只听见苏清澈的呼吸沉了沉,随即他又迈开步子,把她放在了沙发上。

这才回来关了门,开了灯。

她一时不适应这样强烈的灯光,微微眯了眼。

苏清澈察觉到她的不适,只留了一盏灯光温柔的壁灯。

指缝间的灯光一弱,她就知道是他关了大灯。可往常让她倍觉温馨的这个小举动，此刻做来却更像是有一根针，缓缓地插进她的胸口。

还真是疼啊。

她拉过抱枕坐在沙发上，脑子还有些晕乎乎的，可意识却很清醒。

苏清澈所剩的时间并不多，他想问秦霜是怎么跟她说的，却第一次不知道一个话题要怎么开口。

宋星辰今晚其实并没有要跟他谈话的意思，她觉得很累。

以前每次看到韩潇璃写男女主角有误会，女主角歇斯底里地爆发，然后看着男主角就把他和旧账联系起来的桥段总是嗤之以鼻。

可现在，她似乎是有些懂了。

以前她总觉得男人做的事有一件让她觉得不好，她都要很果断地甩掉他。爱情里一旦有了污点、有了猜忌都是她无法忍受的。

可现在，她发现好像也不是这样。

其实她现在的心里异常平静，她甚至有些想不明白现在应该怎么做。

刚知道这件事的时候，以及现在面对他的时候，心态都是不一样的。

如果这件事非要赖在他的身上，似乎也不对，只是一段过去，而且苏清音也不是他亲妹妹，虽然看起来涉及了伦理，可其实只是很正常的一段男欢女爱。

宋星辰在意的是苏清澈从未提过，以及秦霜那句，"你确定他不是借着你忘了小怪兽吗？那么深的感情，怎么朝夕之间就能改变呢……"

如果不能忍受的话，大概就是自己成了利用品。

可宋星辰还是觉得，这样的苏团长让她好心疼。

什么样的感情让他坚持了那么久，又说放手就放手，只为了让她能够安心下来。她宋星辰，在他的心目中又到底是个什么位置？

她不确定，也不敢问。

哪怕现在她有些失望，有些难过，可她还是不想听见他提起那个女孩，也更怕他会离开她。

难怪韩潇璃说：“爱情的副作用就是让自己变得不像自己。”

到底是什么时候，她这么喜欢他了？

苏清澈沉默了一会儿，还是先开口道：“你想问什么，现在问，我回答你。”

宋星辰凝视了他好一会儿，才拍了拍身边的位置：“你过来好不好？”

他皱了皱眉，坐在了她的身边。

说起来，这种被动的情况苏清澈还是第一次经历。哪怕是面对苏清音，他大部分时候都占据着主动的位置。

宋星辰见他坐过来了，伸手揽住他，把头靠在了他的肩上，眼神却落在他的手指上。

苏清澈的手很好看，十指修长，不论是握枪的时候，还是拿菜刀的时候，又或者只是捏着玻璃杯喝水的时候。

可是秦霜宜："你以为苏清澈为什么厨艺那么好？那是因为小怪兽挑食，然后我就比他更用心地去学下厨，但我做的菜小怪兽都会拿来和他做的比较，所以我是真的很讨厌苏清澈啊，这家伙哪怕就是以哥哥的身份，都让小怪兽时时刻刻惦记着。"

她这么想着，眼睛都发酸了，眼泪一下子就掉了下来："你为什么不早点儿告诉我？你知不知道我听着别人说出来会很傻？他问我你是不是借由我来忘记她，我都不敢回答他。"

她抬起头来，眼睛红了一圈："苏清澈，我也不知道要不要相信你了。"

苏清澈觉得胸口骤然被什么东西捏紧了，一下子喘不过气来。

无论是算计她，还是逗她，他都能信手拈来，可现在她只是说她也不知道要不要相信他，他却不知道该怎么回答。

"苏清澈，跟我在一起的时候……你有没有过那样的想法？"她一字一句，问得清晰。

他却心头一震。

其实有的。

他刚和宋星辰在一起的时候的确是掺杂了这样的心思，不过那也是因为他放下了，才会有这样的想法。

习惯是件很可怕的事情，他是动过心，可对苏清音更多的是责任，和她的一切早就结束在大院那一天他亲口告诉她他不愿只当她的哥哥，她给出的反应时。

他是个军人，更是一个看准目标就出手的军人，可对苏清音他迟迟下不了决心，遇见宋星辰之后才知道原因。

他对苏清音更多的只是习惯，以及对妹妹的喜欢，并不是他以为的爱情。

他没有立刻回答，反而是沉默的时候，宋星辰就知道答案了。

她缓缓松开手，起身就要走。

他搭在膝盖上的手指缓缓收拢，骨节都有些发白了，最后还是伸出手拉住她："星辰，我现在不知道要怎么跟你解释，我等会儿就要回部队了，演习结束之后我们再好好聊聊。"

他的喉咙涩涩的，发出的声音沙哑又干涩。

宋星辰的回应只是抽出手来，微微退了一步，声音清浅："也好，正好我们都需要时间。"

宋星辰是真的很介意，哪怕她至今还没见过苏清音，她也非常介意她一直以为很美好的这段感情开始得并不单纯。

她蜷在被窝里，紧紧地裹着自己，可依然觉得浑身都发冷。

她闭着眼，却没睡着，等听到外面轻轻的关门声，她还是没忍住，咬着背角低低地哭出声来。

苏清澈最近的脸色是真的很难看。

陆参谋长还是第一次看见气压这么低的苏团长，只好小心翼翼的，连作战指挥的时候都会看团长的眼色行事。

苏清澈这次格外骁勇，他是蓝军指挥官，此刻负手立在地形图前，神色阴郁。

苏清澈的蓝军刚才被红军占走了一个高地，指挥部的气压低得都让人喘不过气来。

他站立了片刻，低头看了眼腕上的表，命令道："派一支小队先去拦截红军来支援的坦克旅，突击小组全面进攻。"

战事一触即发。

还是第一次因为发烧被送进医院挂点滴。

她昨晚跟秦霜出去之后就没回来，听苏谦诚说星辰最后被苏清澈接走了，可韩潇璃不放心啊，总觉得会出什么事，中午吃过饭就让苏谦诚送她去宋星辰家。

苏谦诚下午还有工作，车子刚开出小区的大门就接到自家老婆的电话，然后二话没说直接掉头回来，救人要紧。

韩潇璃敲了半天门都没开，最后还是摸出了宋星辰放在花盆底下的钥匙开了门进来的。

宋星辰那时候就已经烧得有些糊涂了，韩潇璃把她从被窝里抱起来的时候浑身都滚烫，吓得韩潇璃六神无主，马上给苏谦诚打了电话。

韩潇璃还是第一次看见这么狼狈的宋星辰，整张脸因为生病苍白苍白的，跟白纸几乎都是一个颜色了。

眉头紧皱，嘴唇都被咬出血了。

宋星辰醒来之后也不说话，闭目养神，还是韩潇璃说要给苏清澈打电话，她才睁开眼："他现在不在部队，去演习了。"

## Chapter 15　介意的事

　　于是先发脾气的变成了韩潇璃，把苏清澈臭骂了一顿，最后还是被苏谦诚半搂着拖出病房去了。

　　病房一静下来，宋星辰的心也跟空了一半一样，难受得要命。

## Chapter 16
## 想对你说的话

宋星辰次日打完点滴就出院了，这也是她第一次自己一个人去交住院费。

排队的队伍有些长，她低头握着手机，正给韩潇璃发信息，发完信息往下一滑就看见了苏清澈的名字。

她的手指一顿，就看着他的名字发起呆来。

宋星辰其实一早就知道如果当军嫂，那么将来她更多的时候都是自己面对生活，比如生病，再比如以后有了孩子，无论发生什么状况，更多的都是要她自己来负担。

苏清澈的工作特殊，首先他要对自己那身军装负责，再者才是家庭，她能做的就是理解。

可人一旦脆弱起来，什么想法都是悲观的。她觉得她也许并没有自己想象中那么坚强，也根本做不到什么事情都独当一面。

如果没有这件事情，也许她还不会有这种想法。但如今，她却控制不住地胡思乱想。

缴完费，她打车回了家。

她在等电梯的时候,看着金属墙面上模模糊糊的自己的样子,很认真地问了自己一遍:"宋星辰,你还喜欢苏清澈吗?"

没有犹豫,她是喜欢的。

电梯"叮"的一声提示到达,她回过神,缓缓走进去。

她下午还有课,下了速冻水饺垫了垫肚子,便去学校了。

韩潇璃打来电话的时候,她正在批作业,中午吃的药发挥了药效,困乏得有些昏昏欲睡。

韩潇璃自打和苏谦诚领证之后胆子日渐大了起来,刚接通电话就对她一顿教训,骂完了、解气了这才问她:"你在哪儿呢?"

"学校。"她掩唇打了个哈欠,拿起杯子喝了一口茶提神,"医生都嫌我占床位,你着急什么?"

"星辰啊,你别为了一个苏清澈想不开折腾自己。"

宋星辰似乎是听到了什么好笑的笑话一般:"韩潇璃,你是不是傻?我是这种人吗?"

韩潇璃觉得已经无法跟宋星辰沟通了……

一个月的时间说长不长,说短也不短。

宋星辰从不习惯到习惯,然后便发现其实生命中就算有人离开也不是什么大不了的事情。

已经临近期末了,她的美术课被其他各科的老师纷纷占领,她也乐得轻松,偶尔有课要上也就是组织学生们复习、温习、自修。

苏清澈回来,她是知道的,不过……早已经没有了当初等待的心情。

秦二爷近来倒是跟宋星辰走得颇近,偶尔想起来也会主动打电话给她,一起出来吃饭。当然,刚开始的确是幼稚得想借由此出一口恶气,但现在吗……他很高尚地说一句,他被宋星辰的情怀感动了!

秦霜是知道苏清澈今天演习结束的,见宋星辰跟个没事人一样,还是很厚道地提醒了一句:"苏清澈今天晚上应该就能出来放风了。"

放风……

宋星辰噎了一下,把已经烤好的肉串递给他:"喏,自己刷调料总会了吧?"

秦二爷默默地接过去,还是不死心地问了一句:"你听见我说话了没有?"

宋星辰抿了口奶茶,挑眉看了他一眼:"你要是怕被苏清澈打的话,现在就赶紧去前台付钱走人……"

激将法!哼!

秦二爷扭头就去前台缴费了,交完钱又怡怡然地回来:"我告诉你,等会儿要是苏清澈来了,你一定要跑得快一点儿。"

宋星辰被秦二爷逗得笑起来,顺手又分给他一串羊肉:"瞎操心什么。"

话音一落,她一直放在桌上的手机就蹦跶了起来。她扫了一眼来电显示上苏清澈的名字,晃了晃满手的烤串:"你接。"

秦二爷虽然一向以挑衅苏团长为乐,可至今还没有主动找死的觉悟,所以他义正词严地拒绝了。

宋星辰对于秦二爷的拒绝毫不意外,只是问了他一句:"你说是不接等苏团长找来好呢……"话说到一半,秦霜赶紧丢了肉串,把电话接了起来。

苏清澈已经在宋星辰的公寓楼下了,看着楼上漆黑的房间就可以肯定宋星辰一定是故意不在家的!

所以当听到电话是秦霜接起来的时候,他也只是皱了一下眉头:"她呢?"

"在给我烤肉串。"秦霜接到电话之后老毛病就犯了,他冷哼了一声,继续添油加醋,"星辰啊,这个不要,给我刷点辣椒。说了芥末不要!"

苏清澈捏着手机的手紧了紧,深呼吸了一口气,他声音沉得都带着浓烈的杀气:"要么让她接电话,要么你在三秒内告诉我具体位置!"

秦霜小心肝颤了那么一下,随即大气不喘的:"三秒内?地址太长了啊,我三秒钟说不完……"

宋星辰皱了一下眉头,显然她还是比较护着苏团长的,当下"啧"了一声,淡淡道:"让苏团长赶紧过来,也许还能吃上一顿夜宵。"

秦霜抿了口果汁,满足地叹了一口气:"我们交换怎么样……你告诉我小怪兽在哪儿,我就在十分钟之内把你老婆给送过去。"

宋星辰翻着肉串的手就是一顿,抬脚就碾上了秦霜的:"找死。"

秦二爷疼得龇牙咧嘴的,顿时加码:"不然我就对你老婆不客气了,她踩我!"

苏清澈颇有些头疼地抬手按了按眉心,宋星辰怎么就跟秦霜混在一起了……秦二爷在某种程度上,杀伤力比原子弹还要厉害啊!

烤肉架上还有"滋滋"的声音,对面的人却已经全神贯注地留意起秦霜那边的动静。

秦二爷故作不知,心里却在暗爽,怎么不早来这一招!他找小怪兽找了那么久,果然还是要从苏家下手啊。

苏老爷子闭门不见就算了,苏清澈原本也是撬不开嘴的,现在好了……就算苏清澈不说,到时候也会被宋星辰收拾,哈哈哈,想着就觉得很美好啊!

秦霜见那头还在思虑,侧头看了一眼微垂了眸子的宋星辰,很不要脸地谎报军情:"啊呀,星辰你怎么把手烫到了……快去冲水!"

这回苏清澈再也淡定不了了,他恶狠狠地对着手机那头说道:"地址!清音的事晚点儿跟你说。"

秦霜眼睛就是一亮,端起茶杯猛地喝了一口,奈何茶是刚倒的,烫得他舌头一阵发麻:"你说真的?"

"地址!"苏清澈咬牙切齿。

大概是那头的气压实在有些恐怖,秦霜思忖着苏清澈怎么也不能赖账,迅速地报了一串地址。

这头,苏清澈脸色沉得跟结冰的潭水一般,那眼神里的阴鸷和杀气浓烈得就差所到之处都生灵涂炭了。

他握紧了手里的手机,然后快速上车,引擎启动的声音就如车主人此刻滔天的怒气,咆哮着飞奔出去。

秦霜已经早早就溜了,宋星辰慢条斯理地解决了烤肉串,出门的时候正好遇上了一身凌厉气势往里走的苏清澈。

他的步子就是一顿,停在她的几步之外。

说实话……宋星辰见到苏清澈的时候,还真的心跳漏了半拍,呼吸也是那么一紧。

不过她的面上却是淡定得很,只是看了他一眼,略一点头,然后就垂下眼继续往外走。

苏清澈一路上一直想着第一句话要说什么,可她就跟看见一个普通的路人一样和他擦肩而过时,他只觉得胸口像是被大锤打了一记一般,沉闷得发痛。

因为几日没合眼,他一双眼里布满了血丝,此刻身体也疲累得很,可就是神经始终保持着高度的清醒。

意识先动作一步,一把拉住她的手:"我在这儿,你去哪儿!"

宋星辰虽然明白演习一个月不能怪他,可心里总是有怨气的,她这一个月的状态完全就跟恢复了单身一般,无论是心里的苦涩还是想念,都无人可说,只能自己藏着。

原本她还想学着韩潇璃剧本里那些女主角矫情一番,可他在她的面前了,她却突然不知道要做什么。

此刻被他这么拉着,她也只是下意识地挣开。等意识到自己做了什么,她才索性作就作到底,一抬下巴,缓缓抽回自己的手:"我有说要去你那儿吗?"

苏清澈现在最想做的就是好好睡一觉,可面对宋星辰,他还是耐着性子:"那你想去哪儿?我送你。"

"我是不能打车还是不能自己走啊,非要你送。"她轻哼了一声,借着里面的灯光也看清了他眼底的疲惫,顿时有些于心不忍,"各回各家,各找各妈,我今晚没心情跟你……"

话音未落,苏清澈已经上前一步利落地把她扛在了肩上。

她顿时失声尖叫:"苏清澈,你绑架我!我要回去告诉老爷子!"

"挺会找救兵的?"他冷笑一声,"不过我是一点儿都不想从你嘴里听见'我们之间没有关系'这种废话。"

宋星辰被他牢牢地控住了脚,就坚持不懈地拿手揍他,奈何她花拳绣腿地打在他身上也是不痛不痒:"就是没有关系。"

苏清澈的步子一顿,脸色更黑了:"那我们明天就去领证。"

"谁要跟你结婚了!你放我下来!"宋星辰终于抓狂。

苏清澈几步已经走到了车旁,这才把她放下来。刚松开,她就直接脱了脚上的高跟鞋往他身上砸去:"流氓,土匪!"

苏清澈气急反笑,握着她手腕的手就是一收。

她的手实在纤弱,他这么一下重手,她就抿了唇,摆出一副泫然欲泣的可怜样来。

实在是有些拿她没办法啊。

苏清澈颇头疼地按了按太阳穴,缓下声音说道:"手哪里烫到了?"

宋星辰这才想起来秦二爷那臭不要脸的说过这句话,抿了唇一声不吭,不反抗、不说话、不理睬!

苏清澈微微凑近了她一些,扣住她的腰拉了过来:"把脚踩上来,别冻着了。"

宋星辰看了一眼不远处的两只高跟鞋,更加怨气了,这双鞋刚买来没多久好吗?

她就这么一副打死不再跟你说话,划清界限的表情实在是让苏清澈无力招架。

他皱了皱眉眉头,扣着她腰的手一紧:"星辰。"

宋星辰这回干脆移开眼去不再看他,刚才居然直接把她扛走,太丢人了!不能轻易原谅:"苏团长,你这样抱着我影响很不好。"

苏清澈眉头皱得越发紧了。

宋星辰见状,咬了咬下唇:"能在同等高度进行对话吗?我是真的不喜……"

话音未落,苏清澈已经倾身扣住她的下巴微微抬高,吻了上去。

"吧嗒"一声……

宋星辰心里的某根弦顿时罢工。

宋星辰对于自己被苏团长吻了一下,就立马被按了暂停键一样被他带回了他家这件事颇有些难以启齿,以至于他进了门告诉她这是他为了结婚准备的新房时,很不给面子地转身就要走。

苏清澈都把人带到家里了,还能让她跑了?

当下顺手一捞,打横抱起,然后连参观都省了,直接抱着人上了二楼卧室。

宋星辰顿时怒了:"苏清澈,你太浑蛋了,快送我回去!"

苏清澈牢牢地把她控在怀里,一脚踹开了门,几步把她压在了床上:"宋小姐,你今晚这句话说了那么多遍,不累吗?"

宋星辰的双手被他反剪在身后,人又被他压着,一点儿力气都使不出来:"你要是乱来我可以告你强奸。"

## Chapter 16　想对你说的话

苏团长对她的"控告"嗤之以鼻:"到时候法院也许会判我无罪。"

宋星辰:"你个臭不要脸的。"

苏清澈实在是有些累了,把她往怀里一搂,双手双脚压住:"等我醒来再说好不好?我好几天没合眼了。"

宋星辰动了动,没挣开,再去叫他的名字时他已经睡着了。

宋星辰却意识清醒得很,被他这么搂着动弹不得,顿时无力了……

屋里只留了床前的一盏灯,晕黄的灯光落在他的眉间,淡淡地拢了一层暗暗的阴影。他睡得有些不安稳,眉头微微皱着,她只有一只手在他的掌控下还能活动。

她刚一动,苏清澈抱得就紧了些。

她就这么僵着让他搂在怀里,心里一时说不上来是什么滋味。

有些暖暖的,这个男人出了部队的第一件事就是来找她,而且还诚意很足地带她来了他的家,她还是第一次涉足。虽然她有些怀疑她是不是第一个进来的女性。可心里还是止不住地暖啊,总觉得他还是明白她在想什么的。

宋星辰直到现在都不知道自己这一个月是怎么过来的,刚开始的时候总觉得有些不习惯。

很多次想打他的电话,想得都忘记了他去演习根本没带手机,拨出去之后就是冰冷刻板的关机提示。

然后她就想,以后就不用再联系了。

在她需要他的时候,他却无法出现。

然后她便开始做噩梦,光怪陆离,半夜醒来也只能看见清冷的月光。

宋星辰的脆弱完全暴露无遗,不过好在这样的情况只是持续了一个星期。

她那天回家吃饭,宋爸爸问起苏清澈最近怎么没来过了。

宋星辰从小就和爸爸比较亲近,几乎是有一点儿的风吹草动都无法避开宋爸爸的眼睛，这次也毫无意外。

宋爸爸也没问原因，只是让她在他身边给他泡了一下午的茶。宋妈妈叫吃饭的时候，宋爸爸才轻声说了一句："自己选择的人你就必须要在理智的基础上相信他，无论发生什么都要向前看，问题也需要沟通才能解决，自己一个人不开心，他能知道？"

宋星辰颇有些尴尬："我心情不好和苏清澈有关，表现得那么明显吗？"

宋爸爸抿嘴哼了一声："那臭小子，我刚把闺女交给他就出点么蛾子，我要让你妈把户口本藏好了！"

不过事实却是宋爸爸把户口本交给了她："无论和谁结婚都是你做决定，那小子再气你，你随便找个人嫁了，什么后果你爸来承担！"

宋妈妈在一边笑得不能自已："谁让你这么给闺女撑腰的？"

她还记得第一次约秦霜出来的时候，秦二爷生怕她把他生吞活剥了，一路上那叫一个小心翼翼啊，宋星辰估摸着如果有一点儿风吹草动的，秦二爷立刻就能撒腿跑了。

秦二爷和苏清澈最大的差别就是，他想到什么就会说什么，这就是他对对方好的方式。但苏清澈却是深思熟虑之后才会决定这件事要不要告诉你。

宋星辰跟秦二爷相处下来，总的来说只有一个念头——她真的是很羡慕那个叫苏清音的女孩子。

从小有苏清澈护着，如今有秦霜。

宋星辰后来还约了程安安出来，打电话给她的时候她似乎是愣了一下，随即便让经纪人推掉了下午的工作，来赴她的约。

程安安临走之前说了两句话："我是真的挺喜欢你的，苏清澈说起来也不容易，挺招人疼的，你要对他好。恰好能遇上一个让你觉得以后哪怕再活几百年，只要有他陪着都甘之如饴的人，真的不容易。"

另一句是："有空记得吹吹他的枕边风,让他赶紧交代清音在哪儿,可怜我小叔子还要忍受好几年啊,万一空等下来,清音带回来一个洋老公……啧啧,真是人间惨剧啊。"

宋星辰如果再有什么不明白的,也该是问苏清澈了。

所以她耐心地等他回来,原本想坐下来好好谈一谈,奈何安静下来的相处方式还是上了床……

她等他睡得更沉了一些,才抬手缓缓落在他的脸上。

苏清澈的警惕性是很高的,刚开始同床共枕的时候,宋星辰偶尔手伸过去取暖他都会突然睁开眼睛,可时间慢慢久了,他一上床就会把她抱进怀里,她伸手去触摸时他也不再有动静。

宋星辰是个在意细节的人,而苏清澈的这些不经意,才让她温暖至今,哪怕有怨气也愿意一直等着他回来,等他亲口告诉她。

我若在你心上,那便不足畏惧。

宋星辰的生物钟因为上班调到了七点准时起床,今天破天荒地睡到了九点,睁开眼时苏清澈还在睡。

偏偏他那么沉又压着她睡,她的手脚都麻了,几乎是一动他就抱得紧一点儿。

所以等苏清澈醒来之后,宋星辰就咬牙切齿地在他胸口狠狠揍了一拳,然后起身就要跳下床。

苏清澈偏偏还会错意了,一把扣住她手腕不让她下去:"没有命令,谁准你擅离职守了?"

宋星辰低头就在他的手上咬了一口:"你倒是松开我啊。"

苏清澈被咬得疼了也只是皱着眉头,一言不发地看着她,看得宋星辰都愧疚了,他却只是凑过来把她抱回怀里按着:"星辰。"

宋星辰就差哭了,她爪子在他身上挠了好几下,才环着他略带哭腔地说:"我要上厕所啊!"

苏团长想:这个还真的不能不松手了。

宋星辰上完厕所出来,苏团长已经叫好了外卖——扬州炒饭加一杯热的珍珠奶茶。

宋星辰在卫生间里磨蹭了半天才出来,耳根子还有些红红的,出来看都不看他一眼,径直坐下来吃饭。

她下午还有在校的最后一节课,吃过饭,苏清澈便先送她去学校。

苏团长一路上都试图和宋星辰沟通,奈何宋星辰是打定主意不理他了,闷头坐在座位上玩手机。

苏清澈一路把车开进了停车场,等她下车去上课了,他也跟着下了车。

宋星辰走了几步听见动静,一转身就看见苏团长跟在后面,眉头微微皱起:"我不打算开公开课,所以不接受除了我学生之外的人来听课。"

苏清澈淡定地扫了她一眼,玩味地回答:"不是不打算理我吗?现在我要做什么对你很重要吗?"

宋星辰被反噎了一下也不恼,笑意盈盈地一点儿头:"你本身就让我觉得很困扰,但理不理你是我的自由,你无权干涉。"

苏清澈扫了一眼腕上的手表:"嗯,你再磨蹭下去,等会儿你的学生应该就会看见他们的老师披头散发地狂奔在走廊上了。"

宋星辰:"不劳你费心。"

宋星辰上课的教室位置很好,她站在讲台上就能看见操场。

下午的阳光很好,教室里安安静静的都是温书时翻书写字的声音,她搬了椅子就坐在教室的门口。

阳光暖暖的,她晒得有些昏昏欲睡。

教室里慢慢地就有了一些很轻的说话声,她抬眼看去,就看见坐在窗口能看见操场的几个同学正双眼发亮地指着篮球场说着些什么。

她顺着他们的视线看去,就看见苏清澈已经脱了外套搭在一边,和来借场地的高中学生一起打起了篮球。

宋星辰倒是不知道苏清澈篮球打得也那么好,他的身形修长,又是长期运动的人,无论是三分球还是灌篮,这些动作由他做起来都分外好看。

她一时看得目不转睛。

虽然只是初中生,可班上的女孩子早就有了审美意识,有几个看书都不认真了,频频地往操场上扫去。

似乎是察觉到了宋星辰的视线,苏团长完美地完成了一个三分球之后就把视线转了过来。

距离虽然隔得还是有些远,可宋星辰却很分明地看见了他唇角微微上翘扬起的那个笑容。

这个笑容就如同一道光,融得她心里都暖暖的。

苏团长的以色侍人运用得越发炉火纯青了啊。

下课铃响,她收拾了东西离开。

一直坐在窗边的女孩子叫住了她,红着脸,大着胆子问她:"宋老师,他是你男朋友吗?我刚才看见他送你过来的。"

宋星辰略略一挑眉,没未接话,那女孩又说道:"一定是的吧,帅哥哥往你这儿看了好多好多次呢。"

她的话音一落,班里的学生都起哄起来。

宋星辰对这种小场面还是不惧的,当下只是微微勾了勾唇角:"你们时间多到还能起哄、开玩笑了是吧?"

说罢,也不再停留,抱着书就走了出去。

她前脚刚踏出教室,后脚身后就爆发出巨大的欢呼声来。然后一窝蜂地,全部都挤了出来,跑下去围观苏清澈了。

宋星辰在办公室坐了一会儿，慢条斯理地喝了口热茶，等上课铃响了之后才收拾了东西下班。

苏清澈已经下场了，正坐在花坛边，见她走过来拿起大衣就迎了上去："可以走了？"

宋星辰顿了顿，扫了他一眼："我没打算跟你一起走。"

苏团长被拒绝也不恼，只给了她两个选择："你要么跟我走，要么我跟昨晚一样扛你走。"

宋星辰步子顿了顿，面无表情地看过去，语气微微地冷了下去："麻烦苏团长摆正一下态度，威逼利诱对于我来说行不通。"

苏清澈顿时就是一僵，知道她是来真的，收起了满身的慵懒，他就以一步之差落在她的身后，轻声问道："那处理问题是不是应该坐下来好好谈，你想知道什么，我都可以告诉你。"

宋星辰只是垂了眸略微思索了一下，再看向他时，眼底都是细碎的光："其实你也没有做错什么……"她沉默了一下，又道，"是我对你的态度有问题。"

苏清澈这回整个人都不好了，这么一段时间和宋星辰相处下来，他深知她的脾气，如果她此刻还能锋芒毕露地针对他，要他给一个解释，那事情就能很顺利地解决。

可一旦她开始往自己身上思考有没有错误，然后再来一句自我反思，得了，他的攻坚战得继续下去了，还不知道什么时候才能攻占她的高地，取得革命性的胜利了。

其实宋星辰没想那么多，她说的还真的是实话，其实这件事说白了也就是她自己心里堵得慌。苏清澈不是犯了什么不能被原谅的大错，只是她还不愿意原谅他而已。

任谁在思考终身大事的时候，知道自己的"未婚夫"当初和自己在一起是有不纯洁思想，并打算一直瞒下去不坦白，都会觉得特别堵心吧？

## Chapter 16　想对你说的话

这么想着,她也就理直气壮了,老娘被你欺负了那么久,矫情一下怎么了?闹点小脾气怎么了?她还就要作到自己心甘情愿为止。

苏清澈也没勉强她,一路沉默着把她送回家。

宋星辰站在窗口微微掀起了窗帘往下看,苏清澈的车子还停在楼下。她转身去给自己泡了杯咖啡,在厨房里慢条斯理地喝光,再转悠到窗口往下看时,苏清澈已经走了。

虽然没指望苏清澈会在楼下一直等着,不过没看见他的身影,还是有一些些的失落。

宋星辰喜欢吃但不喜欢下厨,冰箱里也是空荡荡的。她一个人待着有些烦躁,拿起车钥匙便去了Ａ大。

到家的时候宋爸爸和宋妈妈都在,意外的是苏清澈竟然也在。

这几日降温,宋爸爸因为一直在和唐睿泽做实验,熬了两天没休息,回来就感冒了。此刻正在喝着热茶和苏清澈下棋。

宋星辰站在门口就是一愣,还是苏清澈先抬眼看过来:"风大,快进来。"

宋星辰顿时僵在原地,原本还打算避开他的,哪知道就这么迎面撞上了。不过她还是依言关了门,换了鞋进了屋。

傍晚的时候变了天,屋外是冷肃的寒风,她来得匆忙,围巾、手套都没戴,就走上来的这一会儿工夫,鼻尖已经冻得有些微的红。

屋内的暖气充足,她进了屋就盘膝坐在暖气边上。

宋爸爸看见就皱了皱眉:"坐地上凉。"

宋星辰含含糊糊地应了一声却没起身,等浑身都暖和了些,才站起身来。

宋妈妈做好饭的时候天色已经全黑了,宋星辰去帮忙拿碗端菜的时候透过窗口往外看了眼:"呀,下雪了!"

苏清澈跟在她身后进的厨房，闻言顺着她的视线往外看了眼："等雪积起来还要一会儿。"

宋星辰一转头看见他，抿了抿唇，想说些什么，最终还是闭着嘴从他身边擦肩走过。

宋爸爸正好过来拿筷子，看了一眼苏清澈，颇有些幸灾乐祸地拍了拍苏团长的肩膀："有一次我对星辰失约了，她整整一个月没和我说话……"

苏清澈对着稍有些清冷的窗口半晌，才颇有些头疼地抬手按了按太阳穴："我这问题也挺严重的，估计攻克下来得三个月了。"

吃过饭，宋妈妈收拾了碗筷去洗碗，宋爸爸很明智地把客厅腾出来给闹别扭的两人一个单独相处的空间。

宋星辰盘膝坐在沙发上，边端着果盘吃水果，边拿着遥控器不断地换着台，还故意把屏幕调到了少儿频道，看经久不衰的灰太狼。

苏清澈显然也已经做好了长期抗战、请求宽大处理的打算，慵懒地半支着下巴看宋爸爸放在客厅茶几上的杂志。

最后还是宋星辰先忍不住了，把盘子往桌上一放，语气不善地说："你可以回家了。"

苏清澈懒洋洋地抬眼去看她："时间还早，我不急。"

他的声音有些清冷，但又带着懒懒的音调，偏让人会被蛊惑。

她暗暗地磨了磨牙，一把抓起自己的外套，站起身来："我送你下去！"

宋妈妈刚从厨房出来，听见这话就皱了皱眉头："星辰，怎么说话呢。"

苏清澈的姿态纵然再随意，此刻都有些无奈，还是起了身："没关系，伯母。我还是先回去了。"说话间，他已经拿起了自己的外套。

宋星辰却又盘膝坐回沙发上，抿着唇，一言不发。

## Chapter 16　想对你说的话

宋妈妈扫了两个人一眼,眼角都是笑意:"外面风雪那么大,清澈你今晚就住下来好了,正好客房我收拾出来了。"

宋星辰顿时目瞪口呆:"妈,你干吗?"

宋妈妈扫了一眼自家的闺女,对着苏清澈又重复了一遍:"清澈今晚就留下来,星辰你等会儿带清澈去客房安顿,我这几天有些累,就先回房休息了。"

宋妈妈抛出了橄榄枝,苏清澈自然要顺着接过来,不然就白费了未来丈母娘的一片苦心不是?

宋妈妈一回房,整个客厅顿时就安静了下来,只有电视里红太狼的咆哮声不绝于耳。

宋星辰眼神不善地盯着他看了好一会儿,才不得已地接受了这个事实,气鼓鼓地转头继续看电视,不过这一次她是怎么都不能心境平和了。

苏清澈略略勾了勾唇角,看了眼腕上的手表,嗯,还早。

时间不早了,宋星辰推开了客房的门扫了一眼,对着坐在沙发上的苏团长挑了挑眉:"就是这里,我先去睡了。"

苏清澈慢条斯理地起身,几步走进了房间,听见门口宋星辰转身要走的动静,不紧不慢地问了一句:"床头的灯在哪里?"

客房里此刻只有客厅投射进来的光,她走进来,就看见苏清澈站在床边。她绕过他俯身去开台灯,灯一亮,就指着床头柜边上的开关:"在这儿。"

身后的人没有回答,她一转身,就直接被苏清澈一把揽进怀里。

他身上是清冽好闻的淡淡香气,她被他揽在怀里,还能透过柔软的毛衣听见他胸腔里此刻正在跳动的心脏。

她顿了顿,任由他抱了一会儿才推开他。

台灯的光有些昏暗,他的一双眸子此刻就显得格外深邃,她看了一会儿,淡淡地笑了笑:"苏团长这种动手动脚的习惯真的应该好好改改。"

苏清澈眼也不眨,甚至连表情都是淡淡的,可说出口的话却坚定得不容置疑:"你在生气,星辰。"

"我为什么不能生气?"她反问,语气却淡淡地毫无波澜,"本来我就是最应该生气的人啊,苏清澈。"

他却一时语塞,苏团长少得可怜的感情史里还从未遇见过这种情况,此刻处理起来还真的是毫无头绪,沉默了半晌,也只是说了一句无关紧要的话:"这不是我的本意。"

宋星辰抬头看着他,眼里都是细碎的光,她的声音很轻,轻得都有些飘忽:"苏清澈,有没有人告诉过你道歉是需要诚意的?你的无意让我难过了那么久,你有什么理由要求我必须随时都要配合你?"

说罢,她低下头,鼻尖都有些酸:"你不知道,我其实连生气都没有什么理由。"

她反反复复地想了那么久,才发现自己真的是没有理由再去生气,她从程安安那里听到了全部,更多的是对苏清澈的心疼。

苏清澈无论是哪里跟她比起来,都不幸得多。

她是一个会念别人好的人,总是不断想起他对她的好,以及宋奶奶病重时他的耐心、他的理解、他的体谅和支持,这样的人她怎么舍得再去误会他对自己是不是真心的。

可苏清澈明显不懂她现在到底在在意什么,对于苏清澈的这段过去,其实宋星辰根本没有理由去生他的气,换位想想,她也会这么做。

可就是这种没有理由,让她喘不过气来。

苏清澈,你是真的不明白啊。

僵局被打破是在次日的下午。

苏清澈出门办事去了,宋星辰也约了韩潇璃去茶座小坐片刻,回到小区门口的时候却出了点儿事。

昨夜下了大雪，积了厚厚的一层。

宋星辰开着车正要进小区，迎面就冲过来一辆宝马，宋星辰被吓了一跳，赶紧踩刹车。她动作快，对方也不慢，一个急转，在雪地上滑了一下，擦着宋星辰的车一下子划了一道长长的口子。

宋星辰顿时皱了眉头。

对方已经先她一步开了车门走出来，绕着她的座驾走了一圈，敲了敲她的车窗。

宋星辰刚把车窗降下一点儿，对方就已经语气不善地开说了："你把我的宝马划了，赔钱吧。"

宋星辰按着按钮的手就是一顿，斜睨了窗外那个人高马大的男人一眼。有眼睛的都知道这起事件的主要责任在哪方，他自己横冲直撞地出来，现在倒是来要钱了。

她皱着眉头让他往后退，外面的男人还以为她是不想搭理他，索性一屁股坐上了她的车前盖。

外面有些冷，她连衣服都没披，直接开了车门下车："给我下来。"

似乎是没想到车主是个年轻漂亮的姑娘，那男人愣了一下随即更是轻蔑起来："我这车怎么着你都得赔我十几万，给了钱什么都好说。"

宋星辰睨了一眼他车灯这边的划痕，又四下看了看有没有监控，这才不紧不慢地说："我的车也擦了，你怎么不说给我赔钱啊？"

对方显然是看宋星辰是弱方，语气越发强硬起来："你这破车能跟我的宝马比吗？"

"宝马怎么了？"宋星辰也是一笑，"我又不是买不起，不过就是知道开这种宝马就以为自己了不起的人太多，所以还是老老实实买了大众的。"

那男的被噎了一下，气急反笑，手狠狠地落下，拍在她的车前盖上：

"你就说怎么处理吧？"

"你不是要赔钱吗？"宋星辰睨了他一眼，天寒地冻的，她这么站着还真有些冷，估摸着几千也能了事了，干脆开了车门去拿钱包，"你说多少……"

对方见宋星辰显然是怕事的主，当下就狮子大开口："我这车漆这边还没有，怎么着打底也得十万块。"

宋星辰正数钱的动作就是一顿，略一挑眉，语气微沉："再给我说一遍。"

她这么斜睨过来，眼神冷得就像此刻的温度，那男人被她瞪得顿了一下，才重复了一遍，"十万，我告诉你十万还都是少的。"

宋星辰此刻是确定自己遇上无赖了，仗着开了一辆好车就狮子大开口地要维修费。

她冷哼一声，很有脾气地把钱包一合直接扔回了车里，睨着那男人说："别说十万，我十块都不给你，臭无赖。"

宋星辰的语气不善，那男人就更强硬，几步冲过来挥拳就要落下来。

门口一直观望的保安生怕出事，赶紧过来把人给拉开了，脸上还心有余悸："宋小姐，不如你让苏先生过来处理吧。"

宋星辰脸色也不好看，紧紧地抿了唇，此刻听了保安的话，冷哼一声，还是打了电话给苏清澈。

苏清澈接到电话的时候正在帝爵世家整理东西，一边整理还一边想着今晚怎么也得把人哄到这儿来，再冷战下去，他睡眠质量也要骤减了。

电话响起的时候他看都没看一眼就顺手接了起来，对面一直没动静，他"喂"了两声之后看了眼屏幕，瞬间就放柔了声音："星辰。"

宋星辰含含糊糊地应了一声："我在小区门口呢，出了点儿事，你快点儿过来。"

## Chapter 16　想对你说的话

苏清澈挂断电话之后一边庆幸他明智地一早就去买了手机,不然错过这个电话他得后悔死,一边抓了车钥匙就赶了过去。

苏清澈到的时候,宋星辰正斜倚在车边,手里转着手机一言不发地盯着对面一直骂骂咧咧的男人。

苏清澈开着的路虎上面还挂着军牌,车刚停稳他就大步走了下来,一看见宋星辰眉头就是一皱,拿了挂在副驾上的大衣走过来给她披上:"我说过几次了,你体质偏寒就不要冻着,嗯?"

宋星辰鼻尖都冻得有些红了,此刻他来了,她便松了一口气:"你总算来了。"

苏清澈这才留意到对面还站了一个男人,正被保安堵在后面。他再扫了眼现场,就猜出了一个大概:"怎么回事?"

宋星辰知道现在不是任性的时候,被他半抱在怀里,认认真真地把事情经过说了一遍。

苏清澈看向那男人的眼神顿时沉了下来:"十万?"

自打苏清澈来了之后,那男人的气势顿时就弱了几分,尤其是看见那辆路虎和路虎上的车牌。此刻也不敢点头,就僵在原地不说话了。

苏清澈手指搭在宋星辰的肩头轻轻地敲了敲,脸色很是不好看:"要十万我可以给你。"

话音一落,在场的人除了宋星辰都一副震惊的样子。

苏清澈松开宋星辰,几步走上前,那保安自动就让了开来。他沉着脸上下打量了那男人一眼,还很顺手地帮他整了整衣服。

"十万也就那么一笔小钱,我老婆不懂事,刮了你的车这钱应该给。"他语气轻轻浅浅的,偏生听得人毛骨悚然。

苏清澈缓缓地眯了眼,退离他一步:"那么多现金我没带在身上,你怕我赖账的话现在就可以跟着我去拿。"

苏团长说话的声音可比训练战士的时候温柔多了,可这么清清冷冷的,又暗含警告,让对方吓出一身的冷汗来。

他拍了拍那男人的肩,语气又是一转:"那你的车解决了,接下来我们来算算账。听我老婆说你刚才是打算动手来着?"

那男人心底的最后防线一下子被苏清澈落在他肩上的动作打垮了:"是我不对,我是急性子。"

苏清澈沉默地睨了他好一会儿,转头问宋星辰:"你打算怎么做?"

宋星辰还没开口,那男人立刻抖抖索索地从口袋里摸出钱来递过去:"是我不对,别跟我一般见识,这些就当是浪费了这位小姐时间的补偿,我这就走。"

宋星辰这回是哭笑不得了,也懒得搭理他,那钱自然是看都没看一眼,直接钻进了车子先把车停到地下室去了。

保安在一边嘀咕:"早这样不就好了,现在人正主一来就跟老鼠一样。"

宋星辰停完车出来的时候,苏清澈就在前面等着。

他就站在门口那棵小树下,双手插在裤子的口袋里,正目不转睛地看着她。

她身上还披着他的外套,几步小跑过去:"仗势欺人这招学得挺快的啊。"说话间,她脱了他的外套递过去,"我等会儿就上楼了,你自己穿上吧。"

苏清澈也不接,就这么目光灼灼地看着她,半晌才问道:"你不跟我一起?"

宋星辰动了动唇,最后也只是把手收了回来。

虽然她没明确表态,苏清澈也知道她是什么意思,虚揽着她轻声哄着:"先跟我去车上,有个东西要给你。"

嗯……这个东西的吸引力明显比苏团长大。

宋星辰想了想，点点头就和他一起上了停在小区门口的车。

车里开着空调，一进去就暖洋洋的。

苏清澈这几天都没穿军装，柔软的毛衣，露出他好看的锁骨，宋星辰有时候看着他的锁骨都会忍不住想上去啃一口。

他关上车门，轻舒了一口气。然后慢条斯理地挽起了毛衣的袖口，这一系列动作做下来都有种经典老电影的奢华优雅之感。

他看了她一会儿，才伸手从口袋里拿出一个盒子来："早就想给你了，可一直找不到机会，现在虽然也不是好的时机……可我还是等不及了。"

他的声音很轻柔，隐隐地还透露出语气里淡淡的无措，分明是站在了一个弱势的位置来面对宋星辰。

苏清澈看她接过盒子淡淡地笑了起来："宋星辰，我最不缺的就是对你的耐心。"

## Chapter 17
## 苏清澈，我等你回来

这是宋星辰第二次来这里。

帝爵世家一般都是二层的小别墅，视野很好，环境也很棒。又是在市中心的黄金地段，闹中取静，很适合居住。

就宋星辰知道的，程安安等一众影视巨星都是住在这里的，嗯，还有秦二爷……所以对于一脚迈进这种地段的房子她还是略有一些压力的。

那盒子在苏清澈给了她之后，她就一直捏在手心里没有打开看过。此刻盒子上面都有了一层薄薄的温热，她低头看了一眼，一抬头就看见苏清澈已经开了门站在门口看着她。

她把盒子往口袋里一收，四下看了看。房子应该是刚买没多久，家具都是崭新的："怎么在这里买房？"

当然，宋星辰绝对不怀疑苏团长有买下这房子的能力。

苏清澈开了冰箱门扫了一眼，微微皱了眉，最后还是烧了一壶水，倒了一杯递给她："有些烫，等会儿再喝。"说话间，就已经在她的身侧坐了下来。

"秦霜是这里的投资商,他欠我那么多总是要给他一个机会偿还的。"他微微笑了起来,侧目看着她,眼睛里都是浅淡的笑意,"你不想知道我今天都去干什么了吗?"

嗯,这的确让人非常好奇。

宋星辰一直以为苏清澈今天会花上一天的时间,在家里和她开诚布公地深入探讨、交流下感情,奈何她做足了应对他的一切准备,他居然一大早就玩失踪。

宋星辰抿了口杯里的开水,蹙了蹙眉:"水好淡。"

苏清澈知道她不喜欢喝茶,有空的时候他就会给她泡壶花茶,加点儿糖让她润润嗓子,很少让她再碰咖啡。

所以这里自然备着晒干的花,他端过杯子,起身去给她泡茶:"这里暂时只有茉莉花。"

宋星辰点点头:"好。"

等看着他走进了厨房里,她才转了视线打量了这个客厅一圈,这么一看就看见茶几下面放着的并不显眼的消炎药。

她顿了顿,想起自己口袋里装着的那个盒子,顺手摸出来,略一犹豫还是打开了。

应该是打算好了要送给她的,盒子里面铺了一层软软的绒,上面有他的军功章,有一张工资卡,还有一把钥匙。

盒子里面还刻着细细小小的英文"all over"。

全部。

宋星辰以前问过苏清澈,问他在部队那么久最大的收获是什么?此后是打算一辈子都奉献给军队吗?

苏清澈还有倦倦的睡意,把乱蹭的她揽进怀里抱得动弹不得,才慵懒地说道:"起初是因为想走爸爸的路,而且也想独立出来。后来发现部队最适合我,就像你起先任教后来却选择做网店掌柜的一样,只是喜欢,后来就慢慢变成了我的信仰。"

"我的军人生涯里其实并没有什么特别轰轰烈烈的,我喜欢部队,喜欢这种生活,哪怕为此会付出很多。在拥有你之前,我的全部只是军功章、军装,甚至都没有我……"

"宋星辰,我已经做好了准备,只要有需要随时为党、为国牺牲自己,所以对于你会很不公平。可就是这样,我都舍不得放开你。"

宋星辰那一晚睡得很不安稳,这是苏清澈头一次那么认真地谈起这件事,而她心里也种下了小小的恐惧。也是在那个时候,她意识到——

虽然并不是非苏清澈不可,可再也不会遇见一个人,能让她光是想到就觉得很幸福。哪怕明白和他相守随时面临离别也舍不得放手,甚至他的存在会惊醒她一切的感官。

不会再有这么一个人了。

宋星辰只感觉心尖被一个小爪子挠了一下,细细的钝痛缓缓蔓延开来,她把盒子放在沙发上,起身去厨房。

苏清澈正背对着她,他的面前是一杯香气袅袅的花茶,他就站在那里,好像已经站了有一会儿了。转过身看见宋星辰的时候似乎是愣了一下:"我记得加糖了……"

宋星辰的脚下是柔软的地毯,她低头盯着自己的脚尖,好半晌才抬起头来:"清澈,我现在想听了。"

这是她第一次叫他清澈。

她接过他手里的茶杯,率先转身走出了厨房。

客厅里有充足的午后阳光,她干脆捧着茶杯席地坐在软绵绵的地毯上。手里的茶杯有些微地烫手,她像是一无所觉一样捧在手心里,烫得整个手掌心都红成了一片。

苏清澈索性也在她身边坐了下来。

她转头看他,唇角有浅浅的笑:"秦霜说你为了清音放弃了当特种

## Chapter 17 苏清澈，我等你回来

兵的机会，真的吗？"

宋星辰这一个月大多数时候都和秦二爷在一起，上次又约了程安安出来，对苏清澈从被苏老爷子收养起到现在的这段成长史都是了如指掌。

秦霜是一个很好的情报收集者，他和苏清澈是一起长大的，由他说起来的时候就格外有代入感。而这段过去，恰好是宋星辰从未参与经历的。

秦霜说苏清澈少年时期就很优秀，各方面都一直名列前茅，和秦墨完全不相上下。后来更是在高考时和秦墨一起报考了军校从军，甚至于一同备选参加了特种兵的选拔。

不过最后苏清澈自愿退出，秦墨入选。

苏清澈退出的原因就是苏清音。那时候的苏清音有些叛逆，谁管都不听，老爷子又宠她，谁都奈何不了。

苏清澈那时候正逢考核，知道苏清音生病住院了之后就自动退出了。

再后来就是他的回来，直到他那次和苏清音一起安排了不知情的苏清澈和她相亲，这一切才最终都结束了。

就在遇见宋星辰的那一晚，苏清澈和苏清音摊牌了。

秦霜说起来的时候眼底都有微微的湿意："是苏清澈的隐忍成全了我。"

宋星辰说不上来自己那一刻有多难过，鼻子酸得她整个神经都紧绷地疼。整颗心像是被一根绳子系了起来，紧紧地勒在了半空里。

可她却也只是一口抿尽面前酒杯里的酒，握着杯柄的手都颤得自己控制不住，面对着秦二爷，也只是扬唇一笑，淡淡地道："也成全了我。"

秦霜问过她："如果苏清澈现在还喜欢小怪兽，你还要不要他？"

宋星辰想了很久，终于还是哭了起来："我还是会要他，除了我没有人再这么心疼他了。"

苏清澈的眸子瞬间就深了下来，如一潭结冰的深泉，外面平静内里却波光潋滟："别的事情你应该都知道了，对于这个……"他顿了顿。

他这么一顿，她就含含糊糊地应了一声，避开他的视线去抿手里的花茶，微烫的茶水，可她一口抿进去却有了淡淡的苦味。

他抬手握住她微微颤抖的手："选拔特种兵年年都有，如果我想去照样能去……"

哎？

宋星辰抬起头来看他，正对上他深邃的目光："宋星辰，我觉得我们谈话之前，我必须要申明一点儿。我如今对清音不过就是单纯的兄妹关系，以前我喜欢清音的时候，考虑了很多。因为她不知道我们不是亲生的，所以对她好都要小心翼翼的，裹足不前。可后来遇见你之后，我发现我对你也会有感觉，慢慢地被吸引，想跟你再靠近一些。我一直试图控制我们之间的节奏，因为我有些不明白我对清音到底是什么感情。后来我就知道了，对清音，是喜欢的。"

宋星辰随着他这句话，心里顿时空落了下来。

原来，还是喜欢吗？那么久的喜欢，那么久的守护，那么久的宠溺，的确不是朝夕之间能放下的。

他抬手握住她的手，不容拒绝地握紧在手心里："我对她从没动过要在一起的念头，这些年的喜欢也不过基于对苏家的感恩想对她好，到后来自己都不明白自己的真实感情。遇见你之后才知道那只是一种习惯，可又冠冕堂皇地非要给它一个理由。这样说，你明白了吗？"

她看着他，很认真地听着他说话，唇边始终带着浅浅的笑，柔柔顺顺的。这种乖顺柔和的表情出现在她的脸上，着实让苏清澈觉得分外心动。

苏清澈喉结上下滚了滚，抑制住自己想吻她的冲动，转了视线："是我的错，让你难过了那么久，那晚哪怕是对你说一句'安心等我回来'

也许都会好一些。"

宋星辰陷在他的话里还没有转过弯来，此刻眨了眨眼，反应过来他现在是在道歉，这才一副受了惊的表情瞪圆了眼："你在跟我道歉？"

这种时候，宋星辰不是应该感动地说"我原谅你了"这种话的吗？为什么她的表情……震惊得让他分外尴尬呢。

苏团长唇角抽了抽，把她手里一直捧着的茶杯拿过来放在了桌几上，握住她的手一拉，把席地而坐的她一把拉进了自己的怀里："是，我在跟你道歉。但不要再怀疑我对你的感情了，喜欢这种事掩饰不了，我对你，似乎从来都没有刻意地隐藏过。"

苏清澈就是这么个很细腻的人，他的每个动作都会让人觉得很安心，就如现在，他也只是抱着她，没有多余的动作，却让宋星辰的心一暖。

他这么明明确确地给她答案，语气一直是温柔的，眼睛更是一直看着她。都不容许宋星辰有丝毫的躲避，而他借由她看着他的时候，告诉她他说的这些都是认真的。

"关于放弃特种兵的选拔，并不像秦霜说的那样是为了清音。老爷子在我参加选拔之前特意叫我到书房，明确地告诉我，我爸爸并不希望我走上他的老路。所以我去考核不过就是为了和秦墨一争高低罢了，兵中王者于我也没那么重要。"他顿了顿，又补充道，"所以秦霜说的话你信一半就可以了，他就是满嘴跑火车的那种类型，听不得。"

宋星辰原本准备了很多的问题要问苏清澈的，可他解释一番之后，她却发现好像已经没有什么可以在意的了。

他的态度很端正，更没有一点儿的迟疑和遮掩，这么坦荡荡地接受领导的检查……这种感觉还真的是让人无处寻错啊。

她好像……已经原谅他了，甚至还高兴他的心里如今只有她一个人。

"喜欢这种事掩饰不了，我对你，似乎从来都没有刻意地隐藏过"这种话，真的是让宋星辰这种耳根子软的人完全无法抵抗啊。

看出她的失神，他抱起她坐在自己的腿上："还有什么疑问吗？"

宋星辰被他抱在怀里，呼吸之间都是他的气息，一下就安定了下来。她钩住他的脖子，微微拉下，如他以往的霸道强势，在他的唇上咬了一口，不轻不重的。

"再没有下一次了，不然……"她在他深邃的目光下声音越来越低，"不然就再也不要你了。"

苏清澈沉默了一会儿，才凝视着她，缓慢而坚定地说："人生漫漫，红尘滚滚。岁月静好，时光安然。找到一个对的人，是给自己以后的生命最好的礼物。"

他的声音一如既往地轻轻浅浅，这段话由他说出来，已然就是一种浪漫。

她心下一震，陷入他幽暗深邃的目光里。

他的手有些微的凉意，这么轻轻地捧着她的脸，目光专注而认真："宋星辰，你就是我给自己找的生命里最好的礼物。我有这么好的礼物，此生无憾。所以，不会给你不要我的机会。"

他的吻落在她的唇上，轻轻地，一触即分："记得我说过的吗？我说如果没有把握的事情我不会做……"

他的吻得越发轻柔，就落在她的唇上，一下一下："你根本不用因为清音觉得不安。"

他的声音越来越轻，到最后就像是在宋星辰的耳边呢喃："她出国是我一手安排的。"

她猛然瞪大眼睛，看着他："你说什么？"

"送她走是我一手安排的，那个时候我就已经做了决定……所以，清音于你，根本就无关。"

在认识宋星辰的那天，他就选择了把所有的一切摊开来说，是他自己一手结束了这段他自己都看不清的感情。

## Chapter 17　苏清澈，我等你回来

所以无论他在遇见宋星辰之后有过什么别的想法，可最当初的时候，他与宋星辰，都开始得别无他人。

原来，只是这样吗？

不过，宋星辰被苏清澈压在地毯上吻住之前还迷迷糊糊地想……可怜的秦二爷，难怪要这么不待见苏团长呢。

晚饭是在外面吃的，苏清澈这里是新房子，虽然搬进来了一些东西，可厨房里还是一干二净没有准备。

宋星辰在玄关换鞋子的时候，第一次很不机智地问了一句："婚房？"

正斜倚在墙边姿态慵懒的男人眼睛就是一亮："喜欢吗？"

宋星辰借着开门的动作，默默地就溜了出去等他。

虽然一切都说开了，两个人似乎丝毫都没有影响，可吵架了那么久……呃，准确地说是她一个人自怜自哀了那么久，现在赦免苏团长的罪，态度还是要矜持些的。

吃过晚饭，苏清澈送她回了自己家，车子停在公寓门口的时候，他似乎是顿了顿。

宋星辰生怕他现在来一句，"我跟你一起上去"或者"我今晚就住这儿"了，赶紧说道："趁现在雪不大，你赶紧回家！"

苏清澈搭在方向盘上的手缓缓地敲了敲，半晌才点了点儿头："也好，总要给你一点儿时间消化了，再接受下面的事情。"

宋星辰想这么堂而皇之地暗示真的好吗？

她突然怀念起冷战时候苏团长的规规矩矩来了。

她原本推开门走了进去，想到了什么又跑了出来，绕到了他的车窗这边敲了敲玻璃。

雪越下越大，她就站在暗黄灯光下，隔着一扇车门看着他，好半晌

才说道:"我还想养一只金毛,你说好不好?"

苏清澈一双眸子突然暗了下来,她唇角还有着淡淡的笑意,见他已经听懂了,挥了挥手:"我先走了,路上小心。"

苏清澈还保持着握着方向盘的姿势,就这么目送着她落荒而逃,片刻才轻笑出声来。

他从车里出来,等看见她屋子里的灯亮起来了,才拿起手机给她打电话。

"星辰?"

宋星辰接到苏团长的电话就知道他肯定还在楼下,她推开窗往下看就看见他已经握着手机站在了车门外仰头看着她。

"宋星辰。"他缓缓地念着她的名字。

整个天空都暗沉暗沉的,雪花纷纷扬扬地落下,他只站了这么片刻,已经落了一肩薄薄的白。

苏清澈正好站在路灯的灯光下,他抬起手指着自己的心口,声音越发轻柔。

"嫁给我,好不好?"

韩潇璃叼着吸管看宋星辰自己笑了好一会儿,才皱着眉头问她:"中大奖了?"

宋星辰闲适地换了个坐姿,懒洋洋地支着下巴半靠在沙发椅背上:"苏清澈跟我求婚了。"

作为一个过来人,韩潇璃非常理解,当下眨巴着眼问:"什么时候领证啊?"

宋星辰转眸看向窗外,吊足了韩潇璃的胃口,才慢条斯理地说:"我拒绝了。"

韩潇璃半晌才回过神,问:"为什么?"

## Chapter 17　苏清澈，我等你回来

宋星辰想起那天他站在楼下仰头看着她，肩上落了白白的一层雪，那好听清澈的声音透过手机传过来，她整个心都是暖的。

不过她就这么站在窗口看着他，半晌才说道："没鲜花、没戒指，我连那盒子都放在你家了，现在答应太草率了，苏团长你还是回家再排练排练吧。"

苏清澈似乎是轻笑了一声，意外地附和了句："的确，这是你这辈子做的最重要的决定，是该好好考虑。"

宋星辰正诧异苏团长今天怎么这么温柔，被拒绝了都不带发脾气的时候，苏团长果断地反击了："你这辈子只有这么一次机会，什么时候想嫁了通知我一声。"

宋星辰咬牙切齿："哼，不嫁了。"

苏清澈就势靠在身后的车上："也好，反正我已经上车了，补票与否吃亏的都是你。"

宋星辰：……

就在她酝酿着要狠狠打击苏清澈一下，彻底扭转自己处于弱势的局面时，他却突然放柔了声音，那语气里的笑意就算宋星辰此刻想起来都清晰得仿佛在耳边。

他说："宋星辰，别让我等太久了。"

韩潇璃听完，咬着吸管一脸的悔恨："我当初怎么就头脑发热地一下子答应了呢？"

"因为你禁不起诱惑。"宋星辰瞥了她一眼，"不过既然你老公是苏谦诚其实也无所谓了……"

"怎么说？"

宋星辰抿了口咖啡，直白利落地总结道："你都喜欢他多久了？矜持有意思吗……我本来想说如果苏谦诚再不跟你求婚你干脆主动点儿

算了。"

韩潇璃怒了:"我行情那么差?"

宋星辰抿唇一笑,补刀补得相当愉快:"你不只行情差,智商也不高。"

韩潇璃顿时泪流满面:"啊,我又听见我们友情破裂的声音了。"

宋星辰前倾身子看着她,慢慢地问:"我们什么时候是小伙伴了?"

韩潇璃:"……哼,再也不能和你愉快地玩耍了!"

当然,宋星辰有事没事爱逗韩潇璃这个习惯的确是有些不好,而且每次一逗她都是丧心病狂,良心道德统统先丢一边,看她炸毛了,不高兴了,这才捡回良心道德安抚一下……

宋星辰一如既往地给她顺了毛,这才一本正经地问道:"如果他认真地跟我求婚一次,你说我要不要答应他?"

韩潇璃嘬着嘴瞪她:"我的答案重要吗?"

宋星辰:"……不重要。"

韩潇璃冷笑一声,直接把账单扔过去:"去结账!"

宋星辰接过账单,仔细地看了看,又挑眉看向她,下了决定:"下次他求婚的时候我抛硬币决定好了。"

韩潇璃一点儿都不同情宋星辰,真的!她活该被苏团长压得死死的!

可这厢宋星辰决定了只要苏团长认真地再求一次婚,她就敢拿着户口本和他去登记结婚,那边苏清澈刚结束了短暂的假期就被急召回去抢险救灾了。

宋星辰接到电话的时候正在和韩潇璃泡温泉,手机差点儿从手里滑出去。

"你什么时候去?"

"明天一早就走。"

## Chapter 17　苏清澈，我等你回来

宋星辰面色顿时苍白了下去，半响才道："那你自己小心点。"

苏清澈没回答，只是若有若无地轻声叹了口气："我原本……"话说到一半，似乎是自己也不知道要怎么说下去了。

察觉到宋星辰这边的沉默，他顿了顿，才道："乖乖地等我回来。"

宋星辰的心思有些恍然，半响才应了声："好。"

韩潇璃看她脸色不好看便安慰了几句，宋星辰也没了泡温泉的兴致，和韩潇璃一起走过大堂的时候往大屏幕上看了一眼，正在播放的就是关于Q市大雪灾的报道。

她蓦然停住了脚步。

Q市的大雪灾导致道路中断，很多地方已经停电。严重影响了人民的正常生活，到目前为止，已经有几人失踪，电信、通信、供水、供暖都成了问题。

突然就……很想见他。

苏清澈接到电话说外面有人找的时候，还没想到会是宋星辰。

她没开车，是坐车过来的。

此刻站在门口，穿着白色的羽绒服，正低着头按手机，红色的围巾很扎眼，衬得她的肤色白皙如雪。

就在她把手机收回去的瞬间他的手机便响了起来，他已经走得很近了，铃声一响她就抬起头看过来。

是她发的短信，大概是不知道要说什么，打了六个句号后面是他的名字——清澈。

宋星辰到部队的时候正好是饭点，苏清澈就带她到了家属院，自己下厨。

这不是宋星辰第一次来他在部队的家了，一如既往地整洁干净，透

着军人的利落和果断。

苏清澈在部队一般都是去食堂吃,偶尔才自己下个厨。所以晚饭也只是简单的青菜肉丝面,虽然简单,却依然色香味俱全。

宋星辰咬着荷包蛋,满足地竖起了大拇指:"我好久没吃你做的面了。"

苏清澈把自己碗里的荷包蛋又夹到她的碗里:"我也好久没吃了。"

宋星辰"嗯"了一声,一抬头就看见苏团长意味不明地看着她,宋星辰深知这个话题不能深刻探讨,立刻转移:"我这么不通知你一声就过来,你会不会有麻烦啊?"

苏清澈慢条斯理地吃了口面,一双眸子里都是笑意:"还没领证的自己人,是挺麻烦的。"

宋星辰:"能等我吃完饭你再噎我吗?"

"你不怕等会儿消化不良?"苏清澈问。

宋星辰想:还能不能好好吃饭了?

这就是现世报,谁让她今天去欺负韩潇璃来着。

吃过饭时间还早,但苏清澈还有事,吃过饭就先走了。

宋星辰原本还在兴致勃勃地看电视,不知道是不是下午泡的温泉让她整个人都放松了下来,看着看着就睡了过去。

苏清澈回来的时候宋星辰已经睡了一觉刚醒过来,看见他进来也迷迷糊糊地只是瞪圆了眼睛看着他。

苏清澈给她倒了杯温水醒神,看着她刚睡醒头发蓬松柔软的样子心里满满地都是暖意:"我们去睡觉了,嗯?"

宋星辰点点头,伸手环住他,要他抱:"你明天几点走啊?"

"七点。"他伸手揉了揉她的头发,俯身抱起她,"明天我不能送你了,自己回去可不可以?"

## Chapter 17 苏清澈，我等你回来

宋星辰似乎是突然想起什么，倚在他的胸口微微地蹭了蹭："我钱带得不够……"

苏清澈愣了一下，不过还是很给面子地没有笑出声来。

被窝刚躺进去还有些凉，她下意识往他怀里钻了钻："你这次要去多久？"

苏清澈用脚钩过被子给她盖上，就这么连人带被子都抱在怀里。她话音一落，他就偏头过去亲了亲她的脸："我不知道。"

宋星辰不说话，就这么抱着他。他的背脊宽阔，她这么被他揽在怀里有种说不出的安心感，沉默了好一会儿她才轻轻地说："我有点儿后悔了……"

可是后悔什么，却没说。

她后悔那晚没有答应他了，想了想，她抬起头来看着他："苏清澈，我没有经验，我也不知道应该给你准备什么，可是我就是想见你了，就不顾一切地过来了。

"哪怕现在只是这么抱着你我都觉得很满足，所以无论环境多险恶，你都要好好的，然后回来娶我。我不会让你等很久，你回来我就嫁给你，好不好？"

苏清澈原本觉得宋星辰这样性格的女孩子强势，更不会温柔，可如今才发现他所有的温暖都是来自眼前的这个星辰。

他抱着她，心里是满溢的温暖。此刻，就如他曾经说过的。

人生漫漫，红尘滚滚。岁月静好，时光安然。

"好。"良久，他才轻抚着她这么说。

这是一个承诺，关于一生的承诺。

他，许给她的。

苏清澈走后的第一天，宋星辰还能和他联系上，虽然只在午间的时

候打过一个电话，报了平安，告知了进程。

第二天的电话就是最后一个，他清早就到达了 Q 市灾区，那里通信严重被破坏，信号很差。

A 市也受寒流的影响，整天整天地下雪。

好在学生已经期末考试完放假了，街上行人寥寥无几。

宋星辰一个人也不愿意在家，收拾了一点儿衣服就搬回了父母家。

年关将近，世界却一下子安静了下来。

秦霜知道苏清音的消息之后就飞了一趟美国，昨天刚回来，时差一倒过来就打电话约宋星辰出来。

宋星辰这几天都在帮宋爸爸整理实验资料，昨晚还弄了一个通宵。

秦霜开车来接的时候她才刚睡下没多久，被吵醒了也就穿了衣服下楼去。

秦霜看见宋星辰一双眼睛通红的，受了不小的惊吓："就算苏清澈去执行任务，你也不用哭成这样吧？"

宋星辰掩着唇打了个哈欠："我一直忙到早上，刚睡下没多久，你不是说有苏清澈的消息吗？"

"苏清澈在前线，虽然条件差了点儿，不过人好好的。但昨天听说他请命深入重灾区，估计现在应该在路上了。Q 市的情况比电视上播的还要严重……"说罢，他看了一眼宋星辰，安慰道，"又不是上战场，能出多大的事啊？"

宋星辰却是心下一凉："重灾区？有多糟糕？"

秦霜卖了个关子，这才缓缓道："道路都不通，苏清澈过去就是开路的。有些地方甚至要徒步，物资缺乏……"

他点到即止，手指落在手机上，轻轻地敲了敲："不过你也不用太担心，他好歹也是有资格成为特种兵的，这点儿困难还真的不算什么。"

## Chapter 17 苏清澈，我等你回来

宋星辰回到家顿时一点儿睡意都没有了，她开了电脑，上网跟进Q市救灾的最新消息。

铺天盖地的都是抢险救灾的消息，外面大雪冰封，寂寥得整个世界都空荡了下来。

宋星辰不是个坐得住的人，和秦霜一起去置办了物资，全部送到A站救助站，再运往Q市临时的救灾据点。

这场雪灾已经持续了整整一个星期，却仍旧在继续。

宋星辰是正窝在沙发上对账单的时候接到秦霜的电话的，秦霜在电话里只说了短短一句话："苏清澈，失去联系了。"

失去联系意味着什么，哪怕是宋星辰，都明白。

她几乎是毫不犹豫地问道："有没有去Q市的车？"

由于Q市的交通不便，重要地段又频发事故，所以并不建议外来的车辆进入。

宋星辰只来得及和宋爸爸说一声，就跟着A市的志愿者一起进入了Q市。

虽然这几天一直看电视知道雪灾特别严重，可宋星辰真的随车进入Q市才知道到底是有多严重。

在快进入Q市的时候经过了一段狭窄的公路，左侧就是悬崖，只堪堪地有一道防护栏。可这个交通要道，积雪冰封，车辆行驶都格外小心。

路面上不停地有人在撒盐，还有交警指挥。

有很多自发前往Q市救灾的人，天寒地冻中车子排得长长的。

宋星辰窝在座位上，窗户上雾蒙蒙的，什么都看不清。她就一直保持着这个姿势凝视着窗口，好半晌才回过神来抽出一张纸巾，擦掉窗上凝结的水珠。

身旁的志愿者是军区医院的小护士，递来一个保温杯："喝点儿吧，马上就到了。"

宋星辰轻声说了谢谢，接过小抿了几口，这才觉得身子暖和了许多。她把杯子递回去，友善地笑了笑。

小护士见她心事重重的，问道："你是有家人在Q市吗？"

宋星辰转头看了她一眼，半晌才道："嗯，是家人，他在第一线救灾，已经失去联系了，我不放心，哪怕找不到他，也想进来帮忙。"

小护士一副恍然大悟的表情："你不要想太多，会没事的。我前几天就来过一次，后来是送一个严重冻伤的患者出去，今天又回来的。"

怎么可能不担心呢？

车辆一直到傍晚才开始缓缓前进，就算这样，前方也是险情不断。

秦霜安排的是让她直接去苏清澈最后联系到的地方，不过刚进Q市，就因为雪太厚，车辆无法通行，被迫下车步行了。

宋星辰裹紧了身上的冲锋衣，遮得严严实实的，跟着队伍往前继续走。

这批志愿者是直接来重灾区帮忙的，随行的还有记者和媒体，所以宋星辰一路跟着直接到了重灾区。

胸口因为吸入了刺骨的冷风，此刻呼吸起来都一下一下地钝痛着。

驻扎在雪山脚下的正是苏清澈的队伍，陆参谋长正在安排战士铲雪，铲出一条路来好让物资能够运送进来。

这里的地方比较偏僻，又是一个小镇，所以军队的力量并不多。

此刻天色漆黑，只有队伍里的手电筒光以及陆群这边作业的大车灯。

陆参谋长看见宋星辰的时候还不敢置信，盯着看了好几遍，确认了才飞快地跑过来，语无伦次地说："嫂……嫂子……你你你、你怎么来这里了！"

"我不能来？"她反问。

陆群顿时抓了抓脑袋："这里这么危险，你过来团长也会不放心的。"

"苏清澈呢？"

陆参谋长差点儿自打嘴巴,真是哪壶不开提哪壶:"高压线被压坏了,团长带了一小队的人进去送物资。到现在还没回来……"

宋星辰胸口顿时被捶了一下,那原本就不断的钝痛也沉闷了起来。

她面色一下子苍白了下去,好半晌才在陆群担忧的眼神里摆摆手:"没关系,我等他回来……"

陆群思忖片刻才道:"你放心,团长不会有事的,电力系统和通信设备都坏了。团长才去了两天,明天还联系不上我就去看看。"

宋星辰也不敢耽误陆群的工作,就跟着志愿者去帮忙,忙了一天,等到晚上才休息。等第二天再出门的时候,陆群就派了一个人来通知她,说是和苏清澈联系上了。

宋星辰正往外走,闻言就是一个踉跄,直接从坡上滚了下来。

好在雪厚,她这么一骨碌地滚下来也没伤着,就是滚了一身的雪。

倒是把那个战士吓了一跳,几步从上面跳下去把她扶起来:"没事吧?"

"没事,你赶紧回去吧。"说着说着,她又笑起来,抱了抱那个战士,才快步跟上志愿者的队伍。

原本记者都要离开这里了,但知道苏团长要回来之后,便多留了两天。

这里天寒地冻,物资又缺乏,实在不是个好地方。

宋星辰知道苏清澈安全了,便放下心来,下午跟着志愿者去送物资。

这边已经挖开了好几条路,有车能代步,宋星辰就挨家挨户地去送。

这里的电力因为高压线被压坏所以停电了,一到晚上只能靠蜡烛或者火把,昨晚刚恢复。

等送完物资返回已经是下午三点了,天色雾蒙蒙的,雪一直纷纷扬扬的,怎么都下不完似的。

同车的还是上次的那位小护士，这几日忙下来大家都有了感情，此刻闲下来小护士立刻瘫在了后座上："你那位军官老公长什么样啊？原来你就是为他来的这里！"

宋星辰这几日被冻得够呛，已经感冒了，好在这里别的没有，热水还是有的，她便一有空就喝几口热水，热心的居民还会熬了姜汤给她送来。

宋星辰没回答，只是扬了扬唇笑起来："这边情况已经好很多了，估计过段时间就能撤出来了。"

她不动声色地转移了话题，小护士也跟着跑了，聊了好一会儿她才迟钝地想起来自己被她几句话就拐跑了，不由得好笑起来。

"我还记得第一天来的时候你心事重重的，我跟你说起前阵子两个军人因为抢险，被冻坏的铁架子砸伤了的时候你那一脸的苍白……现在怎么对谁都笑着了？"

宋星辰看着窗外茫茫的大雪，声音轻轻浅浅的："我来，其中一个目的就是确认他的安全，知道他好好的自然就开心了。"

他于她那么重要，自然是一点儿坏消息都不准有。

世事无常，得知他安好，心下便是一片宁静。

苏清澈，我等你回来。

## Chapter 18
## 为你而来

苏清澈他们是最深入雪灾腹地的队伍,而救灾成功,为受灾群众扫清了道路,更是让不少被围的群众欢欣鼓舞。

宋星辰留在这里还有最后一天,无论苏清澈明天会不会回来,她都会跟着记者这支队伍先行离开。

她如往常一样又去乡民家里转悠了一圈,倒是正好碰上来采访的记者,陪着采访了一会儿,见也没有什么忙可以帮了,就和同行的志愿车一起提前离开。

下午返途回去就可以利用这空当收拾东西,准备明天一早离开了。

路上的障碍已经扫清,可一路都有些颠簸,她最近感冒一直没好利索,被颠得难受了就开了车窗透气,吹了一会儿的冷风总算舒服了,可一接触到车内的暖气又咳得不能自已,面色都有些发红。

她刚掩上车窗,就看见一辆军车速度飞快地从对面冲了过来,路面并不宽敞,车子只是稍微慢了些就横冲直撞地擦着宋星辰的车过去。

宋星辰微微皱眉:"谁这么鲁莽……"话音未落,却猛然睁大了眼,往已经擦肩而过的军车看去。

同行的人被她吓出了一身冷汗,逮着她的后领一把将她拉了回来:"星辰,你干什么?"

宋星辰却跟愣住了一样,脸上的表情颇有些惊喜交加,复杂得很。

司机透过后视镜看了她一眼,也心生狐疑。

这段时间,宋星辰跟都是他的车,相处下来,也知道这个姑娘沉稳冷静,从未有过这种表情。

宋星辰似乎是反应了一会儿,才突然激动地拍着车门:"停车!快停车!"

苏清澈搭着方向盘,眉头还微微皱起,刚经过那辆救灾用的吉普车时多看了两眼,似乎是有什么感应一般,车速缓缓地慢了下来。

陆参谋长正卷着大衣坐在副驾上,看了他一眼,又透过后视镜扫了一眼那辆背道而驰的吉普:"咦……好眼熟。"

苏清澈眉头皱得越发紧,他细细地想了一遍刚才微微侧头看过去的那一瞥,然后猛地踩下了刹车!

路上还有一层凝结的冰雪,急行的军车猛然停下来,发出一声车轮摩擦着地面的声音,车子更是不受控制地往前滑行了不短的距离。

宋星辰就是这个时候打开车门出来的,她远远地看着就要消失在拐角的军车,鼻子就是一酸。

她车下得匆忙,连大衣都没来得及披,此刻天寒地冻的,却抑制不住自己的思念之情。他不出现还好,一出现,似乎就惊动了她全部的神经。

她很没出息地觉得浑身都软了下来,头更是晕沉沉的,鼻子酸得她几乎落泪。

凛冽刺骨的寒风一阵阵袭来,她站在车门边上,哭得不能自已。

苏清澈推门下车就看见宋星辰站在那儿,刚往前走了几步,突然发现她没穿大衣,几步跑回去把陆群身上的大衣扯了下来,转身就大跨步地向她走来。

触目可及的都是苍茫的大雪，她嫩黄的毛衣、单薄的牛仔裤，唯一显眼的大概就是她脖子上那条红色的围巾，衬得她肤色雪白的，被冷风吹着，脸上微微有了不正常的粉色。

他皱着眉头，总觉得一直走不到她的身边，到后来干脆直接跑了起来。

陆群被硬抢了大衣，开了车门就要谴责苏清澈，可一看到远处站着的宋星辰，才一拍脑袋，自言自语道："我说怎么那么眼熟呢……原来是大嫂天天搭的车子……团长会不会觉得我是知情不报？那抢我衣服这件事我睁一只眼闭一只眼好了，谁让我那么善良大方……"

宋星辰抬手掩住唇，拼命地克制自己，可寒风肆虐，她微微颤着身子，唯一滚烫的就是她落下来的眼泪，一滴一滴地滚进她的指缝里，润湿她的掌心。

她浑身都冷，身子里像是被人划了一个巨大的口子，风从四面八方吹进去，然后鼓起来，让她整个身子都颤着，脑袋却热得她发晕发疼。

她想起那日他不慌不忙地扣住她的手腕拉住她，对她一字一句地说："我没有那么复杂，在你面前的时候，我只是苏清澈。"

那时候她的心弦也是如此一般颤动，可此刻却是多了劫后余生的感动和对他浓烈到自己都没有想到的思念之情。

原来，是真的可以想念一个人，想得深入骨髓，想得痛彻心扉，想得夜夜难眠。可见到了人，却一瞬间被牵动了所有的感觉，整个人都变得不像自己了一般。

她是真的很喜欢苏清澈，或者可以说，这次雪灾，她才知道自己是在透支自己去爱他，却甘之如饴。

此刻他正飞快地向她跑来，敞开的衣服向两边飞扬起来，掀开一个弧度。

她一直哭着，视线模糊不清，只知道他在向她而来。

也是此刻,她终于明白那晚他克制地在她额上落下一吻,说的那句:"我,只为你而来。"

大雪冰封的世界,满目苍白,浑身都冷,可就是一颗心,暖得不能自已。

苏清澈顾不得脚下让他打滑的冰面,几步跑了过来,一把把她拉进了怀里紧紧地抱住。

他身上还有凉意,可抱得紧了,透过那敞开的大衣她接触到的就是隔着军装的——那颗温热跳动着的心。

前面的车里坐着记者和摄影师,此刻都闻风而动,扛着摄影机下了车,不顾严寒,就开始拍摄起来。

苏清澈怀里抱着她,才感觉到她的真实,摸着她冰凉的手,把从陆群那里抢来的大衣披在了她的身上。

宋星辰哭得鼻尖都红了,此刻被他微微拉开就有些不好意思起来,在他的衣服上蹭了蹭,才抬起头来。

"我每次跟你分开再见面,做得最多的事情好像就是给你披衣服或者是帮你做保暖设施。"他微微挑眉,颇有些责怪她的味道,可上扬的唇角却分明把他的满心欢喜泄露得一干二净。

他微微抬眸看了一眼越走越近的摄像师,又低头去看她:"你记不记得我临走前那晚,你跟我许了什么承诺?"

宋星辰顿时从和苏清澈见面的巨大欢喜中抽身出来:"记得。"可是这种时候,能先别提吗?

她赶着嫁给他这种事,不能私下和谐地解决吗?

陆群已经小跑了过来,他只有一身军装,此刻冷得都在打战,绝对不比刚才的宋星辰好多少。他直勾勾地盯着披在宋星辰身上的大衣,忧伤地叹了口气。

对老婆好,能不能不要借花献佛,剥夺他的权利啊……他好歹也是

## Chapter 18　为你而来

人民子弟兵啊!

当宋星辰和陆群,以及身后一众沉默着围观的群众看见苏清澈突然单膝跪地的时候,都有一瞬间的错愕。

作为当事人之一的宋星辰更是不负众望地直接宕机了。

苏清澈膝下就是柔软湿冷的雪,他却毫无知觉一般,从口袋里摸出一枚戒指来:"我原本是打算在一地的鲜花中手捧玫瑰向我心爱的人求婚的,但是这场雪灾破坏了我的全部计划……"他垂了眼,看向手里那枚戒指。

"我心里第一的位置不是你,第二的位置是这身军装,第三才轮到你霸占整个的我。也许我给不了你要的幸福,我也给不了你平凡夫妻细水长流的美好时光,更是将你置于我考虑范围内的最后一位……可我还是想说出来。"他顿了顿,一双眸子亮得惊人,似乎是有一团火焰在烧。

清澈的眼底更像是缀了满目的琉璃,清晰地倒映出突然泣不成声的她。

她义无反顾地跟车来了这里,没有考虑自己的身体条件,没有考虑这里的艰难环境,她唯一想着的就是见他!一定要见到他!

他被她置于除父母之外的第一位,欢喜、忧愁、担心、恐惧等各种她曾经不曾在任何一个男人身上尝过的滋味都尝了一遍。

但是他此刻跪地求婚,跪在厚厚的雪层上,在冰凉的冰雪世界,一字一句认认真真地说这些他都做不到。

她还是心动得不能自已。

他缓缓执起她的手,握在了掌心里:"就算这样,我也自私得不想放开你,一点儿放开你给你选择的想法都没有。宋星辰,你嫁给我,好不好?让我做你不被时光盗走的爱人。"

宋星辰以前雄心壮志地在韩潇璃的面前许下过这样的豪言壮语,她说:"你剧本里那些男主一求婚女主就哭成傻子的剧情真的太烂了,我被求婚的时候一定要高冷地拒绝或者接受!"

可她现在才发现,情到深处,情到浓时,真的不能自已。

她掩着唇,彻头彻尾地哭成了一个泪人。

她不想错过他,这个腹黑得要死,以逗她取乐,总是牵着她的手,偶尔温柔深情的男人。

她点头,看着他道:"转山转水转佛塔,才修得此世途中与你相见、相遇、相知、相识。苏清澈,我也要做你不被时光盗走的爱人。"

这真的是雪灾里难得一见的温情。

他此刻真的就是百炼钢化成绕指柔,看着心爱的女人就站在他的面前,愿意把自己交给他。

他拿着钻戒的手指都在颤抖着,根本不能控制自己。等了很久,终于等来了这一刻。哪怕是此刻在冰天雪地里,他也觉得浑身都暖洋洋的。

他缓缓地给她戴上戒指:"此后……"他起身,擦干她的眼泪,俯低了身子,"你就是我的妻子,唯此一生,不离不弃。"

话落,他吻上她,终于如愿以偿。

灾区已经恢复了供电,明日一早不仅宋星辰,苏清澈的队伍也会开始撤离。

宋星辰坐苏清澈的车回了驻地,刚想下车,身子一动就被他一把扣住手腕。

她微微一愣,就见苏清澈已经若无其事地转了头去看后座上一脸八卦的陆群:"你先下去,我有事跟你嫂子交代一下。"

陆参谋长磨蹭了一下,刚想说"那嫂子能先把大衣还给我吗?"还没张嘴,就见苏清澈已经微微皱起了眉。

于是陆参谋长到了嘴边的话顿时咽了回去,一溜烟地开门下车跑了。

## Chapter 18　为你而来

苏清澈不紧不慢地停好了车，扣住她手腕的手缓缓下滑握住她的手指，十指相扣。

她的手指上戴着他刚才求婚时的戒指，他用拇指轻轻地摩挲了一下，笑了起来："晚上我一个人睡。"

宋星辰想：敢情把陆参谋长赶下去就是为了说这一句话吗？

刚走出几步就被冻得受不了的陆参谋长差点儿一个腿软直接摔在车门上，他心有余悸地拍了拍胸口，还是不怕死地敲了敲苏团长的车窗。

苏清澈转头看见他的时候，原本还柔情蜜意的脸顿时冷硬了线条，猛地沉了下来。

陆参谋长被吓得那叫一个瑟瑟发抖，他朝侧头看过来的宋星辰举了举爪子，这才就着苏清澈降下来的车窗颤着声音道："首长啊，嫂子的衣服能先还给我吗？"

苏清澈这才留意到自己已经占用了属下的大衣很久，直接把自己身上的衣服脱下来扔给他，刚想和颜悦色地让他回去早点儿休息，陆参谋长接过衣服却说了一句……

"其实我觉得脱了嫂子的那件能更快让你达到目的……"说罢，万分羞涩地挠了挠脖子。

宋星辰顿时变了脸色，似娇似嗔地拧了苏团长一把，还故意咬着下唇一副受气的小媳妇样子："都怪你，说些什么话，影响多不好。"

苏团长：……

见势不妙，陆参谋长刚迈出去的脚立刻就收了回来："其实，嫂子啊，我也是一个人睡，所以苏团长……也没说什么影响不好的话。"

说到后来，他自己都有些说不下去了，声音越来越小，最终在苏团长凌厉如刀锋的眼神中飞快地溜了。

这回就算是宋星辰有心想半夜跑去偷情都没脸暗度陈仓了，她把大衣递给他，开了车门正想下车，又想起什么，拉上车门坐了回来。

然后在苏团长这么敏捷的人都没反应过来之际,飞快地扑上去在他唇上亲了一口,这才快速地开门下车,一溜烟儿逃了。

吃过饭,天色已经很暗了,还断断续续地飘着纷扬的小雪。

宋星辰正捧着水杯喝水,门口就响起了敲门声。

她的房间小,是和同行的那位小护士两个人一起住的,小护士正好站在离门不远的地方顺手就开了门,看见门口穿着军装站在黑暗里的军人,还有一瞬间的愣怔。

随即才反应过来他就是下午的那位军官,拉开门后退一步让开位置来:"你找星辰吧,在里面。"

话音刚落,修长的身影已经走了过来。

她一抬眼,就看见了苏清澈,他的帽檐压得低,上面落了一层薄薄的雪,浑身都带着门外寒冷的风霜冷气,只唇角却是好心情地勾着。

"我听你下午说话声音有点儿嗡嗡的,就给你送了药来。"说话间,他把手里的药盒递了过来,"吃完药早点儿睡一觉,嗯?"

小护士在一边笑着看了一会儿,不疾不徐道:"你们慢慢说,我去隔壁走一趟。"

宋星辰略一犹豫一把拉住苏清澈的手,微微红了耳根子:"不用,还是我出去一趟吧,晚点儿回来。你要是睡得早也不用管我,我自己带了钥匙。"

她话音一落,苏清澈倒是缓缓地眯了眯眼,唇角的弧度越来越大。

他站起身,对着小护士点了点儿头:"这几天星辰就麻烦你了。"

小护士笑得暧昧,摆摆手:"如果怕麻烦我,今晚别回来了,我睡眠浅,哈哈。"

宋星辰耳根子一直热着,闻言不由得哑然失笑。睡眠浅的人还连三个闹钟一起工作都吵不醒。

苏清澈闻言,干脆不给宋星辰反悔的机会,半抱起她帮她穿鞋,又拿起她挂在床边的大衣给她披上，这才握着她的手缓步走了出去。

把温暖的灯光都掩在了门后，宋星辰先抬手捂了捂脸，然后搂住他的腰："你怎么过来了啊？"

两个人住的地方距离并不近。

苏清澈就着她这个姿势把她半搂在怀里，慢慢地往外走："给你送药啊。"

多么名正言顺、理直气壮的好借口！

外面还在下着雪，他看了一眼她脚下不防水的保暖鞋，略一思忖，就站定在屋檐下，俯身把她横抱起来。

天空是阴霾的暗沉，黑黑的，只有路边浅浅的路灯的光。

他却一步一步走得异常稳，她耳边除了两个人轻轻的呼吸声，就是他的军靴踩在雪上的"咯吱咯吱"声，安静得很动人。

她半搂着他，攀附着，就这么看着他轮廓分明的侧脸，看着看着不由自主地就亲了上去。

一直走得很稳健的苏团长顿时停住了脚步，低头看向她。

不知道是不是心境柔和，他的双眸是前所未有的深情和温柔："再亲一个。"说话间，他微微侧过脸来。

宋星辰从善如流地咬住了他的唇，咬得他倒抽凉气了，才坏笑着松开，轻轻地抚着他被咬疼的下嘴唇，幸灾乐祸："糟糕，又要影响苏团长的形象了。"

他重新迈开脚步，唇却是微微地扬起："不知道会有多少人羡慕我。"

宋星辰一顿，把头靠在他的颈窝边上："苏清澈，以后你要对我好，要让着我，你知道我性子急，脾气也不好，有时候还特别爱面子。"

苏清澈静静地听着，等她讲完了，才认真地"嗯"一声。

她微微垂了眸子，却笑了起来："我不爱做家务，你内务做得那么好，以后可不许袖手旁观！"

"嗯。"

"我还特别懒，有严重的拖延症，所以时间精准到秒的苏团长以后不能嫌我动作慢吞吞的，就算看不下去也要理解我、包容我。"

"嗯，我会。"

"我的兴趣爱好很特别，你要支持我。"

"有多特别？"他低头看了她一眼。

她微微低着头，他并不能仔细地看清她的表情，只知道她一直在笑着，说话的时候声音软软的，还带着点儿撒娇的味道，暖得他心尖都融化成了水。

"别打岔，你只管回答愿不愿意就可以了。"她抬头看了他一眼，正对上他的眼睛，微微一顿，"苏清澈，你今晚答应我的一定要做到。不然哪一天你让我伤心了，我想起今晚就会觉得分外委屈。"

因为你答应了我，却做不到，我会很难过。

"我们在一起一定也会磕磕绊绊，但今晚答应你的我一定会做到。我会记得你是花了多少的勇气才来这里找我，会记得你在接受我求婚的时候哭得多厉害，也会记得你把自己交给我的时候有多义无反顾。"

他低下头看着她，头顶路灯的光洒下来让他帽檐的阴影遮暗了他的双眸，可宋星辰一抬头，还是在他眼底看见了一片璀璨的星光。

宋星辰想，无论多久以后，她都会记得今晚。

她在他的脖颈边卜蹭了蹭，眼底缓缓地染上了一层湿润："苏清澈，你怎么就那么好？"

他开门进了屋，一路抱着她放到了床沿上："这个问题我要怎么回答？回答得太谦逊了似乎不好，回答得太直白又会显得我自恋……"

他状似苦恼地皱了下眉头，蹲下身子帮她脱鞋。

宋星辰晃了晃脚："我自己来。"

"我已经看见了。"他伸手按住她的脚控在掌心里，他的掌心滚烫，这么包着她的脚，让她连体温都上升了一摄氏度。

他看了一眼她脚上的红疙瘩，细细地摩挲了下："明天回去之后去买点儿药抹上，别再冻着了。"

宋星辰扯着自己的衣角，轻轻地"嗯"了一声。

似乎是想起什么，他抬起头看着她："我过年不能陪你了，请假的士兵要回家，我是军官就要留守部队值班。本来想让你过来陪着，不过想以后领了证你都要陪在我身边，就舍不得再叫你过来陪我了。"

话落，也不等她回答，径直转移了话题："奶奶已经去了好几个月了，该忌讳的也已经过了时日，等我回来我就正式地和……"他顿了顿，然后一本正经地道，"等我回来就正式和爸妈提一下我们结婚的事，我已经准备了很久。"

宋星辰瞬间就为他的那句"爸妈"失神，好半晌才反应过来，笑得弯了一双眸子。

苏清澈，我的世界，彻底为了你而——落幕。

宋星辰原本还想半夜回自己的房间的，不过一睡下就睡沉了。次日还是苏清澈叫她起的床。

她拥着被子坐起来，苏清澈已经收拾妥当坐在了床边："准备出发了，起来吧。"

她看了一眼窗外，天色还是黑的，只透了一点儿白白的晨光。

苏清澈顺着她的视线看过去，起身去拉了窗帘。

昨晚还纷纷扬扬的雪，已经停了。

她揉了揉眼，看了一眼时间又赖了一会儿，这才起来。

宋星辰开门出去的时候正好碰上过来送文件的陆群，看见宋星辰，陆参谋长先是一愣，随即很了然地笑了起来。

宋星辰被他笑得背后一凉，后退了一步就正好撞上苏清澈的胸膛。

他手里提着大衣，正准备送她回去，一出门就看见了陆群，当下微微皱了眉："什么事？"

陆参谋长一提及公事还是十分正经的，马上就把手里的文件递了过去："送东西过来。"

宋星辰拢了拢自己的衣领，握住他接过文件的手："那你去忙吧，我自己过去。"

苏清澈瞄了一眼手里的文件夹，颇有些头疼地抬手捏了捏自己的眉间，又扫了眼一旁毫无眼色杵着的陆参谋长，反扣住她的手一把把她拉进了屋，又回手把门关上。

陆群一个没忍住就笑出了声。

苏清澈把她半揽在怀里，微俯下身子，额头抵着她的，一直盯着看了好一会儿，才轻叹了口气："回到家就给我打个电话报平安，手机别忘了充电，让我随时能联系你，知道了吗？"

他特意加重了"随时"两个字，生怕她还是会忘记，捏着她的手就是一用力："记住了没有？"

宋星辰点点头，被外面的陆群影响，也笑了起来："记住了。"

苏清澈摩挲了她细嫩的手背好一会儿，低头在她的唇上亲了一口："万事小心。"

他靠得很近，压低了声音说这句话的时候似乎都带着克制，她微微踮起脚，抬手钩住他，凑上去又亲了他一口："你也是，要好好的，快点儿回来。"

这么认真的告别，原本还不明显的离愁情绪就渐渐浓起来了。

她看着他那双眼，微微抿了抿唇："我先走了。"

他轻轻地"嗯"了一声，后退一步松开她，可刚松开似乎又有些舍不得了，眉头一皱又把她拉回怀里紧紧地抱了一下："赶紧走，你留在这里会干扰我办公的情绪。"

他这句没有刻意地压低声音，所以话音一落门外的陆参谋长又十分不含蓄地笑了起来，还很好心地提示道："团长，快五分钟了。"

苏清澈鲜少被人这么不知死活地调侃，却难得有那份心情不去计较，今天看着陆群的脸很是不顺眼，一开门抬起脚就踹了过去。

陆参谋长被突袭，吓了一跳，躲避的时候显然还是被出其不意的团长大人扫了一腿。当下严肃了脸往后一站，一本正经："首长，你这是破坏战友的革命友情。"

苏清澈冷眼看了他一眼，微微勾起唇角冷笑了一声："我记得刚进部队的时候就教过怎么站军姿吧？有事要喊报告也连带着都还给我了？"

陆参谋长顿时理亏了，皱着眉头忧愁地看了一眼宋星辰。

宋星辰原本还是站着看戏的，被陆群眼神这么一扫，清了清嗓子，拢了拢半敞着的衣领："那我先走了。"

话音一落，陆参谋长又不老实了："报告首长，这是嫂子第三次说这句话了。"

宋星辰略一挑眉，扫了一眼陆群，神情很是凝重地拍了拍他的肩膀："别说我没提醒你，我觉得你以后少不了有求于我的时候，所以啊，无论什么时候都记得给自己留条后路。"说罢，她也没再看苏清澈，只朝后摆了摆手，就迈步往外走。

刚拐弯走了没几步远，身后就有脚步声传来，她一转身就看见陆群笑眯眯地小跑着跟了上来："嫂子，我送你过去。"

宋星辰踢着脚下的雪，双手插进口袋里，侧头眯着眼看了看他："好啊。"

他还真的只是送她过去，一路上都没说什么话，直到看到了不远处在等车的志愿者，才停住了脚步，踌躇了片刻还是说道："嫂子啊，首长的嘴严怎么都不说,你倒是给我们兄弟透露个日子啊。"

宋星辰微微一愣,随即才知道他是在隐晦地提及他们结婚的事情,想了想,回答道:"很快了。"

陆群抿了唇笑起来:"其实嫂子啊,我特别羡慕你,真的!我们团长人真的老好了,你嫁给他衣食无忧,也不用担心什么外遇啊什么的,真的,我保证。"

宋星辰越听越不是味道,渐渐地皱起了眉,等他这一句话说完,表情已经非常沉重了。

陆参谋长这个单细胞生物,其实只是想向宋星辰透露一下自己团长人品端正而已,说完看着她的表情,挠了挠脑袋开始怀疑自己是不是说了什么不该说的。

宋星辰没让他苦恼多久,就如刚才那样拍了一下他的肩膀。

这么一落手,他浑身就是一抖,莫名地从她那里感受到了一向是苏团长身上才独有的恐怖气息:"怎……怎么了……"

宋星辰扬了扬眉:"小陆啊,你跟我说实话,你是不是真的暗恋苏清澈啊。你老实告诉我真的没关系,我绝对不会告诉他的……而且我一点儿都不歧视这种感情,不为繁衍后代而在一起才是真爱。"

说罢,她扫了一眼陆参谋长此刻异常精彩的脸色,忍住笑继续补充道:"当然啊,就算你爱你团长爱到无法自拔,我也不会退位让贤的。"

陆群的脸色更难看了……

然后头一次地,他悲愤莫名地瞪了宋星辰一眼,臭着脸甩下一句话就走了。

他说……

"臭流氓!"


宋星辰就这么笑了一路。

## Chapter 18　为你而来

回到家的第一件事就是给手机充电,刚开机,苏清澈的电话就无比精准地打了进来。

她接起,声音异常地柔和:"喂?"

"到了?"他在那边轻笑了一声,"你跟陆群说什么了?"

宋星辰装作一副毫不知情的样子含含糊糊地"嗯"了一声:"他怎么了?"

陆参谋长自然不会自取其辱地去告状,她更是不会傻到跟苏清澈说这回事,说了要被收拾的绝对就是她了。

虽然她自以为这件事只会天知地知陆群知她知,但其实苏团长在她还在回 A 市的大巴上笑得不能自已的时候,就已经轻而易举地几句话套出了出实情。

见她不说,他也不揭穿,只用一句话一笔带过:"回来再慢慢跟你算账。"

没过几日就是春节了,苏清澈已经回了部队,作为军官春节期间要站岗,两个人的联系目前仅限于手机。所以宋星辰很利落地把自己打包好,送去了 A 大校区过年。

饭桌上宋爸爸盯着她手上的戒指来来回回看了好几眼,看得那叫一个意味深长,看得宋星辰毛骨悚然,恨不得立刻把戒指摘下来塞进口袋里。

等吃过饭,她更是跟解脱了一般,立马端起盘子往厨房走:"今天我洗碗。"

"不急。"宋爸爸睨了她一眼,"那小子跟你求婚了?"

宋星辰眨眨眼,把手递到了宋爸爸面前,老老实实地:"求婚成功了……"

宋爸爸哼了一声,突然不愉快起来:"你才二十四岁,急什么!"

说罢,见宋星辰不说话,自觉自己的语气有些太生硬了,清了清嗓子,还是柔了声音,"那他说什么了?"

宋星辰顿时无奈了。

还是宋妈妈来救的场:"星辰又不是小孩子,自己的事情能做决定了。你少操那份心吧,再说你这几天不还跟我念叨着这事吗?"

宋爸爸被拆了台颇有些尴尬,郁闷地看了一眼宋妈妈,拎着茶壶走了。

星辰帮着宋妈妈收拾饭桌,收拾完了就倚在流理台的边上看着她切水果,一抬头就看见宋妈妈的两鬓有了若隐若现的白发。

她微微一愣,抬手就摸了上去:"妈妈。"

宋妈妈微微侧头:"是不是妈妈都老了?"

"没有。"她收回手,顺势挽住她的手靠上去,"妈妈还是很年轻的,无论过多久,都很年轻。"

"想想时间还是过得很快的,那时候你那么小,现在站在我边上还比我高了一点儿。"

宋星辰静静地听着,微微垂了眼:"妈妈,谢谢你这些年一直这么爱我。"

宋妈妈一顿,过了好久才说:"你小的时候身体不好,妈妈就希望你能健健康康、平平安安地长大。后来你平安健康地长大了,我就希望你能快快乐乐的,所以从来不要求你必须要怎么样,全凭你的爱好。你后来辞职去做网店,我也是想,你喜欢做,哪怕亏本了,也还有我和你爸在,饿不着你,只要你开心就可以了。"

她转过身,目光柔和,语气更是轻柔温暖:"我尝过的苦一点儿都不希望你经历,所以你对感情的选择我也只是适时地帮你把关,人还是要你自己选。妈妈尊重你做的每一个决定,你爸爸也是如此。

"我并不是想告诉你我做得有多么好,因为我的女儿在我做这些的时候,也很让我欣慰地考虑到了我,考虑到了这个家。"宋妈妈握住她戴着戒指的手指,轻轻缓缓地说,"什么年纪做什么样的事情,你一向不让我失望。组建了另一个家庭,你也还是我们的女儿。你做任何事,还是有我们撑腰的。"

秦霜的电话来得不早不晚,正好在她洗完澡出来的时候。

她顺手接起,一手擦着半湿的头发:"怎么了,秦二爷?"

回应的只是沉闷的呼吸声,她的动作微微一顿,眼角也是一挑:"别装死,我知道你听着呢。"

秦霜低低地笑了起来:"对不起啊,我打给苏清澈那浑蛋他没接,我就是想找个人……发泄一下。"

事情似乎是有点儿不对啊?

宋星辰索性把手里的毛巾往椅子上一扔,盘膝坐在床上:"嗯,你说。"

秦霜应该是坐在车上,还开着车窗,嗯……如果不是正在开车,那就是在海边这种风比较大的地方。

这么想着,宋星辰的额角就是一跳:"你在哪儿呢?"

"宋星辰啊,你当我是朋友,一定不能一下子就答应那家伙的求婚……真的,不能。"他说话的声音轻飘飘的,被风吹得零零碎碎。

宋星辰眉头就是一皱:"你当我是朋友就不该说这种话……"说罢,似乎是想起这个时候说这些也没用,很坦然地说,"而且你这句话说晚了,我已经答应了。"

那头又沉默了下去,随即秦霜的声音才轻轻浅浅地响起:"我在你楼下,你下来陪我好不好?"

宋星辰略一迟疑,想了想,给苏清澈发了个短信,然后披上衣服就出门了。

秦霜是在她的公寓楼下，她下楼开了车回去，车到了楼层下面就看见秦霜倚在车前，颇有些落寞地望着天空。

她一个转弯，车灯打过来，他也似乎是无所觉一样，只是略一眯眼，就微微侧过头去。

宋星辰关了车门走过来，外面的风有些大，她裹紧了衣服，然后就看见了秦霜脚边放着的啤酒。

她微微一顿，走过去俯身拿起一罐，"啪"的一声打开。

秦霜这才转过身来看向她，手里握着的手机还停留在发短信的界面上："我还以为你在家呢。"

宋星辰抿了口啤酒，被那苦涩的味道冲得缓缓眯了眼。随即她抬头看着上面黑漆漆的窗户，毫不留情地说："你是酒精上头连最后那点儿智商都没了？我在家还能不开灯？"

秦霜却似没听见一般，手指搭在车灯上轻轻地敲了敲："你要跟苏清澈订婚了？"

宋星辰"嗯"了一声，才点点头："你有意见？"

他摇摇头，唇角却是一个苦涩至极的笑容："我的小怪兽还在美国，他怎么就能跟你结婚？"

宋星辰眉头就是一皱，心里被刺了一下。

说起来，虽然她至今还没有跟苏清音打过照面，可这个妹妹却跟"前女友"一样是感情遗留问题，一提到就让她觉得心口刺得疼。

她眯着眼又抿了一大口，被呛得咳嗽起来："我知道你用情至深，不过跟你说句实话，你每次提起她我都忍不住想揍你一顿。你的女人，老是跟我男人扯上关系，算什么？"

秦霜颇有些不赞同地看了她一眼："什么叫扯上关系？分明就是苏清澈上赶着和我家苏清音有关系！不是兄妹吗！"

宋星辰顿时"啧"了一声，把手里喝了一半的啤酒罐捏得"噼啪"

响:"我怎么今天才发现你那么讨厌呢……"

秦二爷偏生还没有这个自觉,手里的空罐瞄准前面的垃圾桶准确无误地扔了进去:"是挺讨厌的,可我就是心理不平衡。苏清音还在美国,他凭什么……不顾她,就跟你结婚?"

看着他双眸微微有些迷离,满脸都是憔悴的样子,宋星辰原本还怒火中烧,打算把手里的啤酒全部倒他脑袋上的想法顿时被打消得一干二净。

她轻叹了口气,往后倚在车身上,但说出口的话却是毫无同情心:"那你倒是说出他非要照顾苏清音的理由来啊,论起来除了兄妹关系,还有什么需要特别照顾的?"

说着,她又微微有些烦躁,抬脚就踹了他一下:"苏清音喜欢的人是你,凭什么我男人还要等她整理心情?"

秦二爷因为酒精而被冻住的思维似乎终于灵活地运转起来了,半晌才点点头,有些不太肯定地道:"好像是这样……"

宋星辰抬手拍了下脑袋,触手之下才发现头发还是湿的,此刻冷风阵阵的,着实应了她心里的凄凉。

她低咒了一声,把手里的啤酒一口灌进了胃里,火辣辣地让她顿时清醒了不少。

就在此时,手机的短信铃声也响了起来,她摸出手机看了一眼,很是嘚瑟地在秦霜的面前晃了晃:"我男人让我别理你,早点儿回家,说睡觉都比跟你聊天有深度。"

傲娇的秦二爷顿时炸毛,直接抢过宋星辰的手机就拨了电话过去。

苏清音是她、苏清澈以及秦霜心中的一根刺,秦霜爱得热烈浓厚,她却偶尔会因为这个名字皱起眉头。

如果……

她手指卷着头发,看着秦二爷暴走咆哮的样子,脑子里突然跃出个想法来。

　　苏清澈几句话就把呆毛的秦霜刺激得不轻,然后顺利地把他气跑了,宋星辰接过秦霜丢过来的手机时,一把拉住他就要关上的车门,俯下身子盛势凌人地说:"你把我手机当成什么了,抢来扔去的?"

　　秦二爷还在暴走的边缘,此刻连带着对宋星辰都是格外不待见,重重地哼了一声:"放手!"

　　宋星辰眼波一转,勾着唇角笑得颠倒众生:"今天姐姐心情好,就不要求你跟我手机道歉了……"她顿了顿,抬手拍了他的肩膀一下,"但现在想走,不可能!"

　　秦霜终于暴怒了:"你们这两口子怎么都一个德行!"

　　宋星辰"呵呵"笑了两声:"不是一家人不入一家门,这句话听过没?下车,找人接你回去,车押在我这儿了。"

　　秦霜着实是被她气得不轻,"腾"的一下直接从座位上出来,站在她面前,以身高压迫:"宋星辰,你够了啊!"

　　对于秦二爷的不领情,宋星辰颇有些扼腕,但还是很利落地关了他的车门转身靠在车门上:"不准酒驾,别的都好商量。"

　　话音一落,秦二爷就是一顿,随即悠悠地叹了口气:"放心吧,我真的不揍苏清澈……"

　　宋星辰"嗤"了一声:"你打得过他吗?"

　　秦霜想:就不能给老子找个台阶下?

　　来接秦霜的是程安安,似乎是刚从酒会里出来,一身华丽的晚礼服曳地。

　　看见宋星辰的时候倒是有些意外:"前几天还听秦霜说你在Q市。"

　　宋星辰拉紧了身上的羽绒服,对她只穿了那么点儿衣服还保持着雍容华贵的气质表示了万分的钦佩:"你赶紧上车吧,外面那么冷。"

## Chapter 18 为你而来

程安安点点头,转头看向低垂着头的秦霜,钩了钩手指头:"上车。"

等秦二爷咋咋呼呼地上了车,她这才颇感谢地向宋星辰点了点儿头:"今晚麻烦你了,秦霜就跟个小孩子一样。"

宋星辰看了一眼歪在后座上的秦霜,扯起唇角笑了笑:"没关系,不过他……"她一顿,"真的没关系吗?"

知道她指的是秦霜和苏清音之间的事情,程安安一颔首,毫不担心:"能有什么关系,秦二爷一向皮厚。"说罢,就笑了起来。

"那我就先走了,家里还有人等着,回去晚了指不定又要怎么发脾气呢。"她眉目一转,笑容艳丽得让人心神荡漾。

宋星辰被这个眼神一瞄,顿时七荤八素地,直到躺在了床上还有些晕晕的。

苏清澈早就在等她的电话了,听她这么说,顿时失笑:"你确定不是酒量不好,喝醉了吗?"

宋星辰嘟嘟囔囔地在床上滚了一圈:"好像是这样,你跟秦霜说了什么啊,他气成这样?"

苏清澈走到窗前拉开窗帘,看着窗外漫天的星辰:"没什么……"

见他不愿意说,宋星辰也不再问,就这么握着手机躺在床上。渐渐地有了睡意,才听见他在那边,声音轻柔道:"我10号回来,我看了下日子觉得挺合适的,你……有没有什么想法建议?"

宋星辰顿时清醒了,一骨碌坐起来,又因为脑袋有些晕,迷迷糊糊地一下子滚下了床,摔得膝盖都肿了一大片:"哟,流年不利……"

苏清澈一听动静就知道她又磕着了,微微扬了眉:"药油放在你床头柜最底下那层,拿出来揉一揉,散瘀了才行。"

宋星辰拉开柜子一看,还真看见了红花油,一边用肩膀夹着手机,一边开了盖子往膝盖上抹,油乎乎的一片,味道也浓烈得化不开。

她"咦"了一声,皱着鼻子:"好浓的味道。"

苏清澈顺手打开窗,随即又想起宋星辰是在公寓里,自嘲地一笑。

宋星辰听见他开窗的声音,原本还不觉得什么,听见他那笑声才福至心灵地明白过来,顿时笑了起来:"苏团长,你也有犯这么低级错误的时候?"

苏清澈抬手揉了揉眉心:"下意识地以为你就在我身边……"顿了顿,他看着辽阔天空里的星星,声音悠然,"我想你了。"

宋星辰揉膝盖的动作就是一顿,然后那句就在嘴边的话,终于脱口而出:"对于10号,我觉得没问题……"

苏清澈很准时地在10日的一大早出现了。

宋星辰昨晚把网店里的宝贝上架弄了一整晚,凌晨两点才刚睡下,听见门铃声的时候把被子一蒙翻了个身继续睡。

没过多久,门铃是停了,但手机响了起来。

她睁着惺忪的双眼摸过床头柜上的手机,刚按下接听,就听见苏清澈熟悉的声音清冷地传来:"来开门。"

宋星辰的大脑混沌着,好半晌才清醒了些,半拥着被子坐起来:"你……不是有钥匙吗?"

那头似乎是顿了顿。

这么一顿,宋星辰却能感受到那瞬间袭击过来的冰封般的冷冽。于是,宋星辰瞬间就反应了过来:"我来开!你等着。"

这么说着,她还是没忍住笑出声来。

苏团长最近总是小错误不断啊,上次是开窗,这次是忘记自己有钥匙了。怎么办呢,一个精明腹黑的男人紧张得犯错什么的,简直是戳她的萌点啊!

正在她打算起床的时候,那边苏团长僵硬了一下:"我有钥匙,自己开。"

## Chapter 18 为你而来

宋星辰自发地脑补了一下苏团长黑着脸站在门口和自己较劲的样子,顿时笑得无法遏制,挂了电话披上衣服就走了出去。

她走到门口的时候,苏团长也刚好拿钥匙开了门。

说起来,两个人已经好久没见了,她站在玄关处,背着光,身上只披了一件外套。他则是一身笔挺的军装,还维持着握着门把身子微倾的姿势。

还是苏清澈先迈进了屋,顺手关了门,然后不慌不忙地把手里提着的早饭放在鞋柜的上方。

在宋星辰还呆立在原处一动不动看着他的时候,他已经上前一步把她整个人抱进了怀里。

宋星辰被那温度冷得打了一个颤:"好冷。"

苏清澈"嗯"了一声,却丝毫没有放开的意思,反而搂得更紧了。

宋星辰按在他胸口的手指顿时就开始不老实了,左挠挠右抠抠的,然后发现苏团长今天穿得异常正式,连军功章都别在了胸口,闪闪发光。

一直在宕机短路的大脑顿时清明了起来,她手指就是一僵,闷闷地问道:"今天……是 10 号?"

她话一出口,抱着她的男人身上的气息顿时就是一变,瞬间从温暖满满变成了寒风刺骨:"所以?"

宋星辰把按在团长胸口的手默默地收回来:"什么所以?哪里有所以……"

"那户口本呢?"苏清澈松开她,然后就看见宋星辰眉头皱起来一副思索的样子,于是,苏团长满怀激动的心顿时就冷却了一半。

他沉着声音说:"你根本忘记今天要干吗了,是不是?"

"呃……"宋星辰掩饰般地挠了挠乱糟糟的头发,开始明智地往后退,"哪能啊,我这就去找户口本。"

苏清澈冷哼一声,一把抓住转身就要跑的女人,用力一拉就拉回了自己的势力范围内。

他一挑眉，一双漆黑的眸子缓缓地沉了下来，头也越俯越低，直到最后鼻尖都凑到了她的跟前。

宋星辰心下"咯噔"一声……不妙啊！

不过苏清澈还真没打算把她怎么着，毕竟今天是大喜之日，流血事件什么的不吉利。

他扣住她手腕的手缓缓收紧，盯着她的那双眸子也稍微柔和了些："乖，告诉我，是不是忘了今天是什么日子了，嗯？"

宋星辰智商不够才会去点头，她是昨天忙昏了，又没睡清醒所以才一时迷糊的，好吗？当下摇着脑袋，申请宽大处理："我们说好今天一起去民政局的，这么大的事情怎么敢忘记！"

苏清澈依然没松开她，只是轻哼了一声，并不表态。

宋星辰扬唇一笑，笑眯眯地凑上去亲了他一口："不要耽误时间了。"

苏清澈这才松开她，点了点儿自己的唇，含义颇深："一个不够。"

宋星辰差点儿没翻白眼，赶紧敷衍了事地又亲了一口，刚转身要去收拾自己，又被苏团长拉了回来。

这回可没那么便宜了，他直接把她按在怀里，俯低头就吻住了她的唇。

一只手搂着她，另一只手就没那么空闲了，直接扣住她的脑袋，把她压向自己，吻得又重又深，舌尖钩着她的舌头，拖出来不轻不重地咬一口，听见她的嘤咛声似乎更不解气了，吮得她舌根都发疼。

彼此的呼吸交融，越来越烫。

那种好久不见的渴望终于在这个吻里爆发出来，宋星辰抬手钩住他，开始主动地回应。他的唇柔软，她就钩着舌头去舔他，被他吮住了舌头就用牙齿去咬。

这种感觉很奇妙，她晕乎乎地闭上眼，钩得他更紧，最后还坏心眼地把左腿盘上了他的腰。

宋星辰一颤，浑身都软了，连出口的话都带了软绵绵的哭腔："你还领不领证啊？"

证是肯定要领的，但根本就不妨碍先进行洞房花烛啊！

这么想着，他钩起她的腰，抱着就要往卧室走。

宋星辰察觉到他的意图，身子一缩，可怜巴巴地看着他："给你两个选择……要么领证，要么马上领证，我不跟你开玩笑。"

苏团长似乎是顿了一下，很认真地问道："你犯了错认错的态度这么不好，我能不能投诉你？"

宋星辰顿时瞪圆了眼，她紧紧地一勒苏团长的脖子，恶狠狠地说："我说了两个选择，现在不选择，以后就没机会了，你赶紧想好啊。"

苏清澈却没急着回答，反而不紧不慢地抱着她继续往卧房走："户口本在哪儿？"

……户口本啊？

宋星辰顿时心虚了，那个她忘记放在哪个柜子了啊……

她这么一迟疑，苏团长就一个轻蔑地挑眉："连户口本放哪儿都不知道，我要是选择第二个你岂不是做不到？那更要惩罚了，这么重要的日子，宋星辰你是不是有点儿过分了？"

宋星辰虽然知道苏团长现在用的是激将法，可没法不上当啊，当下就怒了："苏清澈，你别以为我非要嫁给你啊！"

苏团长点点头，一本正经："不然你想嫁给谁？告诉我，我去弄死他？"

宋星辰："……首长你这么暴力，你的参谋知道吗？"

苏清澈掀了掀眼帘看了她一眼："他天天挨揍应该知道。"

宋星辰眼看着已经让"歹徒"登堂入室了，顿时急了，赶紧转移话题："……那你会不会以后生气了就打我出气？"

苏团长果然不负众望地停下了脚步，然后很有兴味地挑了挑眉，缓缓地笑了起来："要不现在就试试我以后生气了会怎么收拾你？我一向讲究实战。"

宋星辰顿时觉得有千头草泥马狂奔而过……

这么一个停顿之间，已经走到了床前。

苏团长瞄了一眼凌乱的大床，把跟个无尾熊一样的宋星辰放到了床上："快去穿衣服，我去把粥热一下。"说罢，就转身走了出去。

于是，已经做好抗争准备的宋星辰……郁闷了。

团长啊，你不做了吗？我都已经准备好了啊……

宋星辰吃过饭之后第一件事就是把房门一关，翻箱倒柜地开始找户口本，她记得宋爸爸那次把户口本交给她之后她很郑重地放进了柜子里，至于是哪个柜子却一点儿印象都没有，而且还隐隐约约地记得自己最近挪过它……

苏清澈看了一眼紧闭的房门，略一勾唇角，索性当作不知道她在干什么，就在沙发上坐了下来。

茶几上散着几本杂志，他瞥了一眼，刚移开目光就又挪了回来。

那户口本赫然就被杂志压在了下面，露出一个坚硬的小角来。

然后淡定地准备给宋星辰一个赎罪机会的苏团长摸出手机开始计时……半小时内没想起来，今晚就好好地治一顿。

这个坚决不能省。

于是半小时后。

苏团长拿起户口本，到卧室的门边敲了敲门："星辰。"

"嗯？"正翻箱倒柜着急上火的人含含糊糊地应了一声，"干吗？"

"你在忙什么？我们要出门了。"他顺手翻开户口本，翻到第三页宋星辰那里扫了一眼。

"我在试衣服,今天要隆重点!"说话间又是噼里啪啦的声音。

苏清澈很耐心地等了一会儿,又敲了敲门:"我进来帮你看看?"

里面顿了一下:"不用了,马上就好。"

"马上就好?"苏团长抿了抿唇,又问道,"那户口本呢?拿好了吧?"

"你好烦啊,户口本就在我这儿呢,等我一下就好了。"

门前的男人无声地笑了,门后翻箱倒柜的女人却感觉一阵凉意从脚底蔓延而上,顺着背脊直接爬到了头顶。

然后"咔嗒"一声,门锁那里利落地一响,宋星辰就看见苏团长用手指套着钥匙圈斜倚在门口,手里拿着的赫然就是她找了好久的——户口本。

## Chapter 19
### 领证

她蓦然睁大双眼,不敢置信:"怎么在你那儿?"

苏清澈把翻开的户口本一合,抬腕看了一眼手表,修长的手指在表面上轻轻地敲了一下:"这个并不重要,我们回来可以慢慢算账。现在,麻烦宋小姐快点儿好吗?我赶时间。"

整理东西的宋星辰手下就是一顿,很是傲娇地把手里的包塞进了苏团长的怀里:"既然赶时间你就赶紧去吧,不敢耽误你,不然回来要跟我算账。"

苏清澈眉头就是一挑,一把握住她的手:"再说一遍。"

语气虽然平淡,但内含着的警告却是半分都不少。

宋星辰犹豫了片刻,衡量了一下实力的悬殊,还是理智地默默从苏团长的手里拿回包,乖乖地背上肩:"没听见就算了……咱们赶紧排队去。"

苏清澈看着她的背影思索了片刻,才缓步跟了上去。

宋星辰原本预计自己这么难搞的人,又对他人有着诸多的挑剔,三十岁嫁出去都算早的,所以这么早就要往民政局的大门口站,有种玄

## Chapter 19 领证

幻的感觉……

细细地一品，甚至还有一种早婚了怕被鄙视的那种神奇情绪。

由此可见，就算是装嫩也不能太过投入，一入戏还真像那么一回事。

她垂着眼系上安全带的时候，苏清澈刚上车，车门刚关上，她就条件反射地要去开车门："那个我好像煤气没关……"

苏团长正在系安全带的手就顿住了，然后他抬眼看了她一眼，很淡定地反问："今天早上没用煤气吧？"

宋星辰："没用吗？"

闻言，苏清澈的脸色顿时黑了一分。

宋星辰识趣地扭过头。

不过这份沉默只坚持了一个路口，宋星辰又开始坐立不安起来："那个……我突然想上厕所。"

苏清澈透过后视镜看了一眼身后有没有车，这才打了转向灯停在了花坛旁边。

他的意思只是想和明显很不配合的宋星辰谈一谈，不过某人显然会错意了，她愕然地看着这三面的花坛，问道："在这里……解决吗？"

苏清澈一大早，神经就受到了非常严峻的挑衅……

他握拳掩唇虚咳了一声，见她转移了注意力看过来又清了清嗓子，一本正经地看着她："我觉得我们现在有必要聊一聊。"

宋星辰顿时反应过来自己是闹了笑话，"腾"的一下耳根子就红了起来："我需要冷静一下。"

苏团长的忍耐力一向都是有一定的刻度值的，此刻已经慢慢地耗尽，逼近零点："不想跟我结婚了？后悔了？"

宋星辰愣了一下，感觉到他握着自己的手温热有力，心底那躁动的情绪似乎也渐渐地被安抚。她缓缓摊开手，让他感受到她掌心里的冷汗。

"那个……我其实就是有点儿紧张。"

紧张？

苏团长皱着眉头思忖了半晌，很是困扰："我很少有这种情绪，所以也不知道怎么处理，不过速战速决一定没错。"

喀喀，宋星辰差点儿没被自己的口水呛到，她心有余悸地拍了拍胸口，脸色都诡异了起来，苏团长……你能别这么一本正经地逗我玩吗？

不过这个小插曲还真的让宋星辰那紧张的情绪骤减了不少。

不过，到了民政局的门口，宋星辰才知道苏清澈是来真的，速战速决什么的，他真的是这么想的。

宋星辰握着笔刚签了一个"宋"字，就颤着手停了下来。

苏清澈那边已经签好了，把文件递交了过去，见她停下来，略一挑眉："怎么了？"

宋星辰看了一眼手下那片空白处，舔了舔干燥的唇："我发现这个签字跟签快递单的感觉很不一样啊……"

苏团长眼角、眉梢都是漾开的笑意，声音更是低沉有力："害怕吗？把自己交给我？"

宋星辰噘了噘嘴，颇有些不满他的用词："你昨晚打电话的时候明明是求我赐你一个名分的。"说话间，抬手握住他的手，签下剩余的两个字。

"苏清澈，今天起……"她抬眼看向他，学他一字一句道，"你要负责我的一生，我也要用一辈子的时间对你好。生活会有摩擦，会有意见不合，可我还是很自私地想要求你，以后多让让我，好不好？"

钢印落下时，那"啪"的一声和着他那声"好"就如同鼓槌击打鼓面的声音，深深地烙进她的心里。

其实宋星辰准备了一堆的问题打算问他，可一大早见到他，似乎这些问题都已经迎刃而解了。

她全部的不安、迟疑，在看见他的瞬间灰飞烟灭。

## Chapter 19 领证

不用问,她也知道他的答案是什么。

他会让着她、爱着她、护着她。没有轰轰烈烈荡气回肠的爱情,更多的只是一种细水长流平平淡淡的幸福。

那是一种感情沉淀下来,携手一生,相濡以沫,相伴一生的幸福。

她接过工作人员递过来的结婚证,拿在手里,却意外地发现这小红本竟然微微有些沉重。她皱了皱眉,抬头问道:"我现在就觉得这结婚证又重又烫手,苏团长啊……我觉得我胜任不了啊。"

原本眼角、眉梢都是掩饰不住笑意的男人蓦然僵住了:"你还有一次机会重新组词。"

"我现在觉得苏团长又重又烫手,胜任不了结婚证?"她麻利地把词一换,自己也窘了,这心态……刚领了证就急着脱手,看苏团长的脸色这是要把自己生吞活剥了啊。

她默默地把结婚证揣进包里,握住他的手腕看了眼时间:"可以吃午饭了……有烛光晚餐吗?"

"烛光晚餐安排在晚上,你不记得我们中午要干吗了?"他反握住她的手握在掌心,唇角微微上翘,"合法了之后,握在手里的感觉都不一样了。"

宋星辰今天是打算破坏气氛破坏到底了,被他这么柔情蜜意地牵着往外走还不忘损他道:"现在就有左手牵右手的感觉了?反正离婚也是在这里办的……也省得以后再跑一趟……"

苏清澈的脚步顿时顿住了,双眸极其危险地缓缓一眯:"我老婆高兴的时候表达的方式可真独特。"

他咬重了"独特"这两字的音,微微俯低了身子凑近过来,那声音就在她的耳边,她微微一侧头,耳郭就擦着他温热的唇角而过。

她一愣,刚下意识地往后退了一步,就被苏清澈皱着眉头拉了回来:

"我可是请了婚假回来的,有的是时间让你努力适应一下新的关系。"

宋星辰傻眼了:"怎么适应……"

这句话出口,她就后悔了,依着以往的经验,一般苏团长一句话说完还能给她提问的机会,通常都是下了套等着她自投罗网羞辱她来着。

不过大概是被羞辱习惯了,她还没长记性,又跳了坑……

当然,苏团长自然会满足她,他勾了勾唇角,声音却清冷:"深入浅出地探讨下人生的意义,我想不出三天你应该就能适应得很好了。"

宋星辰的脸顿时黑了,脚下的高跟鞋更是毫不留情地踩了上去:"臭流氓!"

说完,自己也笑了,猛然想起在Q市,她调戏陆群来着,那家伙急红了眼,脸色一片铁青,可憋到最后却只挤出这三个字来。

苏团长顿时也黑了脸。

合法地耍流氓那叫夫妻情趣。

中午是苏家和宋家结亲后第一次正式的碰面。

原本是想订在酒店里吃一顿的,可转念一想还是家常些的好,苏老爷子就派人把宋爸爸和宋妈妈给接到了大院里。

苏老爷子盼了那么久,总算是盼到大孙子结婚了,一进来就赶紧让刚新鲜出炉的小两口把结婚证拿出来看。

"总算是看见清澈成家立业了。"苏老爷子颇有些感慨,随即从上衣的口袋里摸出一个红纸包着的东西,递到了宋星辰的面前,"这个是我的一点儿心意,给我孙媳妇的见面礼。"

宋星辰看了一眼苏清澈,一拿起那红纸包就觉得有些沉甸甸的,还透着丝丝的凉意。

她收好放进口袋里,端起酒杯给苏老爷子敬酒:"谢谢老爷子。"

宋星辰爽直,苏老爷子越发高兴,一杯酒下去红光满面的:"别看

## Chapter 19 领证

清澈是个当兵的,疼起媳妇来那可也是稳扎稳打的。星辰现在还在学校当老师是吧?反正你职业也挺自由,部队也近,小两口好好过日子,再给我生个曾孙子抱,我老爷子这辈子也就圆满了。"

饭桌上的气氛热烈,宋爸爸也打开了话匣子,一顿饭下来宋爸爸和苏老爷子都已经醉得分不清东西南北了。

苏清澈扶了老爷子打算去休息,刚一起身,老爷子却清明地说道:"上次清澈跟我提了说要旅行结婚,这件事今天得正式跟亲家商量好了。"

宋星辰早就和宋爸爸宋妈妈提过,宋妈妈的反应倒是在星辰的预料之中,毕竟谁家嫁女儿都希望嫁得风风光光的,就算是个简单的婚礼也好歹是婚礼,但是旅行结婚……

不过宋爸爸倒是无所谓,反正小两口能把日子过得好那就足够了。

苏老爷子此刻提出来,想必就是要听听对方的意见。

旅行结婚是宋星辰提出来的,原因有两个:一是宋奶奶年前冬至才办完了身后事,二是不喜欢那种空有排场累死人的婚礼。

宋爸爸沉默了一会儿,这才道:"旅行结婚也可以,但回来必须把亲戚朋友给请了。"

苏老爷子想了想,也点了点头:"那我也没什么意见,反正小两口能自己把日子过好了,开心就可以了。婚礼就是一个形式,到时候礼节到了就行。"

苏老爷子顿了顿,看向苏清澈:"清音那里你说过了吗?她不回来?"

宋星辰正在喝汤,听见这个名字微微地停顿了一下,掀了掀眼帘看了一眼神色自若的苏清澈,又自顾自地喝她的汤去了。

"说是正好忙着抽不开身。"他顿了顿。

"嗯。"苏老爷子沉沉地应了一声,不再说话。

宋星辰一直沉默到送宋爸爸和宋妈妈回家，又一起吃过晚饭之后回程的路上。

"怎么了？"苏清澈侧头看了她一眼，顺手打开音乐。

轻缓的钢琴声，让她心底的那丝燥意渐渐地淡了，她抿了抿唇，还是有些不悦道："你是不是就等着我开口说去旅行结婚？"

"嗯？"苏清澈微微皱眉，"怎么了？"

这种云淡风轻的语气还真的是让人咬牙切齿啊。

宋星辰闭了闭眼："这样你就不用面对你的小情人了。"

苏清澈顿时沉默了，片刻他才沉着声音说道："我只有一个情人，可不管是哪种方式结婚，都注定这辈子只有她一个了，你这话是打哪儿说起来的？"

他回答的声音没有波澜，轻轻浅浅的，似乎根本不为所动。

宋星辰却知道他是明白自己说的是谁，他这种不动声色间的柔和顿时让她成功地产生了愧疚感，咬了咬下唇，还是老大不乐意："苏清澈我告诉你啊，虽然我知道你跟苏清音之间不可能有什么，但是每次提起她的名字我就上火，能不能过你赶紧考虑清楚啊。"

饶是淡定的苏团长在刚领证的第一天就被新婚的老婆耳提面命地暗示离婚也无法淡定下来，他索性把方向盘一转，顺势拐进了一旁的小道里，然后停了车。

手搭在方向盘上，目不转睛地凝视着这个泡在醋缸里的宋星辰。

他的眼神严格说起来并没有丝毫的紧迫，反而是柔和的，就这么看着她。车外就是一盏路灯，他正好被拢在这层光里，温柔了一片夜色。

他微抿了抿唇，然后握住她的手凑到唇边轻轻地印上一吻，然后不紧不慢地把玩，任凭宋星辰怎么挣扎都不放开，半响才轻声道："这辈子就你了，过不下去也得过啊。"

什么？

## Chapter 19　领证

这是情话吗？还是添油加醋来的？

宋星辰刚想冒火，苏团长就缓缓地和她的十指相扣："旅行结婚只是因为你喜欢而已，虽然我也觉得办婚礼挺麻烦的，可比起舟车劳顿，还是只辛苦几天办婚礼好些吧？"

说罢，他微微凑近，另一只手握住她精巧的下巴："让我看看你这个醋坛子里的醋加满了没。"

"苏清澈……"她皱眉。

"嘘。"他缓缓眯起眼，手指按在她的唇上，那表情要多勾人有多勾人。

宋星辰顿时被苏团长的美男计勾得三魂七魄去了一半。

"今天是我们的好日子，不要让这些无关紧要的事情浪费我们的时间。你有精力不如想想今晚让我怎么早点儿结束，嗯？"说话间，他的唇角缓缓漾开一个邪佞的笑容来。

配着他那身军装……真是怎么看怎么不符合。

宋星辰看着他的那个笑容硬生生打了个冷战，啥都顾不得，赶紧默默地往座椅里缩了缩，保持安全距离。

路上一堵车，到家的时候已经有些晚了。

苏清澈换了鞋子进屋，先是问扑倒在沙发上的她："肚子饿不饿？看你在爸妈家里也没吃多少。"

他那句"爸妈家"说得无比顺畅，让宋星辰都有些恍然，随即就是埋在枕头里无声地笑了起来。

虽然领证之前一直忐忑不安，明明那么有安全感却还是希望这个程序慢一点儿。可如今在这个新房里，他语气自然地称呼她的爸妈为爸妈，就觉得心底的温暖被他点燃，任是大雨也难以浇熄。

直到现在似乎才有真的领证了、苏清澈自此之后就是她老公了的真实感。

　　她起身时，苏清澈已经进了厨房，打算给她弄碗面。

　　她踮着脚走过去，从身后悄无声息地抱住他，头在他宽阔的背上蹭了蹭，然后静电让那些发丝根根都贴上了她的脸。

　　她突然笑起来，又轻又缓，难得带着些害羞情绪地叫了他一声："老公？"

　　那个正握着筷子打鸡蛋的男人手就是一顿，然后宋星辰只听见他说："觉悟突然就高了？"

　　宋星辰额头抵着他的背笑起来，笑了一会儿，以一种拥抱的姿势搭在他身前的手握住他的手："我不饿，就给我炖个蛋羹，要甜的。"

　　说罢，她顿了顿，补充了句："我……先去洗澡。"

　　苏团长不淡定地又颤了一下……


　　宋星辰洗完澡出来的时候就披了一件厚的睡袍，苏清澈正坐在卧房的沙发上看笔记本电脑，见她出来拍了拍身旁的位置："我给你把蛋羹端过来。"

　　宋星辰一边吃甜甜的蛋羹，一边呼呼地吹着气："这一顿夜宵吃下去得胖多少啊？"

　　苏清澈闻言，把视线从电脑屏幕上转过来，颇有深意："等会儿运动一下就消耗得差不多了。"

　　宋星辰识趣地赶紧转移话题："我之前提的那些地方和路线你都研究过了吗？"

　　苏清澈把电脑移过去，屏幕上赫然显示的就是饭店以及旅游路线："这样安排好了，正好从 A 市一路过去。我们出门先坐高铁，回来就坐飞机直达，空出两天来应酬。"

　　宋星辰把蛋羹喂到他的嘴边："你决定就好。"

## Chapter 19 领证

晚上有一顿"正餐",这个都是心照不宣的。

犹记得第一夜多撕心裂肺的宋星辰一直紧张到现在,此刻苏团长正在浴室里,那水声落在她的耳朵里都重得好像敲在心里的鼓点。

她翻出放在衣柜里的新床单换上,刚铺好床,苏清澈已经洗完澡出来了。

宋星辰只觉得一阵口干舌燥,想也不想,下意识地转身出门:"我去喝口水。"

一转身,就被他拦腰抱到了床上。

他的手指落在她的腰间,就这么居高临下地看着她,手指还无意识地慢慢地摩挲着,然后他的头缓缓低了下来,轻柔地吻住她。

他的动作很慢,给足了她准备的时间,那俯身下来的瞬间似乎就是一帧放慢的画面,在她的眼前不断放大。

门是半掩着的,那时候宋星辰还想着等会儿实在招架不住就直接跑。

客厅里明亮的灯光投射进来,在床前晕开淡淡的光,显得这只有一盏浅浅台灯的房间越发昏暗,暗影层层叠叠。

"老婆,春宵苦短,不等了好不好?"他的声音压得很低,是她喜欢的那种略带磁性的清雅。语气里似乎还有诱哄的味道,柔柔的,一听就让人酥到了心尖,麻成一片。

宋星辰顺势一滚,直接滚进他的怀里,环着他精瘦的腰,把脸埋在他的胸口。

很暖的一个地方,她微微蹭了蹭,抬头看他:"你刚刚不是问臭流氓的老婆是什么吗?"

她眨了眨眼,促狭地一笑,然后利落地一个翻身把他压在了身下,指尖更是轻佻地钩起他的下巴,凑上去咬着他的下唇吻了一下,才坏笑着回答:"是比流氓更流氓的老流氓。"

说完,她自己也笑了起来,就这么趴在他的身上低头去吻他:"你喜不喜欢我？"

苏清澈双手环在她的腰上，手掌心的温度熨帖着她，热热的一片。

宋星辰只觉得苏团长的唇柔柔软软又热乎乎的，又像果冻又像棉花糖，搂着他的脖子亲了一遍又一遍，最后还是苏清澈没有了耐心一把扣住她的后脑勺，舌尖直接撬开她的牙齿长驱直入。

苏团长亲她的时候总是喜欢咬她的舌头，咬得不轻不重，酥麻酥麻的。她就学着他的样子含住舌尖，身子渐渐地就热了起来。

想着明天还要出门，苏清澈虽然没吃饱，还是大发善心地放过了她。

"睡着了？"他在她腰间的手一顿。

宋星辰赶紧摇摇头："没有没有，睡不着。"

"睡不着？"苏团长慢慢地把这三个字念出来，眸色缓缓地就深了，"这是有暗示，还是有提示或者是明示？"

他故意逗这颗努力减少存在感的大白兔奶糖的心思实在是太过明显，宋星辰往他怀里钻了一会儿没见他有所动作就松了一口气。

"衣服还没整理好呢，我们明天吃过早饭就走？"

"嗯，明天我来整理就好，你多睡会儿儿。不过我叫你起来的时候就得起来，嗯？"他尾音轻轻上扬，半搂着她拉过被子把她盖得严严实实的，"现在睡觉。"

宋星辰应了一声，身体累得要死可意识却清醒着不想睡。

身后，是他比平时都要沉重的呼吸声。

她想了想，转过身抱着他，含含糊糊道："真好。"

苏清澈抱着她的手一重，将宋星辰搂得更紧了些。

次日，苏清澈一大早就神清气爽地起床了。

宋星辰清醒地知道他先起来了，还想交代他一定要带上她那件羽绒

## Chapter 19 领证

服,可哼哼唧唧地趴在床上半天,眼皮都没抬起来。

苏清澈整理好了东西也不急着打包,先是把她叫起来。

厨房里煮着粥,淡淡的香气,袅袅传来。

他弯下腰,半抱起赖床不起的人:"星辰,起来了。"

宋星辰含含糊糊地哼了一声,转个身就想睡。

苏团长早就把人捞进怀里了,自然不准她再扑回床上,就拉着被子把她裹得严严实实地按在怀里:"起来了,看看有没有什么东西落下的。"

宋星辰这才抬了抬眼,瞄了眼时间,很干脆地揽住他的脖子继续窝在他的怀里睡。

苏清澈无奈失笑,把她的胳膊拉下来塞进温暖的被窝里,又让她睡了半小时,这才强势地直接将她抱起来穿衣服。

这个方法果然有效,还瞌睡着的宋星辰在苏清澈亲手给她穿上内衣的时候就彻底吓醒了。她赶紧套上衣服,把人缩回被子里,只露出一双眼睛看着他:"我自己来,你出去……"

苏清澈指尖还是小白兔那柔软的触感,挑了挑眉,很从容道:"我帮你穿的话你还能睡十分钟。"

"不用,我醒了!真的!"为了证明她是真的醒了,她赶紧捞过衣服就往身上套,"你快去忙你的,我一会儿就出来。"

苏清澈这才不再多停留,恰恰然地去厨房给她盛粥了。

宋星辰出来的时候那碗粥恰到好处的温热,他把筷子递给她,扫了一眼腕上的手表:"距离我们出发还有一小时,我们还可以慢慢来。"

宋星辰刚把一口粥塞进嘴里,不知道怎么的就笑了起来:"你现在是我老公。"

她又开始冒傻气了,苏清澈眉眼一弯,眼角眉梢都是淡淡的笑意,难得地只是接着她的话应道:"嗯,你现在是我老婆。"

"老公。"她咽下一口粥,就这么笑意盈盈地看着他。

苏清澈被她看得心里一动，忽然有一种自己也说不上来的冲动，然后他低下头……视而不见。

可那柔软的声音就在耳畔，一声一声的："老公，老公啊，老公？"

苏清澈终于还是没忍住，转回目光来，看着她，笑了起来："嗯，老婆，我在。"

宋星辰从出发开始到上了火车一直都是笑着的。

苏清澈请了婚假，可时间也不是特别长，她要走的地方虽然多，也考虑到要空出时间回来宴请，所以远一些的地方自然就取消了。

苏清澈是昨晚在网上订的火车票，正值春运，车站里的人很多。

苏清澈一手提着行李箱，一手半揽着她，小心地把她和人潮隔开。

车上人多，她坐在靠窗口硬座，手边一杯暖暖的奶茶，他就坐在靠近走廊的一侧，手里拿着一份报纸专心地看。

宋星辰用耳机听着歌，间或一回头，看见他的侧脸，心瞬间柔软下来。

察觉到她的视线，苏清澈微微侧目，扫了她一眼，那原本翻着报纸的手就准确无误地落下来，把她的手暖暖地握在了掌心里。

"困的话就睡会儿，我们十二点半才能到，等下车吃过饭，下午就可以开始玩了。"他的声音轻柔，车上的声音嘈杂，他就偏过身子俯在她的耳边。

对面坐着的是两个年轻的姑娘，频频把视线从平板上移开来，落在他们的身上。被宋星辰发现时，就会害羞地飞快低下头。

宋星辰握紧他的手，低头抿了口奶茶，靠在他的肩膀上："我突然有些后悔了……"

她的声音轻轻的，并不打算让他听见，不过苏团长的听力是何等敏锐，微微皱眉，重重地握了一下她的手："什么？"

苏清澈的身材好，个子又高，就算不当兵，当模特都能混口饭吃，

## Chapter 19 领证

这种天生的衣服架子穿什么衣服都好看得不得了。

因为是出门玩,他穿得就休闲了许多。

可就是这样,都能让他穿出一种说不出的好看来。

她手指落在他的袖口,轻轻地扯了扯:"后悔为什么不把你藏在家里,非要拉出来丢人现眼呢。"

苏团长很不开心地挑了挑眉,放下手上的报纸,低头去看她。宋星辰昨晚睡得虽然晚,不过被滋润了一夜,今天的面色还是粉嫩粉嫩的。

她皮肤本就好,围了一条红色的围巾只显得整张脸都小小的,越发白皙红润。

苏清澈这个角度看下去,她的睫毛长长地掩着,在眼睑下方落下淡淡的阴影,那唇微微噘起,看起来就让他觉得食欲大动。

他毫不掩饰此刻自己的欲望,握住她的手,轻轻地按着她的指尖覆在他的喉结上,让她感受到他突如其来无法抵挡的想吻她的那股冲动。

宋星辰一愣,随即反应过来他在干什么,面色比对面那两个正偷偷看过来的小姑娘还要红:"你干吗?"

他低低地笑起来,顺着她的目光看向对面的两个小姑娘,扫了一眼,就趁着四周没人看过来,扣住她的下巴就在她的唇上亲了一口。

宋星辰彻底闭嘴了……

论脸皮的厚度,她厚不过苏团长。论无耻程度,她无耻不过苏团长。再论奔放限度,她还是没能比得过他。

好像自打开荤了之后,苏团长就越来越活泼了……

终点是 M 市古色古香的小镇。

下车的时候正好是十二点三十分,所幸不用再转车,出了火车站再坐一班公交车就能直接到达目的地。

等他们拎包入住再出来觅食的时候正好一点儿钟。

宋星辰在火车上就被苏团长喂了不少东西下去，肚子垫了底儿也不饿，到了小镇后，先是去吃了当地的特色小吃，这才慢悠悠地逛起来。

宋星辰对这种古色古香的地方有说不出的向往，看着那些青石板觉得比宝石亲切得多，走到一个有特色的地方就会摆起标准的游客姿势，笑眯眯地让苏团长拍照。

逛了一小圈下来，宋星辰就有些累了，拉着苏团长坐进了一家咖啡屋里。

小镇里虽然古色古香的地方多，可这种现代化的店面也不少，舒服的沙发，暖洋洋的阳光，她就临着镇上那条小河而坐，幸福地眯了眼。

苏团长看着相机里的照片，缓缓勾了唇角。

晚上的古镇比起白日又多了一丝韵味，古朴的街上游客络绎不绝。

那盏盏红灯笼沿街亮起，宋星辰就站在桥上，静静地看着翻着浅浅波纹的水面，只觉得岁月从未有过的静好。

往里走得再深一点儿，就是一条酒吧街，震耳欲聋的音响，灯红酒绿。

窗子都是打开着的，服务员更是站在门口招揽着生意，一眼看过去，里面黑压压的一片，只有小吧台上的灯亮着，传出或清亮或高亢的歌声。

宋星辰一时好奇，扯了扯苏清澈的手："我们进去喝一杯好不好？"

苏团长看了一眼鱼龙混杂的酒吧，低头看着她双眼发光的样子，抬手一揉她的脑袋，护在怀里走了进去。

宋星辰很少去酒吧这种地方，一时新鲜，可坐了一会儿就被吵得脑袋嗡嗡地响。

苏清澈手里拿着一只酒杯，里面是酒精度数并不高的果酒，凑近唇角抿了一口，入口都是淡淡的果味和酒香。

苏团长无论做什么事，动作只要稍微慢下来一些，都会给宋星辰一种优雅贵气的感觉。

他此刻凝视着舞台上弹吉他的姑娘，唇角微微地带了丝笑意，连带

## Chapter 19 领证

着喝酒的那个动作都带了一丝诱惑。

她顺着他的视线看过去,就看见那个弹吉他的姑娘正看着他,笑得眉眼弯弯的。

宋星辰原本是坐在一旁的,见状很干脆地拉开椅子,再扯开苏团长的手,豪迈地坐上了他的大腿。

苏清澈起先还是一愣,随即就把她抱进怀里,微微俯低身子,故意把那淡淡的酒气洒在她的唇边,滚烫的呼吸,浅浅的香气,昏暗的灯光。

她一时就看迷了眼。

她觉得一定是自己的新鲜劲儿还没过去,不然怎么会越看苏团长越顺眼,越看越觉得心里的喜欢又浓了一些……

那些论坛上发表的帖子"新婚后他成为我的所有物,我就对他失去了所有的兴趣",这种感觉怎么就一丢丢儿都尝不到呢?

她这么直勾勾地看着他,让苏清澈莫名地就升起一股渴望来。

他手指搭在她的肩膀上,另一只手晃了晃那酒杯一口把酒喝了下去。

那首歌终于唱完了,短暂的沉默,然后灯光陡然一暗,换上了一个低沉好听的男音,唱的不知道是什么歌。

苏清澈就是这个时候低下头来的,他们坐的位置靠前,他就换了一个姿势,把她紧紧地搂在怀里,隐在那暗下来的灯光里,热烈地吻着她。

这种吻不像是暗夜里激情时的那种灼热,也不是他兴致所致时温柔时光的柔情。

他吻得不急不缓,极有耐心。

她半躺在他的怀里,此刻身子都软了下去,他一只手稳稳地抱着她,另一只手就用来轻轻地扣住她的下巴,一丝躲避都不容许她有。

就这么紧密相贴,让她切切实实地感觉到被他全部包围。

那些过往的画面在此刻都跳了出来,从他们相识开始,到如今。宋星辰才发现,原来不知不觉已经拥有了那么多的回忆,彼此之间,拥有了那么久的共同时光。

他们的第一次见面算不上愉快,甚至可以说得上是硝烟弥漫。然后他朝她走来,走进了她的生命里,参与了她的人生,并且再未走出去过。

两个人在感情里,始终是面对面,从未背道而驰。

不是轰轰烈烈到让红尘都失色的恋情,而是如江南水乡一般温柔细腻地相爱,他自始至终都如他所说的——只为她而来。

她抬手环住他,主动地回应。

她心颤得厉害,任由他吻得越来越重,重得她都发疼。

一切似乎都乱了套,耳边那个男音又换了一首歌,她还沉沦在他的吻里,无法自拔。

直到最后,她似乎是忘记了呼吸,他才恋恋不舍地松开她,抵着她的额,话说出口时,声音都是低哑的。

"老婆,我们回去吧?"

Chapter 20

# 保护与守护

　　今晚的苏清澈格外温柔。深度交流后，苏清澈抱着她温存，手指在她的背脊上一下一下地抚着，抚得她浑身酥麻酥麻的。
　　最后忍不住一口咬在他的锁骨上，咬得重了些也没听他出声，抬头去看，正好对上他分外温柔的眼神。
　　原本还想龇牙吓唬他一下的宋小猫顿时乖乖放下了爪子，嘟嘟囔囔地说："我渴了。"
　　苏清澈似乎是无奈地笑了一声，在她的鼻尖上亲了亲，把她从身上抱下来放在身边，掀开被子就出去给她倒水。
　　等看着她喝完水，苏团长斟酌了片刻，才思量着说道："本来是打算回去之后再拍婚纱照的，我觉得我们反正一路在旅行，婚纱照就顺便拍了好了。你不是喜欢吗？正好都是外景。"
　　苏夫人想想也是，点点头，下巴磕在他的胸前："那也来不及了啊。"
　　"直接换人。"他重新把她抱回来，"你要是愿意，明天就可以了。"
　　宋星辰对于苏团长这种能力丝毫不质疑，想着一边旅行一边顺带着拍了婚纱照，就点头同意了。

当然,她如果知道拍婚纱照这么累的话,绝对绝对绝对不会点头同意的!

新婚的两个人心满意足地睡到自然醒,起床后,苏清澈带着她去了昨天就踩过点的餐厅里吃了早饭。

宋星辰对窗边的位置格外偏爱,推开窗,看着河里的小船悠然漂过,笑得眉眼都是弯的。

此时此刻,真的是像极了夜空中璀璨的星辰,似乎浑身都发着光。

她点的是三明治,里面夹着的西红柿她不爱吃,就挑了放进他的碗里。

他也只是随便拨弄一下,然后就用筷子夹起来吃进了嘴里,这才一本正经道:"只准这一次。"

宋星辰吐吐舌头,抿了口芳香四溢的咖啡,吃得碟子干干净净的之后又把视线往苏团长的碗里瞥。

苏清澈点的是海鲜粥,味道鲜美,那白粥里嫩嫩的虾仁看得她食指大动。

她不出声他也知道是在馋这虾仁,用筷子夹起来喂进她的嘴里:"吃饱了没有?再给你叫一碗?"

宋星辰得寸进尺,干脆拿过筷子自己夹,听他这么说摇摇头:"我就是惦记这些虾仁。"

等宋星辰吃饱喝足了,刚想再出门逛逛,苏清澈就接到了一个电话。等收回手机,他颇有些无奈地一摊手:"现在回酒店,下午就要准备拍婚纱照了。"

宋星辰原本以为会是简单的白婚纱,可一到酒店看见房间里一字儿排开的大阵仗,顿时被里面的旗袍、凤冠霞帔吓住了。

"你……打哪家婚纱店请来的?"

## Chapter 20　保护与守护

"嗯。"苏团长挑了挑肩,道,"不是婚纱店。"

宋星辰:"嗯?什么?"

"好像是程安安御用的团队。"苏团长的语气分外云淡风轻,不过宋星辰可没那么强大的心脏,瞬间宕机了。

化妆的时候宋星辰的心理压力太大,导致她配合起来也是格外僵硬。

虽然她昨晚想过这么匆忙就能赶来,一定不是一家小的婚纱店,可也没想到苏团长有这本事给她弄到了程安安的御用团队啊……

程安安这种一线大腕的配置,让她这等自视甚高的小透明完全喘不过气来啊!

拍摄选景的地方都是由苏清澈决定的,难度最大的一张就是站在船上。她一身火红的旗袍,斜倚在他的怀里,轻侧着身子。

船前进时顺着水波摇摇晃晃的,单这张就拍了足足半小时。

晚上倒是不用再拍了,宋星辰卸了妆洗过澡才和苏清澈出去吃饭。

满满的一桌子菜,苏清澈还特意点了她爱吃的虾仁,拨了一些到她的碗里。那鲜美的汤汁,搅拌在饭里,好吃得她快把舌头都吞下去了。

苏清澈吃得倒不多,一直在给她剥蟹肉,剥完蟹肉又挑鱼刺。

还是宋星辰吃的时候,她吃一口就喂他一口这样,才算把整桌的菜扫了一遍。

牵着手回酒店的时候,宋星辰突然想起什么,突然大惊失色:"团长,这么拍婚纱照要多少钱?"

苏清澈的手里还拿着一包鸭骨,从她的口袋里抽出纸巾擦了擦手,很认真地握住了她的手,才缓缓地说道:"钱你不用担心……"

话音未落,就被宋星辰打断:"什么不用担心,你的工资卡交给我管了。你的就是我的了,我必须要关心!"

苏团长闻言却颇为满意地"嗯"了一声,松开她的手在她的额上轻弹了一下,再重新握住:"这钱秦墨都出了,我们不用付。"

"嗯？"有这等好事？

苏清澈看了她一眼，点点头："秦二爷至少还是值这个价的。"

宋星辰不禁想：敢情苏团长是把算盘打到了秦霜的身上，算计得秦大爷大出血了一回。

可这么腹黑，她却忍不住想怒赞一个的心情是怎么回事，哈哈哈。

在小镇里停留了两天，他们立刻就转战到下一个旅游胜地。

宋星辰对于人潮汹涌，而身边始终有一个人牵着陪着的感觉非常享受，一路行来，就算拍婚纱照有些累，也始终都是欢乐满满的。

不过原定的行程中最后一站却没能成功过去，路上拍婚纱照占用的时间有点儿多，有时候喜欢一个地方就会多留一天，到最后时间还是不够用了。

宋星辰收拾着行李，发现行李比来的时候多了一小箱。

她还颇有些苦恼，一路上就想着又好看，又有纪念意义，索性都买了，现在分门别类都有些麻烦。

苏清澈靠在窗边打电话，挂断电话之后走过来，从她手里接过衣服："不是说累了吗？先去洗澡吧，这里我来。"

宋星辰还在较劲儿，闻言，皱了皱鼻子，还是不愿意走。

苏清澈顺手把她的睡衣递过去："宋老师你的内务那么不合格，不要添乱了。"

宋老师很不乐意地在苏团长的脸上咬了一口，这才一蹦一跳地进去洗澡。

L市是很适合居住的城市，更是一座浪漫的爱情之都。

宋星辰在这里多停留了一天，所以便来不及赶去下一个地方了，索性就提前一天直接回程。

学校已经开学了，部队也需要苏团长，所以两个人度过这段出尘的

## Chapter 20　保护与守护

时光之后又要回归繁华的红尘里了。

她洗完澡出来，扑在柔软的大床上深深地吸了一口枕边的清香，一翻身搂住正要去洗澡的苏团长，脑袋在他身上蹭了蹭："怎么日子就过得么快呢？"

苏团长顺手在她的脑袋上揉了揉，意味深长道："我先去洗澡？"

"啊？"宋星辰疑惑地抬起头，对上苏团长暗示颇强的眼神之后，顿时花容失色，"臭流氓。"

刚起身要去浴室的男人步子就是一顿，转头看向她："你再让我听见这个词一次，我不介意来点儿武力镇压。"

真是一点儿都不可爱！

L市的冬天比A市要暖和许多，她裹着衣服，跳下床去泡了杯茶。

苏团长的手机就是这个时候响起来的，宋星辰放下茶杯，正打算帮他接了，可一看到屏幕上的名字顿时就愣了一下。

浴室的门一开，苏清澈就转过身看了过来。

她站在门口，手里还拿着手机，见他看过来晃了晃手，脸色有些别扭："清音的，你自己接吧。"

"嗯。"他没立刻接过手机，只是指了指放在架子上的毛巾，"让我把手擦擦干。"

宋星辰不疑有他，拿了毛巾过去给他擦手。他擦干手接起电话，很轻很柔地一声："清音？"

宋星辰顿时就不是滋味了，拿着毛巾转身就走。

她刚转身，苏团长就准确无误地握住了她的手，丝毫没有放开的意思。

"我刚吃过饭，怎么想到今天打过来？"

宋星辰挣不开，但看着他柔和的表情又觉得有些刺眼。

这么想着，又默默地想流泪，她真的不是那种嫉妒心很强的人啊，苏团长比现在更温柔的表情对着陌生的漂亮姑娘也展现过。

可是她一想着电话那头是他护了很多年的小姑娘,也曾这么捧在手心里疼过,而且是一直默默付出却从未得到过,她心里的情绪就别扭到要死。

苏团长这边接着电话,手也没闲着。一下子就把她拉到了还洒着热水的蓬蓬头下面,身子一转,彻底把她堵在了自己的势力范围内。

宋星辰怒瞪了苏清澈一眼,踮起脚一口咬在他的下唇上。

哼,看你怎么跟漂亮小姑娘讲电话!

苏清澈将宋星辰揽在怀里,对着电话柔声抱怨:"嗯,你嫂子爱闹。我这个电话接完,手机就该因为进水报废了。"

宋星辰扭头看了一眼直直浇在自己头顶的蓬蓬头,悲愤欲绝:"我不会原谅你的!"

那边不知道在说什么,隐隐约约地有笑声传出来。

宋星辰是微微仰着头看着他的,水溅进眼里,她都有些睁不开眼,一别开头眼圈就红了。

苏清澈这回不敢再开玩笑了,连再见都没跟苏清音说,直接把电话挂了,放到了远处。

"怎么了?真生气了?"他捧住她的脸仔细地看了看她的眼睛,抬手遮了一下,顺手擦掉她脸上的水珠。

宋星辰只是被水溅得眼睛有些疼,看他突然紧张心疼了,就柔若无骨地往他身上一靠,再委委屈屈地咬个下唇,然后翘起食指在他的胸口戳了一下,娇声娇气地说:"你讨厌。"

苏团长立刻就知道她没事了,关了淋浴,就这么半抱着她给浴缸放水:"正好你也湿了,试试这个按摩浴缸。"

宋星辰顿时整个人都不好了,扑腾着就要摆脱苏团长的挟持:"我

## Chapter 20　保护与守护

要去擦干,我不要泡浴缸。"

她可一直记着苏团长进了这个房间的第一件事就是去查看浴缸,宋星辰放下行李好奇地跟过去,就见他颇为满意地点了点儿头:"我当初订这个情侣房就是因为这里的浴缸泡着舒服。"

宋星辰起先还没觉得什么,可当晚苏团长又是诱哄又是美男计地拐骗她一起泡浴缸。她就被彻底地按摩了一次,浑身舒畅到次日起床都是苏团长亲自服务的。

苏清澈今晚还真的没动什么心思,按着她一起迈进去就这么搂在怀里:"今晚什么都不做。"

宋星辰已经风声鹤唳了,哭丧着脸:"你在我这里已经没有信用可言了!"

苏清澈像是想起什么,低低地笑了起来:"谁让你每次都太当真,又非要来撩拨我。你说这怪谁?"

"我什么时候撩拨你了?"宋星辰震惊地瞪圆了眼。

不过就是动作尺度大了一点儿,翻身的时候蹭上去了一点儿,看着太顺眼的时候过去亲了一口吗!怎么就是撩拨了?

苏团长低头就在她唇上亲了一口:"你不知道你就这么专注地看着我,对我而言,就是一种邀请和勾引吗?"

强词夺理!

宋星辰哼了一声,沉到水里去吹泡泡了。

这次苏团长倒还真的是什么都没做,水刚凉了一些,就用浴巾把她裹起来,抱着安顿在了床上,又去冲了个澡,才上了床来。

宋星辰正在玩手机,侧躺着。

他就顺着她这个姿势从她身后抱着她,下巴搁在她的肩头,看她跟韩潇璃发信息。

自打她结婚旅行之后韩潇璃联系她从来都是只言片语的,今晚看她上了线意外得不得了,立刻发了一个贼笑的表情过来。

"今晚团长没收拾你?还是从昨晚收拾到现在才结束啊?"

宋星辰差点儿没翻白眼,很认真、很严肃地回复:"你的思想就不能再纯洁一点儿?"

韩潇璃:"我哪里不纯洁了,这不是你们的日常吗?"

苏团长看了一眼,把她往怀里又抱了抱:"今天纯洁的日常还没做。"

宋星辰赶紧往外面蹭了蹭:"不带又透支信用的啊!"

苏团长想:信用是什么?可以吃吗?

可口的宋老师被苏团长扰乱了思绪,摸着手机回复的时候已经有些前言不搭后语了,聊了片刻实在被韩潇璃的黄暴思想压得略输一筹,赶紧马不停蹄地下线了。

刚关了手机,就听身后的人说:"清音说过两个月要回来一趟。"

宋星辰顿了顿,轻轻地"哦"了一声:"是该见见我的小姑子了。"

苏团长的假期结束之后就回了部队,她也按部就班地去学校上课。

学校周末放假的时候,她偶尔会收拾几件衣服去他那里住两天,等星期一了再回来。或者苏团长有空的话,周末有一天是能待在家里的。

偶尔回去陪陪老爷子,又回去看看宋爸爸宋妈妈。

婚后的日子并没宋星辰想得那么水深火热,当然,除了如狼似虎的苏团长那源源不断的需求……

每次她累得不行,他都是神采奕奕地从身后抱着她温存。

"老婆。"他轻轻地叫了一声。

"嗯?"宋星辰含含糊糊地应了一声。

今天的天气有些闷热,她刚出了一身的汗,这么被他抱着有些不舒服。

他似乎察觉到了，把她搂过来，换成面对面的姿势圈着："不舒服？"

宋星辰摇摇头，困得眼皮都耷拉了下去："就是有点儿累。"

"听妈说你最近胃口不好？"他用鼻尖蹭了蹭她，"正好明天我在家，我带你去医院看看？"

宋星辰闻言赶紧摇头："没什么，大概就是那次中午在学校的食堂吃坏了肚子，就一直难受到现在，还不需要去医院。"

话落，她又想起什么，补充了一句，"你明天给我做一顿好吃的好不好？"

"想吃什么？"他把被子往上拉了拉，遮住她露在外面的肩头。

"老公做的我都喜欢。"她轻声笑了起来，蜷着身子缩在他的怀里，头靠在他颈窝柔软的那处，抬手环住他的腰。

A市的天气还是有些冷，苏清澈时常给她暖手暖脚，他回部队的时候她自己也就受不了那点儿冷，习惯性地会抱着暖水袋了。

也许从未温暖过并不觉得自己有多孤单，可真的有一个温暖的人陪在身边无微不至了，一旦离开，哪怕是一会儿都能感觉到寒冷遍布全身。

苏清澈把她的手握在自己的手心里，低头在她的额上轻轻地吻了一下："明天还有一件事要做。"

她已经困得不行了，意识都沉了下去。他这么认真地开口她就努力地打起精神来，可没一会儿又困得不行，只知道他说了句什么，她含含糊糊地"嗯"了一声，就沉沉地睡了过去。

苏清澈还没睡意，手指搭在她的耳郭边上，轻轻地捏一下。

宋星辰被他骚扰得有些睡不安稳，微微动了动，原本就在耳畔的头发立刻顺着滑落下来。

他钩起那几缕头发帮她别至耳后，微微凑近了还能感觉到她暖暖的、热乎乎的呼吸轻轻地扫下来，让他心尖痒痒的。

他情不自禁地偏头在她的脸上亲了一口，想起宋妈妈下午说的话，心驰荡漾。

宋妈妈说:"星辰最近的胃口不好,我也不知道你们现在是不是想要孩子,问了她她又含含糊糊地害羞起来。我倒是知道她月事不准,虽然你们不可能那么快,不过清澈你也要注意着她点儿。"

不可能那么快?

苏清澈想了想自己以往从未做过保护措施的场景,又把视线落在已经安然睡着的星辰身上,微微地勾了唇角。

也许……真有那么快?

宋星辰醒来的时候,苏清澈已经买好了食材开始做饭了。

厨房里都是饭菜香喷喷的味道,引得她食指大动,饿得不行。

倒也不是什么华丽的大餐,苏清澈只简单地做了几个她平日里爱吃的家常菜,她倒是难得地吃得那么香。

吃过午饭晒了会儿太阳,想着 A 市的交通此刻应该已经不那么拥挤了,苏团长这才带着老婆出门去拿婚纱照。

宋星辰昨天压根儿没听见他说什么,等出门坐上车了才后知后觉地问:"我们去哪儿?"

"昨晚跟你说了去拿婚纱照,不记得了?"他握着方向盘,侧头看了她一眼。

宋星辰不是不记得,是一点儿印象都没有……

到的时候很凑巧在门口碰上了刚准备出门的程安安,秦墨不在身边,她是带着经纪人出来的,怀里还抱着一个精致好看的小宝宝。

见到他们,似乎是毫不意外。不过大概是赶着上通告,走到宋星辰的面前时也只是笑了笑,就被经纪人拥着上了保姆车。

宋星辰是知道程安安有一对龙凤胎的,刚才就这么看了一眼,惊艳得不得了了:"那是?"

## Chapter 20　保护与守护

"秦家的太子爷。"他淡淡地瞥过去一眼，揽着她往里走，"你要是喜欢，我们也生一个。"

自己生一个吗……

听着感觉似乎——还挺不错的？

婚纱照到手的时候宋星辰几乎是视若珍宝，一路上用了各种词汇把自己夸了一遍，还不带重复的。

不过的确是好看。

苏团长那次出门的时候没带军装，不过摄影师那边倒还真给备了一套。

他一身军装站在古镇的弄堂口，手里一束花，目光专注地看着就在几步之遥抬手就能触碰到的宋星辰。

宋星辰还记得那天刚刚下过了雪，古镇的气候比较湿润，小雪落了一天也就是让地晕染开一片湿漉漉。

他的肩头披着雪，就如那日A市大雪时，他们刚刚和好如初。他握着手机站在车旁，微微仰起头来看着她，问她你嫁给我好不好。

如今，他们就走到了这一天。

她一时就眯了眼，有一种酸酸涩涩的感觉盈满了眼眶。真的是幸福，幸福到她忍不住想哭。

还有一张是她穿着火红的旗袍，站在船头，斜倚在他的怀里。

她那时候缩在苏清澈的怀里看不见他的表情，现在看着照片才知道，原来那天，他脸上的神情与她相差无几。

那微勾起的唇角，和蕴着笑意的双眸，甚至连那轮廓都异常柔和。修长的手指搭在她的肩上，像是握住了她的整个生命。

身后是一片荡漾的绿波，清澈的河水，波澜着的水纹，古色古香的小镇，单就这一张照片都能闻到古韵的淡雅香气。

她随手往后翻着，L市那座浪漫的城市里有一棵千年的老树，她就和他相拥在树下。

已经立春，L市温暖的气候已经让这棵古老的树再次抽枝发芽，星星点点的绿，缀亮了整个空间。

婚纱照最多的还是在小镇里。

她凤冠霞帔，坐在原木的椅子上，他就慵懒随意地靠在门边，只是相视而笑，在镜头下却有着浓郁得化不开的温情。

她翻到最后，里面赫然还夹着一张照片。

她"咦"了一声，翻过来看。

苏团长正等红灯，闻声看了过来："是摄影师说舍不得删，就顺手洗了。"

宋星辰看见的那一刹那就明白是为什么了。应该是员工私下拍的，可画质还是好得没话说。

那是小镇雨夹雪的下午，天色也不甚明亮。因为天气打算收工回去，他撑着一把伞，从桥上徐徐而过。

他军人的敏锐察觉到这一处的镜头，正好微微侧过头来，就被拍了下来。

这张照片里并没有她，可只有他一个人，清浅的一个背影也足够温柔。那双黑眸似是黑夜里的星辰一般，哪怕只是这么随意的一扫都让她觉得呼吸一窒，莫名就有种逃不开的感觉。

苏清澈……怎么就可以这么好看呢？

她手指落在这张照片上，再抬头看他。

已经绿灯了，他正凝神看着前面，留给她的就是如这照片上的侧脸。

她抬手拉住他的袖子："清澈？"

"嗯？"他看过来，随意地就抬手握住了她的手。

"你要陪着我一辈子，时间不到，我死也不会放手的。"她眸色专

## Chapter 20 保护与守护

注,唇边却是一抹绚烂到极致的笑容。

你踏入了我的生命里,倾我所有,我也要羁绊你一生。

"如你所愿。"他扣紧她的手,眼角、眉梢都是暖意。

---

苏团长正在看新闻,宋星辰盘膝坐在沙发上,手里拿着一本美术书翻着,偶尔抬起头看一眼电视屏幕。

似乎是想起什么,她抬起胳膊撞了撞他:"我上次跟你提起过的那个体育老师,他说明天星期五大家一起聚会放松一下,你说我去不去啊?"

苏清澈的视线从电视屏幕上移过来:"体育老师?不去。"

宋星辰翻书的动作就是一顿:"可我决定了要去哎。"

正好新闻播放结束,苏清澈拿起遥控随意地按了几下换台:"那还问我干吗?"

宋星辰顿时就皱了眉头:"苏团长,你这冷硬的语气是怎么回事?"

怎么回事?

那个什么新调来的体育老师最近的存在感都快比他高了,你说怎么回事?

又是什么热血青年,善良又果敢。不就是借调过来的高才生老师吗?他冲锋陷阵的时候难道不比这个什么青年热血?善良又果敢……呵,这个词真的可以用在一个刚出社会七窍只通了三窍的黄毛老师身上吗?

这么想着,苏团长面上却是不动声色,默默地转移话题:"天气比较冷。"

宋星辰:……

苏团长你当她教中学生,智商真的就跟中学生一样了吗?

苏清澈手指搭在沙发椅上敲了敲,紧皱的眉头丝毫没有松开的迹象,想了想他还是问道:"明天什么时候?在哪里?我去接你?"

"不用。"宋星辰"啪"的一下合上书,微微抬了抬下巴,把他刚才的那句话原封不动地还了回去,"天气比较冷,不麻烦你了。"

说罢,趿拉着拖鞋就回卧室了。

被冷落在沙发上的苏团长眸色就是一沉。

苏清澈回了部队之后,怎么想怎么郁闷,看着眼前那批新兵蛋子更是不顺眼至极,操练了一个多小时才在陆参谋长恐惧的眼神中一挥手放行了。

陆参谋长虽然有心想了解一下八卦,可一旦靠近就被团长冷厉的气息打退几米远,只敢默默地在远处观望着。

没过多久,陆参谋长就敏锐地感觉到了苏团长的不同寻常,这气压低得都让他喘不过气儿来。

他一边颤颤巍巍地喝了口水,一边装作不经意地问道:"咦,嫂子今天的电话还没有打过来吗?"

苏团长正在写报告,闻言,手下就是一顿,手里的笔尖猛地划过纸张,力透纸背。

陆参谋长吓得茶杯都没拿稳,茶水溅了他一裤裆。他顿时心有戚戚然地瞄了一眼自己的敏感部位,哭丧了一张脸:"我另一条裤子刚洗啊……首长,怎么办?"

怎么办?你居然还敢问苏团长怎么办?

亲妈可怜的蠢货陆参谋长啊,你知不知道你刚才已经被苏团长用目光杀了好几遍了?

苏清澈自然是不会回答这种蠢到家的问题,继续写他的报告。

陆参谋长可着急了,这一摊湿漉漉的,多引人误会啊,再说了他在苏团长的办公室里待了那么久……

该办的事似乎也能办好了。

就在陆参谋长上蹿下跳的时候，一直抿着唇低气压的首长大人突然若有所思地看过来。

那打量的眼神从上巡视到下，看得陆参谋长浑身都在发抖，默默地夹紧了腿……

然后他就听见苏团长说："你去给你嫂子打个电话，问问我的裤子在哪里。"

陆参谋长一边松了一口气一边不知死活地问道："咦，嫂子能知道吗？内务不是一直都是首长你在做吗？"

苏团长"嗖"的一下发射了一个冷到极致的眼神，用一种压抑的、有些警告的声音说："让你问你就问。"

陆参谋长的脸色更不好看了。外面的战士误会一下也没什么大不了，可是嫂子大人可是公然调戏过他的，他可以说不要吗？

不过碍于苏团长的紧迫盯人，陆参谋长还是摸出手机打了电话。

宋星辰正忙着，含糊着应了几声就把电话挂得干脆利落。

苏清澈装出一副"我很忙"的样子来，飞快地写着报告，一边用一种非常漫不经心的语气很随意地问道："她怎么说？"

"嫂子说裤子和男人都不借……"

"刺啦"一声，苏团长一个把持不住，再度力透纸背。

后来，收到报告的人看了眼被撕开长长两道口子的纸张，还皱着眉头训道："娶了媳妇也不知道下手轻点儿，这么粗鲁，小心你媳妇不跟你过了！"

苏团长惬意地抿了一口茶，挑眉回答："首长你不怕背上破坏军婚的罪名吗？"

首长心想：你个娶了媳妇还腹黑的兔崽子。

苏团长想了一下午还是有些不放心，发了信息告诫她别喝酒。

宋星辰看见短信的时候正在上课，讲课的声音一下子就断了，她把遮在书下的手机移出来一点儿。

见是苏团长的，唇边不自觉地就有了一抹笑意。

等下了课，她才不慌不忙地回复："聚会怎么可能不喝酒？"

苏团长看见这条短信的时候气得顿时就眯起了眼，不过回复的短信却是一本正经的：因为我为备孕坚持到现在，不能功亏一篑。

宋星辰盯着手机看了好半天，才闷闷地回复了一句："知道了。"

虽然已经得到了她的保证，不过苏清澈还是有些不放心，跟政委换了一下班，赶着点地就回家去了。

等他回到家的时候，宋星辰还没回来。

他站在门口，看着黑漆漆、冷冰冰没有一丝亮光的屋子几乎没停顿，转身就出门了。

习惯了两个人在一起的温暖，再变成一个人的时候就很不习惯了。

宋星辰接到苏团长的电话已经是晚上八点多了，聚会也已经进行了一半了，嘈杂的KTV里，她有些心不在焉。

屏幕上正放着《终于等到你》，她一时看得入迷，就想起了她家的苏团长。

这么想着，摸出手机一看，已经有好几通未接电话了。

她点开，毫无意外全部都是苏清澈。

她出了包厢，到安静的大厅里给他回电话。

苏清澈绕着整个Ａ市到处找她，此刻耐心已经有些告罄，接到她的电话时，语气也有些沉闷："在哪儿？"

他自己不觉得，那种压抑着的不开心却让宋星辰一下子就听得清清楚楚，她抿了抿唇，还是回答道："在学校边上的KTV。"

知道了她的具体方位，苏清澈的语气也瞬间柔和了下来："什么时候结束？要不要我去接你？"

宋星辰还未说话，去上厕所回来的体育老师正好经过，径直停了下来："怎么在外面不进去？"

宋星辰拿出被头发遮掩的手机晃了晃："我在打电话，你先进去吧。"

体育老师立刻点点头："我正好要去结账，等会儿我们一起进去吧。"

"不是说 AA 了吗，我跟你一起过去。"说话间，她拢着手机，轻声说道："那你现在过来？我先去结账。"

苏团长在听见这边的声音时，就差不多能判断出这就是体育老师了，脸色顿时沉了下来。

结完账没多久，大部队也就要散了。

宋星辰走在最后，和体育老师一起走出来。今天要聚会，她怕停车没车位，就准备搭同一个办公室的老师的车子。

苏团长要过来，她自然不再麻烦人家，就在门口等着。

刚看到熟悉的车子出现在视线里，体育老师已经开着他的大奔停在了她的面前："宋老师还不走吗？要不要我送你一程？"

"不用。"她摆摆手，目光看向不远处正驶来的车，"我老公来接我了。"

体育老师似乎是愣了一下，笑容都僵住了："宋老师结婚了啊？这么年轻。"

宋星辰觉得这话听起来有些别扭，刚想说些什么，苏清澈已经到了。不知道是不是故意的，还不偏不倚地停在了体育老师的车前面，用他那骚包的车屁股顶着。

苏清澈开了车门还是绕着后面过的，身姿挺拔，他还穿着一身军装，走过体育老师车前的时候似乎是顿了顿，扫了一眼车内的人，连招呼都懒得打，就走到了她面前。

宋星辰倒是没觉得有什么异样，反正苏团长一向对陌生人都是目中无人的姿态。

她就朝车内挥了挥手:"我先走了,你路上小心。"

话音刚落,原本正打算目不斜视走过去的苏团长顿时变了主意,揽着她走到车前,还故作不知地问道:"这位是?"

"体育老师啊……"宋星辰奇怪地看了眼苏团长,然后才后知后觉地发现苏团长的语气和神情都有些不对。

苏清澈对着车里的人点了点儿头:"你好,我是星辰的老公,我叫苏清澈。"

体育老师打从他面色不善地出现时就已经闷不作声了,此刻更是郁闷得要死,点了点儿头一句话都说不出来了。

宋老师的老公脸上很清晰地写着,他非常不喜欢这个老师好吗?

体育老师的视线从苏清澈的脸上落在他的军衔上,觉得胸口更闷了……

看到对手不爽,那苏团长也就开心了,脸上这才勾起个皮笑肉不笑的笑容来:"那我们先走了,明天还要去医院检查呢。"

"啊?"宋星辰错愕。

"你忘了?明天预约了妇产科的医生检查啊。"他不动声色地紧紧搂了一下宋星辰,不再停留,带着她就上了车。

宋星辰还有些反应不过来:"你真的约了医生?"

苏清澈慢条斯理地替她系上安全带,语焉不详道:"你就不能有点儿已婚妇女的自觉?"

"我怎么了?"宋星辰目瞪口呆,举起她一直戴着婚戒的手,"我连洗手都没拿下来过!"

苏团长对于自己不动声色地秒掉了一个情敌并不甚开心。边启动车子,边瞄了一眼她的肚子,想着就算这里面还没有,也该种下一个了。

到了家,宋星辰刚进门,苏清澈就从身后抱了过来。

## Chapter 20 保护与守护

她吓了一跳,抬手去开灯:"你干吗啊,吓我一跳。"

苏团长抬手握住她伸出去的手包在了掌心里,低头在她的耳垂上亲了一口:"转过来我闻闻有没有喝酒。"

"没有。"耳边被他亲了一口有些痒,她笑眯眯地刚转过身来,苏清澈就在她的唇上吻了吻。

"嗯,很乖,真的没有。"这时,他才低低地笑起来,就这么把她抱在怀里抱了片刻,"明天还是要早起。"

"嗯?"她醉心在他的怀里,下意识地就跟上了他的话题,"去哪儿?"

"医院。"他低头又亲了她一口。刚想吻得更深一点儿,她却微微后仰避开了,手不停地在他身上摸索:"训练的时候受伤了?"

"没有。"他低低地笑起来,"我刚才说的是真的,明天约了妇产科的医生。"

他话说到了这个份上,宋星辰饶是再迟钝都反应过来了,当下错愕地瞪圆了眼,颇有些不敢置信:"你是说……"

不满意她的表情,他扣住她的脑袋拖回来咬了一口,这才抵着她的额点了点儿头:"嗯,食欲不是不好吗?我们旅行回来也有一个多月了,是不是那个也没来?"

他这么一提,她才猛然想起来,然后就有些语无伦次起来:"我……我不知道会……会这么快。"

虽然没做什么保护措施,可她总觉得应该没那么快,心理准备都还不够充足呢,这么一下她顿时措手不及,眼眶都热了。

察觉到她的不安,苏团长抱得她更紧了一些,轻声地安抚道:"不怕,这不是还不确定吗?反正不管有没有,医院还是要去的,食欲不好你也不好受。"

"怎么那么快啊?"她声音都带了些哭腔,在他怀里扭来扭去的,

"你都怀疑可能是宝宝来了，你这几天怎么还那么不知道轻重啊，弄坏了怎么办？"

苏清澈顿时无奈了，不过听着她那要哭出来的声音又有些心疼起来："弄不坏的，宝宝一定像我，生命力顽强。"

话音一落，他才突然反应过来，她虽然没有充足的准备，可已经下意识地接纳了。

原本他还担心万一真的宝宝来了，她的情绪安抚又要花上不少的心力，现在似乎没那么困难了。

其实昨晚苏团长就想给宋星辰做点儿心理建设的，可昨晚那不是有突发情况吗……

不过现在也来得及。

他开了灯，帮她换好了鞋，见她眼眶红红地低头看着他，心疼得不行，抱起她一路进了卧室。

她闷闷地不说话，手落在小腹上面，脸上的情绪很是复杂："老公，我还没有彻底准备好，我以为有宝宝怎么也要再过几个月的。"

苏清澈闻言屈指刮了刮她的鼻尖："我们现在先不要想那么多了好不好？等明天检查过了，才能确认宝宝是不是真的存在。"他顿了顿，握住她的手凑到唇边轻吻了一下，"我已经三十一了，我希望以后能陪伴他更久。"

他最后的一句话触动了她内心里的柔软，她睫毛颤了颤，翻身面对他："如果有……"

她顿住，抬眸看向他，唇角弯起个浅浅的笑来："如果有，我就要学着怎么做妈妈了，然后我的生命里，就又多了一个我要保护的人。"

"如果有，我也要学着做爸爸了。你说我是做慈祥的爸爸，还是做严厉的爸爸？"他捏着她的手指玩，语气状似漫不经心，可却满满的都是期待。

## Chapter 20  保护与守护

她想了想，终于笑出声来："我不要做坏人。"

"嗯，那坏爸爸就让我来。"他低头在她的额上亲了一口，"娶你，是我这辈子做的——最好的事。"

## Chapter 21
# 不一样的时光

她困得有些起不来,按掉闹钟,自欺欺人地蒙了被子就又窝回了他的怀里趴着睡。

苏团长看了眼时间,侧过身子抱着她:"只给你半小时。"

"嗯。"宋星辰点点头含糊地应了一声,就又睡了过去。

半小时后,她还是困得不想起床,又是撒娇又是耍赖的。到最后还是苏清澈抱着她起来穿衣服。

她坐在床边还困得直打哈欠,迷迷糊糊地说了一句:"以后产检一定要放在下午。"

"由不得你。"他抬手拧了一下她的鼻尖,"你以后还会有午觉……我觉得安排在晚上最恰当。"

宋星辰自己想想也觉得很好笑,揽着他的脖子,把下巴抵在他的肩上:"你抱我进去刷牙。"

苏清澈无奈地把她抱进卫生间,放下之后,又去卧室给她拿拖鞋:"老婆,你敢不敢在妈面前也这么使唤我?"

他挤好牙膏,和她头碰头地一起刷牙。

## Chapter 21　不一样的时光

宋星辰的嘴里满是泡沫，她含混不清地回答："我不上你的当。"

要是让宋妈妈知道自己的女儿嫁出去之后懒得如此令人发指，估计得让她一个人把家里的每个角落都收拾一遍……

时间还早，苏团长就下厨做了简单的三明治，包好装进包里，这才带着宋星辰去医院检查。

刚到医院，宋星辰就蓦然觉得紧张起来。正想说不如延迟一天再说……

苏清澈早就洞察了她的想法，抢先一步用了激将法："你一定很害怕吧？如果害怕我们就不去了。"

于是原本正退缩的女人立刻上当了："我怎么可能害怕，不就是……做个检查吗。"

检查倒没什么……就是检查的结果她怕啊。

说完她眉角就是一抽，心底暗咒了一声，神色很是僵硬地先行走进去了。

医生简单地问了几个问题，又去做了好几个检查，她就开始坐在门口等报告了。

苏清澈把手里还热乎乎的三明治递给她："垫下肚子，等会儿回家给你做好吃的，嗯？"

宋星辰点点头，接过三明治的时候鬼使神差地握住了他的手："如果没有，你会不会很失望？"

苏清澈正要起身进去，这么一停顿就看见了她眼底的不安。

他重重地反握了她的手一下，才一字一句清晰地告诉她："有，我们就可以开始准备迎接他的到来了，我会很高兴。没有，就证明你老公我需要加倍努力，不能对天天喊腰酸的老婆心软。"

宋星辰这才松开手。

苏清澈陪她小坐了片刻，这才进门去看检查报告。

等待的时间都是漫长的,她安静地吃完了三明治还没等到苏团长出来,就有些坐不住了,刚起身想进去看看怎么回事,苏清澈就拉开门走了出来。

宋星辰抬眼看他面上的神情。

很淡然,和平时无异,甚至比平时更多了一种说不上的克制……

她心就是一沉,然后因为苏团长的表情狠狠地内疚了一把。

不过话说回来他们又不是不孕不育了,她那种愧疚感到底是怎么回事?

苏清澈一路没说话,径直牵着她的手往停车场走,步子迈得又大又急,她险些都有些跟不上。

然后她就发现端倪了。

苏团长突然笑了起来,停在车前摸索着口袋好半晌才摸出车钥匙来,然后拉开车门的时候手都有些颤。

宋星辰顿时哑然了,眼眶顿时酸了起来。

她盯着他看了一会儿,直到他转过身来要扶着她上车,她顺势扑进了他的怀里,然后眼泪就直接掉了下来,眼眶都热得不行。

可停车场来来往往的人那么多,她又被看得不好意思,边哭边在他的身上蹭:"我不想哭的啊……"

喜得子的苏团长顿时被逗乐了,拉开她,倾身去车上扯了纸巾给她擦眼泪:"那不哭了,我们上车再说。"

不过宋妈妈没给这个机会,他们两个一上车,她的电话就打来了。

苏清澈正在倒车,她就接了起来,然后就听宋妈妈问:"清澈啊,你们现在在哪里?"

"妈,我们刚从医院出来。"

"去检查了?结果怎么样?"

宋星辰迟疑了一下,结结巴巴的:"我……我,那个……"她努力

## Chapter 21　不一样的时光

好一会儿都没能成功地说出完整的话来，索性把手机递到了苏团长的面前，"你接。"

苏清澈低笑了一声，慢条斯理地接过手机："妈。"

那头说了什么，他侧过脸来看着她，一双眸子柔情四溢，更是有着满满的骄傲和得意。

电话挂断没多久，苏清澈的手机又响了起来，他看了眼屏幕，唇角轻抿笑起来："是老爷子。"

· 宋星辰的压力就更大了……

老爷子是听了宋妈妈的报喜，顿时就兴奋了，怎么说都要苏清澈带宋星辰回家吃饭，好让王嫂教他些孕妇爱吃的菜。

老爷子打着这个旗号，他想了想也对，就同意了。

等到大院的时候，王嫂已经备了好几个菜在等着他们来。

宋星辰看了眼时间，华丽丽地窘了，才十点钟而已……啊……

苏老爷子却开心得不行，小心翼翼地围观了宋星辰好一会儿才笑着道："别饿着啊，赶紧吃点儿，等会儿中午再烧点你喜欢吃的。"

宋星辰刚拿起的筷子，就被吓得掉在了地上……

当然，碍于苏清澈的抗议，最后的午饭没吃成，不过晚饭还是在大院里吃了才回来的。

宋星辰一到家就饱得不想动，扑在沙发上好半晌才被苏清澈给抱起来，运回卧室里面了。

作为当事人之一，苏清澈全程都表现得非常淡定理智，哪怕是此刻只剩下他们两个人了，他的神色依然平静。

"现在去学校上课就要小心粉笔的粉尘了，以后中午也不要在食堂吃饭了……"说着，他终于皱了一下眉头，"不如你直接搬到部队里面来，这样方便我照顾你。"

宋星辰想到部队的枯燥，刚有了一点儿的睡意立刻烟消云散："怀孕要十个月呢，哪能天天待在部队里面，会闷死的好吗？"

可苏清澈对她一点儿也不放心："我不在，你吃的都是没有营养的东西。"

说完，他自己也不开心了，抱住她语气都闷闷的："我一想到我照顾不周全你，我就……"他顿了一下，最终还是没有说下去。

"哪有这么娇贵。"她回抱着他，"你要是不放心的话，我没饭吃的时候就去娘家蹭饭。"

苏团长更不开心了："我是养不起你吗？"

"老公……"她献媚地挠着他的后背，然后就伙食问题如何解决讨论了足足半小时。

最后还是苏清澈妥协了，因为宋老师终于在苏团长的面前拿出了教育学生的那股子气势："孕妇最大，要听我的。"

苏团长：……

当然，自打怀了宝宝之后，宋星辰的生活就发生了翻天覆地的变化。

韩潇璃花了一天的时间在她面前不停地念叨："星辰，你家团长太勇猛了，刚结婚就让你怀上蜜月宝宝了，是不是等我有了，你们家就第二胎了？"

宋星辰闻言斜睨了她一下，毒舌道："照你这速度，我们家应该是第三胎了。"

韩潇璃被噎了一下，嘤嘤嘤地哭着回去找老公诉苦了。然后苏谦诚这个该死的家伙，直接放了秦二来烦她……

比如：秦霜一副颓废状坐在她家门口，高声唱着："我不应该在门外，我应该在门内……"

忍无可忍的宋星辰端了一盆水，开门就泼了上去，看见秦二爷湿漉

## Chapter 21 不一样的时光

溅地愕然瞪着她,挑了挑眉,威胁道:"你说我小姑子也快回来了,我是告状呢,还是抹黑呢,或者投诉?"

秦霜一张脸顿时白了,三秒之内消失得干干净净。

宋星辰关上门,毫不犹豫地打了电话给苏团长哭诉:"老公……秦霜好烦啊,我要得怀孕忧郁症了。"

这个周末原定的计划其实是星期六那天,宋星辰和韩潇璃一起去星巴克,晒着太阳好好地发呆一个下午。

像这种忙里偷闲的事情她们还未婚的时候可是经常做的,那时候的宋星辰会带上电脑,坐在沙发上,听着大厅里的音乐,偶尔遇上买家的时候攀谈一会儿。更多的时候则是叼着吸管,惬意地看着窗外的人潮匆匆。

宋星辰是个懒惰的家伙,这一点儿不论是婚前还是婚后都有非常充分的体现。她不喜欢朝九晚五的工作,因为她讨厌每天早起,睡眠不足是一个女人的天敌之一。

宋星辰别的事情上都懒得花时间,可对自己的投资却是毫不客气的。

她原本还计划着二十五岁的时候开始谈恋爱,不慌不忙地谈上两年,然后二十七岁踩着年末登记结婚。

也有可能她并不能在二十七岁这正好的年纪里遇上对的人,她可以多等他一些时间。

但发现,"计划永远赶不上变化"这句话既然能存在,那绝对是合理的。

苏团长在听完她的这些意见之后,不动声色地皱了皱眉头:"不来部队陪我?"

宋星辰赶紧把脑袋摇得跟拨浪鼓一样:"不陪。"她现在面对苏团长胆子可肥了不少。

苏清澈也没如她所愿地摆出一副沮丧的表情来,反而点点头一副松了口气的模样:"那正好,我要跟陆参谋长去一趟女兵部队,也没空照顾你。"

宋星辰正在看电视,闻言用眼尾扫了他一下,"哦"了一声,然后装作不经意的样子,补充了一句:"体育老师星期天约我去看风景。"

苏团长正抱着电脑给她上新款,整理货单,闻言手下就是一顿:"你答应了?"

宋星辰伸了个懒腰,咬了一口就在手边的苹果,吊足了苏清澈的胃口才慢慢地说道:"我还在考虑。"

苏团长不动声色地挑了挑眉,立马改口:"嗯,那就不用考虑了,去女兵部队这件事陆群一个人就能搞定了,我回来陪你。"

宋星辰扶额深叹了一口气,颇有些不乐意的感觉:"可我真的很想去看风景啊……"

"别得寸进尺。"他屈指敲了敲她的额头一下,把电脑递过去让她看,"这样,行了吧?"

宋星辰扫了一眼,手指抵在下巴上轻轻地敲了敲:"图片太大了,你裁剪一下啊,不然就出画了。"

自打她检查出怀孕起,苏清澈就开始控制她接触电脑、手机等一切有辐射的东西,甚至于电视都必须在安全的距离外才能看。

宋星辰嘴上说着不配合,可就算苏团长不在家,也会乖乖地注意着。按照苏团长的指示多吃水果,一天一杯牛奶,还要补充维生素片。

苏清澈编辑完了宝贝,正要关电脑,可突然想起什么,又重新打开了页面。宋星辰正在看电视,根本没顾得上这边。他就点到店铺的首页,一点儿点儿地往下翻。

苏清澈是知道她开了情趣用品店的,可里面到底有些什么东西他却不是很清楚,作为一名正直的军官,苏清澈对这些毫不感兴趣。

## Chapter 21 不一样的时光

可现在不一样了,他结婚了,有老婆了,对老婆的职业就要有充分的认识。

他一本正经地看下去,看到一些特殊的,还好奇地点进页面看介绍。

宋星辰看电视,嘴里就不能闲着,去拿水果吃的时候就发现苏团长看电脑的表情认真又深刻,专注得不得了。

她推了推他的膝盖:"你看什么呢?"

"嗯。"苏团长正好全部看完,顺手关掉页面,又把电脑关机了之后放在了卧室的小沙发上。

他慢条斯理地上床把她抱进怀里,装作漫不经心地问她:"你第一次给我寄的包裹里面都放了什么?"

宋星辰一时没反应过来:"什么包裹?"

苏清澈的手原本搭在她的小腹上,闻言轻轻地把她拉着靠在自己的胸前,用一种很一本正经的语气提示她:"就是我们刚相完亲又有点儿小误会的时候,你不是往我部队寄了东西吗?"

"呃……"宋星辰立刻坐直了身体,"你不是给扔了吗?"

"嗯。"他点头,又把她拉回自己的怀里抱着,"现在想想有些愧疚,我老婆第一次给我送礼物,我居然没珍惜。"

宋星辰顿时后背发凉,可又吃不准他是什么意思,想着自己现在有宝贝儿护身,他还没那胆子敢把她给就地正法了,这才哼哼着问他:"你提之前的事情干吗呀?"

从知道宋星辰怀孕开始,苏清澈就再也没碰过她。她现在这么软软地靠在他的怀里,让他心神驰往,不由得偏头在她的额角亲了一口。

"我就是后悔怎么扔了,不然还能在你身上试上一遍……"他说着说着,自己的气息就有些不稳起来,"然后给你一个五分的好评,再加上长篇大论的评论,以证明我老婆卖的产品独一无二。"

他温热的呼吸就在她的耳边,这样拂下来,她心里像是被一双爪子挠了一下，痒痒的。他说的这些话她就格外认真地听着，等听完，她也不对劲儿了。

她撑着他的胸口和他对视，用一种很是无辜的眼神看着他："我要是知道我以后会嫁给你，我一定不会挑衅你，相信我！"

她已经体验到什么叫秋后算账了！

卧室里没开灯，只有电视的光打在床前，明明暗暗的。可就是很温暖，有一种生活的味道。

他抱了一会儿就松开她，拿起她的课程表看了一眼："明天下午没课了，我中午去接你，我们回来吃饭？"

宋星辰对自己的课程还不如苏清澈记得清楚，他这么说她也毫无意见，算起来已经好几天没吃苏团长亲手做的饭了。

苏清澈见时间也不早了，看着她把维生素片吃下去，又去厨房给她热了一杯牛奶。

她边看着电视边喝，喝得嘴唇上边一圈白花花的胡子。他拿了纸巾给她擦，擦干净了扣着她的下巴拖过来亲一口，这才拿着空杯子出去。

苏团长从吃不到宋星辰开始，就始终保持着这个偷袭的习惯，想起来就亲她一口，有时候就只是亲一下，有时候亲了一下还有一下……

按照苏清澈的话来说，亲得多了，自然要亲一口送一口。

当然，像这样无耻流氓的话，我们就不要太在意了。

他洗了杯子进来，宋星辰已经盖好被子缩进被窝里了。

他今天刚从部队回来，现在穿着的衬衣还是浅绿色的。他慢条斯理地解开袖口的扣子，又开始解胸前的。

宋星辰原本注意力并不在这边，可就是不看他他的存在感也高得让人无法忽视。

她就默默地拿眼角扫，等他看过来了，眼珠子一转又看向了别处。

这么来回几下，苏清澈不由得笑了起来，脱下衬衣放在了床上："老婆要是喜欢的话,老公借你一个洗澡的时间。"

然后宋星辰就名正言顺地转过脸来看他,他裸着上半身,身材好得她都想上去摸几把。尤其是这种昏暗得只有电视屏幕光的时候,他身上的线条尤为清晰明朗。

啧啧,苏清澈这样的人真是天生饿不着的人啊。

身材好,个子也高,当模特绝对是大腕。然后再一个不小心被什么经纪人看中了,签去演电视剧啊什么的……那就是一笔可观的数目了。

她这么想着,就差双眼发光了。

不知道她脑袋里在想些什么的苏团长拿了浴巾去浴室洗澡了。

宋星辰听着里面哗啦啦的洗澡声,觉得越发心神荡漾了……

老公这么优质,她真的把持不住啊!


苏清澈送宋星辰去上班之后,掉头就去了附近的超市。

苏团长原本只是想买些食材回家给老婆煲汤补充营养的,买好了食材,又想起宋星辰最近对零食的需求量特别大。

想着要是他不在,她一个人出来买,拎着一大袋的东西他也不放心,索性就着记忆里她爱吃的零食都买了些。

刚转过货架,就看见那边划分出了一个婴幼儿专区。

苏清澈的步子一顿,缓缓地走了过去。

小孩子的东西大多小巧可爱,就连玩具,他拿在手心里都袖珍得令他发笑。旁边还有小小的婴儿车,有奶瓶,有毯子,还有小衣服。他想着自己的孩子会在今年的冬天出生和他见面,心就酥麻麻地颤,从未有过的感觉。

不久的将来,就会有一个小小的人,需要他去保护、去爱护。等他/她长大了一些,他还要教他/她开口叫爸爸、叫妈妈。他会亲吻他/她,然后一直牵着他/她的手一路成长,走过他/她的童年、青春。

光是想想就油然而生一种幸福感。

他手边是一个拨浪鼓,他拿起摇了几下,然后就放进了购物车里,等再过一段时间,他/她就可以玩了,那是他给他/她的第一份礼物。

回到车里,苏清澈突然想给宋星辰发个短信,编辑好了,等着下课的铃声响了,他才按了发送键。

宋星辰刚到办公室,就听见了短信的声音,拿出来一看,是苏清澈的,上面只有短短的一句话:"孩子的妈,下课了就多喝点儿水。"

宋星辰一顿,站在门口好半响才被后面进办公室的老师拍了拍肩膀:"宋老师怎么站在门口?"

她笑了笑,把手机揣回兜里,手里的书本放在了自己的办公桌上,重新走出门。

她拐了一个弯,就在学校的前门看见了那辆熟悉的车。也没提前给他打电话,就这么一路走了过去。

苏清澈在她走出学校门口的时候就看见她了,微微皱了皱眉,开门迎了过去:"怎么出来了?不是还有一节课?"

"看见你在外面……"她回头看了一眼,"跟我一起进去吧?不然我上课要迟到了。"

这还是宋星辰第一次把老公带到办公室来,所以办公室瞬间就沸腾了。

宋星辰的保密工作做得很好,刚来学校的时候对自己是不是单身瞒得滴水不漏,被人问起也只是装个傻就蒙混过关了。

后来不动声色地结了婚,来学校发了一次喜糖,聚会也从来不带老公出席。

那时候一位老师还好奇得不得了,一直催着她把老公带出来让他们见见。宋星辰嘴上应着好,可从未带过一次。

## Chapter 21 不一样的时光

但这其实并不怪她啊!苏团长本来就很忙,她也有提过啊,可是苏团长就只是专注地看着她,然后下一刻就把她扑倒了,她话说了一半就再也没机会想起来了……

原本还想带婚纱照过来了事,碍于东西太重,她就懒得拿了。

所以这次苏团长闷声不响出现的时候,造成的效果就非常惊人了。

可其实这也不是苏团长第一次在学校里露面啊,还有一次跟人打篮球来着,不过那时候闹着别扭连分不分手都不确定,哪来的心思给大家介绍一遍?

进入办公室前她还是小小地颤抖了一下,但立刻就给自己洗脑,都是同事又不会吃了她。

苏清澈进去的时候,刚才还有说有笑的办公室一下就安静了。

宋星辰的这个办公室都是一些副科的老师在,比如音乐老师,比如体育老师,呃,他的办公室虽然不在这里,不过因为比较近就经常过来遛弯。

而且还是年轻的老师居多……

苏团长一进来就神色自然地打了个招呼,宋星辰看着满办公室龟裂的神情努力了好久才憋住了笑。

苏清澈今天穿得格外休闲好看,里面是他难得穿一次的白衬衫,外面一件灰色的毛呢外套,下身是深色的休闲裤,衬得他身形修长,眉目俊朗。

宋星辰挽着他的手给他一个个地介绍了一遍,正好上课的铃声就响了起来。她也不多做停留,把自己的办公桌指给他看,就抱着书本走了。

虽然带苏清澈进来是她的意思,可想着苏团长指不定被那帮人类灵魂的工程师怎么教育,她这一节课就上得心猿意马的。

她的课程一般都是四十五分钟,她讲三十分钟,留下十五分钟给学生完成课上的作业。

宋星辰不喜欢朝九晚五地上班，可对这个地方却是有感情的。她上课的这座教学楼是很早以前修建的，那时候宋奶奶就在里面上课，她放假的时候宋奶奶偶尔会带着她来学校。

她在办公室无聊，就会偷偷地跑出来，一间间教室地找她，看见她拿着粉笔神色认真地上课就静静地趴在教室的门口看。

后来被宋爸爸接走了就没有这样的机会了。

校园还是那个校园，来来往往那么多的学生，可她走过教室看着讲台，总是能想起那时候的宋奶奶。

教完这批学生，她也正好安心待产。

她这么出神着，而前面的同学却频频地张望着教室的后门，开始窃窃私语起来。

宋星辰见时间也差不多了，也没在意，等铃声一响，她收拾着东西就要出门时，终于有学生喊了出来："宋老师，你男朋友在后门口等你。"

宋星辰一抬头，就看见苏清澈已经从后门那儿缓缓前行，经过了窗口走过来。

就像是那张夹在婚纱照里被加洗出来的照片一样，他徐徐而来，像是踏着时光，专注得让人分外心动。

她一顿，走出门口，正好合着他的脚步走在一起。

两个人的步伐一致，所以最终能够相遇，就像他们之间从认识开始再到如今组成一个家庭，都是如此。

他多走一些，慢慢地向着她所在的地方走来。

她并不只是停留在原地，也在往前走，不过会走得慢一点儿，最终还是能够相遇。

稳稳地，一步一步。

宋星辰怀孕了之后口味就慢慢地变重了些，原先并不怎么喜欢吃辣

## Chapter 21 不一样的时光

的，可最近吃了一包方竹笋尖就怎么都停不下来了。

被辣得吐舌头的时候就不停地灌旺仔牛奶，因为是山椒的，一整包吃下去她得灌掉三小盒的旺仔牛奶。

那次苏团长正好在家，看见她这么吃，吓得不轻，干脆给没收了。

他今天买的零食倒是有几包这个笋尖，给她拆开之后，炖上排骨汤就又来监视了。

宋星辰知道这些吃多了不好，吃了一小包就擦了嘴："酸儿辣女，你说我会不会生个女儿？"

苏清澈抽了纸巾给她又擦了一遍，又倒了水给她漱口，才在她身旁坐下来："男女都喜欢，不过要论哪个喜欢得多一点儿的话，我希望是儿子。"

他顿了顿，解释道："男孩子的话我可以教他很多东西，你不会知道我有多爱部队。但如果是女孩子，我就捧她在手心，妥帖地一直护着她、照顾她，直到她出嫁为止。"

宋星辰抵着他的头，轻声问："你就没想过生两个？这样就能给你的人生凑一个'好'字，儿女双全。"

她弯唇笑起来，握住他的手十指相扣："在你娶了我之后，爱护我，照顾我，对我负责之后，我也希望我能让你的人生此后无憾。就像你用一辈子证明我的选择没有错一样，我也想证明你选择我，是多么棒的决定。"

"你不用证明我也知道这个决定多正确。"他揉捏着她的手指，语气清浅地说道，"我好像一直没告诉过你我妈妈是怎么去世的？"

"嗯？"她身子突然一僵，直觉是个不好的话题。

苏清澈安抚一般握紧了她的手，轻缓地告诉她："我妈妈是因为羊水栓塞过世的，这是个发病率极低却死亡率极高的病。其实如果那时候爸爸不是在部队，而是能在妈妈预产期的时候送她去大医院，也不会发生这种无法挽救的事,起码……"他顿了顿,语气突然生涩起来,"起码不至于这么无法挽回,也许还是可以活下来的。"

大厅里安静得只有墙上的挂钟在嘀嗒地走动着,她感觉浑身的血液逆流了一般,浑身都冷了下来。

羊水栓塞,她知道的,夺人性命,就在眨眼之间。

她这么一僵,他以为她是害怕了,沉默着握紧了她的手:"老婆,你不会知道,你说愿意嫁给我时,让我觉得我是多么幸运。"

为了苏清澈的那句话,宋星辰星期六的时候放了韩潇璃的鸽子,去部队了。

韩潇璃对自己为了她们之间的约会空出了那么多时间,最后却被放了鸽子这件事表示了非常的愤怒,并申明为此必须获得宋星辰肚子里宝宝的干妈权!

宋星辰对这种不平等的条约干脆利落地赏了她一个词:"NO!"

宋星辰在厨房转悠了半天,最后由于无从下手还是乖乖地回她的阳台晒太阳去了。

之前她来家属院的时候就习惯带几本书来,现在正好派上用场,捧了书边晒着太阳边喝茶。

等苏清澈中午回来的时候,那本书已经盖在她的脸上,而她默默地睡着了。

宋星辰怀孕之后除了嗜睡之外,没有别的反应,胃口也就那一个阶段不好,后来苏团长不放心,给她做了几天的饭之后她就越来越能吃了。

苏清澈煮了饭,也不急着烧菜,到阳台坐了片刻,拿起她手边的那壶茶喝了会儿,这才把她叫醒。

刚睁开眼时,被刺眼的阳光晃得眼睛一疼,眯了好一会儿。

苏清澈去浴室给她用温水浸了一条毛巾,见她醒了给她擦了把脸:

"等会儿就能吃饭了,想吃什么?我现在做。"

那本她刚才拿在手里的书就放在一旁,她想起刚才书里看到的段落,心情突然就有些郁闷了。

"清澈,我不会做菜,你是不是就没有那种幸福感?"

"嗯?"苏清澈顿了一下,随即反应过来她说的是什么,卖了个关子才说,"你不给我做饭我才有幸福感,只会泡面的手艺我实在不敢恭维。"

他拿了毛巾进去,她就在后面跟着,堵在浴室的门口不让他出来:"你是不是现在就不愿意哄我了?"

苏清澈颇有些头疼地捏了捏眉心,在她的脑门儿上轻轻地弹了一记:"怎么了?"

宋星辰噘了噘嘴:"肚子饿了。"说罢,转身就要走。

苏清澈扣住她的手腕把她拽回来,在她的唇上亲了一口:"饿了老公给你做饭吃,乖乖地在客厅等。"

她被亲得晕乎乎的,看着他片刻,突然感慨起来:"苏团长你以前好歹也是腹黑男啊,现在这么柔情似水的……我真的不习惯啊。"

苏团长已经走进厨房了,闻言,一边开了冰箱看食材,一边回答她:"你记不记得我们领证的时候,你跟我说的那句话?"

"我说了那么多,我怎么知道你说的是哪句话?"

厨房和客厅有一个拐角,他再走进去她就看不见了,索性也不在沙发上干坐着了,去厨房看他下厨了。

苏清澈下厨的时候慢条斯理的,好几次宋星辰觉得锅都要着了,他还专注地切着他的食材,然后掐着时间和火候下料。

见她过来,他招招手,剥了橘子往她嘴里塞了两瓣。

她一口咬下去,冰冰凉凉的,牙都酸了。

他把橘子一瓣一瓣地耐心喂她吃完,才转身继续忙活:"你忘记你那时候哭着求我让让你了？"说着，他自己也笑了起来，补充了一句，"这些我都记得。"

她顿了顿，突然想起来昨晚她趴在枕头上，用手指戳苏团长脸时说的那句话。她说："苏团长，我现在是孕妇，心理承受能力很低的。所以我有时候闹脾气你必须要哄着我，这样我就不闹了。"

苏清澈那时候说了句什么来着？哦，他说："下次怀孕这事我来吧，你要求太多了，伺候不过来……"

苏清澈没听到回应，趁着拿东西的时候回头看了她一眼，就看见她正盯着厨房里还没洗好的草莓发呆。

"想吃这个？"

宋星辰回过神来，摇摇头。

有时候有些平时没注意到的细节，一回味就觉得温暖满满。宋星辰想，她只是抱着这些回忆，都能够生活得很幸福。

她又站了会儿，转身出去了。

苏清澈在她转身的时候就察觉了，回过头见她出去了，动作微微动了动，转身继续烧菜。

中午是三菜一汤，两个荤菜，一个素菜，一碗青菜汤。

她坐在他的对面，看他吃饭时都显得格外斯文，不由得"扑哧"一声，自己先乐了。

"下次产检我一定要陪你去，顺便带你去看看精神科，最近你的行为对我的判断造成了干扰。"苏清澈给她夹了块肉，"多吃点儿，别饿着我宝贝儿。"

宋星辰还是觉得好笑，一顿饭吃下来花了一小时，菜都凉透了。

苏清澈洗好碗，把草莓也洗干净了，然后装进了碗里端出去："别一次性吃完了，我下午回来起码要看见这里剩着一半。"

宋星辰点点头，喂了他一个草莓，就让他快点儿滚蛋。

## Chapter 21 不一样的时光

宋星辰正在看韩潇璃写过剧本的那部电视剧,她一直追到了大结局,昨晚被苏清澈强制按着早睡觉,所以下午就只能看回放了。

韩潇璃就是因为这部剧火起来身价上涨的。

不知道是不是怀孕了之后特别情绪化,看着男主角和女主角背道而驰的时候就差点儿没憋住眼泪,然后二话不说打电话给她。

韩潇璃午觉刚睡醒,睡了足足四小时,还有些晕头转向的就被宋星辰给彻底骂清醒了。

然后她一不小心就说了实话:"那时候不是跟苏谦诚冷战吗,我就报复社会了啊,其实并不是初稿啊,本来按照网民的呼声是 happy ending 的。谁知道就这么敲定了……"

她话音刚落,宋星辰那端就没声了,她喂了好几声,才听宋星辰说道:"冷战了也没听你跟我说啊。"

韩潇璃一听她用这种悠然的语气说话就汗毛直竖:"你别想多了啊,不就是一件小事吗,我们第二天就好了,哪有机会跟你吐槽。"

宋星辰也不拆穿她:"反正你记得,有事了还有我。"

她刚挂完电话,苏清澈就回来了,还带了一个人。

她原本还想迎上去表示热烈欢迎的,在看清苏清澈身后的那个人时挑了挑眉,径直转身继续看她的电视去了。

陆参谋长顿时可怜巴巴地看了眼苏团长:"首长,嫂子好像不待见我。"

"不是好像。"他换了鞋,"我也不待见你。"

"嘿嘿嘿,这不是你难得又开伙了,我这个孤家寡人来蹭饭吗!"

苏清澈被他这么一提,似乎是想起什么来,对宋星辰说:"我上次去你学校,不是办公室有几个单身的女老师吗?有空给搭个线,介绍给陆群。"

陆群闻言顿时枯萎了:"团长啊,你不用这么整我吧?"

苏清澈转身看了他一眼,用一种很是委屈的语气:"我给你介绍女朋友,这是整你?"

陆参谋长顿时哑口无言了,领导的好意,拒绝不了啊……

他算是明白为什么他说要来蹭饭的时候,团长一口同意了,哼,团长就是故意把自己下厨这件事透露给他听,引他上钩的啊!

腹黑!太腹黑了!

陆群原本还想去厨房帮忙的,被苏清澈以越帮越忙的借口给赶出来了。

然后陆参谋长的任务就变成了取悦首长的老婆:"嫂子啊。"

"嗯?"宋星辰瞥他一眼,"喜欢什么类型的跟嫂子说,保管个个美若天仙。"

陆群顿时苦了脸:"咱们能先不谈这个吗?"

宋星辰赶紧摇头:"不行,等会儿我就没兴趣了,你快点儿说。"

"嗯——"陆参谋长因地制宜撒了个娇,硬生生把宋星辰吓得汗毛直竖。

见此招不行,陆参谋长又开始用转移话题这一招:"嫂子啊,你在看什么电视剧啊?"

宋星辰跟苏团长比起来,的确是差了不止一个段数,但对付陆群那完全是绰绰有余,她钩了钩手指示意他靠近些。

陆参谋长疑惑了一下,万分警惕地靠近了,然后就听宋星辰说:"你是不是还没对苏清澈死心呢?"

陆参谋长整张脸顿时绿了……

周一那天原本有两节课都是宋星辰的,因为去部队里,她索性就把这两节课往后挪了挪,和别的老师调了班。

等宋星辰到家的时候已经是下午两点多了,她顺手开了电视,又去

## Chapter 21 不一样的时光

厨房里烧了壶热水。

宋星辰好久没去吃市中心那家牛排馆,缠着苏清澈今晚带她过去。

她在厨房里等着水开,一边催他去换衣服,再过一小时就可以一起出门了,她这两天在部队里,除了面对苏清澈就是面对陆参谋长那厮,现在迫不及待地想呼吸一下市中心的新鲜空气。

苏团长刚换好衣服从楼上走下来,就听见楼下"哐"的一声响。

他脸色顿时一沉,飞快地跑下来,就看见宋星辰脸色苍白地看着电视,脚边一大片的碎玻璃和水。

苏清澈吓得脸色都变了,几步过去把她抱起来放在沙发上:"烫着没有?"

宋星辰还是紧紧地盯着电视机看,他在耳边说的话似乎根本没听见一般。

苏清澈用手摸了一下她脚边已经湿了一大片的裤子,是凉的。

大概是正好拿起杯子要把里面的凉水倒掉,一时没拿稳而已。

确定她只是裤子和鞋子弄湿了,他才松了一口气,看着地上那片碎玻璃,手还微微颤着。

这一声可比子弹出膛的爆破声恐怖多了……

他揽着她这才有空分心去看电视屏幕,一看,就知道是为什么了。

韩潇璃正被围堵在地下停车场里,车的周围都是长枪短炮,记者以及粉丝已经把她的车彻底包围了,有些失去理智的更是不停地拍着车窗、拍着车门。

宋星辰突然动了一下,随即眉头就是一皱,推开他就要往地上踩。

苏清澈一边怕她踩着碎玻璃,一边怕她摔着,只敢一直按着她:"星辰,冷静点儿。"

"我现在要去找那些人算账,立刻,马上!"她声音里已经开始泛着冷意,一双眸子沉得似水,"你别拦着我。"

"我不拦你。"他又微微用力扣住她的肩膀,"你现在不是一个人,记者那么多人,你一个人去了有什么用?"

他微微皱了眉,看着她轻声地哄着:"现在你照我说的做,你先去楼上换掉这条湿掉的裤子。我现在立刻打电话给秦霜,他那边人多也比较近,能直接拉一车人过去。然后我们再把潇璃带回家来。"

他顿了顿,又补充了句:"除了被困住,她还是很安全的。"

"苏谦诚不在A市。"她突然红了眼眶,"这里只有潇璃一个人。"

苏清澈"嗯"了一声,干脆抱起她上楼:"她不是一个人,她还有你。"

苏清澈打电话给秦霜的时候,秦二爷还在哪个台球俱乐部里,开口第一句话就是:"苏团长啊,我可忙着呢……"

苏清澈没空听完他说话便打断道:"给你一个立功的机会。"

"还立功?苏团长啊,你是打错电话了呢还是神志不清楚了?"秦二爷嗤笑了一声。

苏团长勾起唇角冷笑了一声:"给你向你嫂子立功的机会。"

秦二爷那端顿时沉默了,随即便是秦二爷特别欠扁的笑声:"还有你搞不定的事?既然是我嫂子的事情……我呸,谁承认你是我哥了?"

苏清澈没空跟他解释要娶苏清音就必须得叫他一声哥哥的基本道理,皱着眉头不耐烦地说:"我要是出马这件事还真就闹大了。"他一顿,微眯了眼,"韩潇璃大概是在自己家的公寓楼下的停车场被记者堵了,苏谦诚不在A市。你赶紧叫上人先把她带出来,新闻该压的压下去……"

"我还要你教我怎么做?"秦二爷哼了一声,"行了,知道了。我大概二十分钟内就能到,你在门口等我。"

挂断电话,宋星辰也换好裤子出来了:"秦霜怎么说?"

"他说二十分钟内到,我们现在过去在门口等他。"苏清澈牵过她的手,"你也别方寸大乱,秦霜怎么着也能把这件事解决了。"

## Chapter 21 不一样的时光

"嗯。"

苏清澈到的时候,秦霜正好也到,身后妥妥地跟了两辆中行的货车。

苏团长对这个阵势一点儿也不奇怪,倒是随后又来一辆保姆车的时候才诧异地挑了挑眉:"你把谁叫来了?"

秦二爷也疑惑着呢,往车牌那儿一瞥,顿时明白了:"我大哥今晚又得好好收拾我嫂子一顿了。"

苏清澈也不点透,看着不远处乱成一锅粥的地下室,皱了皱眉头:"赶紧开道把人从车里带出来。"

货车上的人已经全部下来了,宋星辰原本还以为是什么保镖之类的,仔细一看虽然人高马大的占多数,但有许多一看就是匆忙拉来凑数的。

"你哪儿找来的人啊?"

秦霜得意地扬了扬眉:"都是扛摄像机的,全部是从我哥公司里拉来的。"

说话间,秦二爷已经几步走了过去,正好由着那些人开道一路顺畅地走过去,摄像机往他这里拍的时候,还特臭美地扬了扬风衣的衣角,这才走过去敲车窗。

奈何敲了好一会儿,车里的人纹丝不动,这下他没辙了。

记者倒是还理智些,可那些围观的粉丝就不理智了,一直试图冲出来。

程安安下了车,看见这个情况,扫了宋星辰一眼:"韩潇璃不愿意出来,你过去看看吧。"

宋星辰也是这么想的,刚往前走,苏清澈就一把拉住她。

她顿了顿,开口解释道:"我会小心的……"

"把帽子戴上。"他把她身后的帽子给她戴上,又转身朝程安安伸出手,"墨镜借一下。"

程安安颇有兴味地抿唇看了他一眼，这才把架在鼻梁上的眼镜摘下来递过去："这可是高档货呢，苏团长你可要轻……"

话音未落，苏清澈已经冷眼扫了过来："再废话我直接捏断。"

程安安张了张唇，最后还是偃旗息鼓了，好吧，秦墨不在，她不敢……

宋星辰遮得严严实实了，苏团长才护着她往里走。

韩潇璃就在驾驶座上，估计吓得不轻，宋星辰敲了好一会儿窗她才茫然地看过来。

秦二爷正在一边候着呢，看被镇压的人又有了反抗的趋势顿时急了："赶紧把人弄出来带走啊。"

宋星辰就这么隔着车窗跟她对视了几秒，又敲了敲车窗："是我，没事了，快点儿下车。"

韩潇璃这才开了门，微微地拉开了一条缝。

宋星辰清晰地看到她的脸色苍白到毫无血色，顿时心疼了。

苏清澈把车门拉开，宋星辰就上前一步挽着她出来："吓坏了？"

韩潇璃点点头，冰凉的手紧紧地握住她的手："我吓坏了。"

现场的谩骂声以及记者喧嚷的声音交织在一起，吵得人头疼欲裂。

宋星辰原本挽着她往前走了，可听到一句"你凭什么做苏谦诚的老婆，把我的偶像还给我，你个贱人，不得好死"时，还是没忍住。

她一把摘下眼镜，怒然看过去，那眼神看得那个姑娘硬生生颤了一下。

宋星辰把韩潇璃往秦霜的手里一送，几步走了过去，就站在被摄像大哥拦住的姑娘面前。

正有记者把镜头转过来，她一手就遮住了镜头，指着自己的肚子道："我可是孕妇，你最好别有什么过激行为，不然跟你没完。"

那记者被恐吓了一下，默默地就把镜头移开了。

## Chapter 21 不一样的时光

她这才转回视线看向那个已经不出声的姑娘,一字一句地质问她:"你的偶像?苏谦诚作为你的偶像之前首先是我闺密的老公!你刚才骂谁贱人呢?骂谁不得好死?知不知道什么叫粉丝行为偶像埋单?

"这点儿都不懂就别出来追星了,看你还是学生吧?不好好上学你跑这里来干什么?哪个学校的?我觉得很有必要处分,而且还是严重处分。上了那么多年的学,难道老师就教你怎么骂人贱人了?"

她话音刚落,就被人扯了一下,她回头一看,是韩潇璃。

本来她说完还真就算了,可看到韩潇璃这么脸色苍白,还想着维护苏谦诚的样子,让她更是怒从心起。

一把托住那镜头,言辞激烈:"苏谦诚,你连自己的老婆都护不了还结个屁的婚。赶紧回来把离婚证领了,再跟你这群粉丝滚蛋!"

苏清澈见她脾气发得差不多了,才从身后托了她一把:"行了,等苏谦诚回来我们指着他鼻子骂,骂到他哭为止。现在先带潇璃走,她状况很不好。"

宋星辰气得脑子都一阵阵地晕,被他这么一扶,顺势就依了过去:"我们走吧。"

Chapter 22
# 心疼

程安安既然来了，自然也要做些什么。她从容地面对着那些围堵过来的记者，很自然地挤开秦霜，跟宋星辰一人一边地护着韩潇璃坐上苏清澈的车。

韩潇璃现在已经缓过来了，低声地跟她道谢。

程安安眼神一暗，勾了勾唇角安抚她："这件事你别费心了，苏谦诚自然能处理好。"顿了顿，"今天的事情可能是有心人为之，最近不要上网，不要看娱乐节目了，伤眼还不痛快。"

"谢谢。"韩潇璃又低声地道了谢，这才神情恹恹地坐在后座上。

程安安把视线移向宋星辰："你也赶紧上车吧，听说……"她笑了笑，眼角一弯，竟是风情，"这边有我和秦霜在就行了，改天出来吃饭。"

苏清澈在一边等了片刻，拉开车门后又回过头来，微抿了抿唇："欠你个人情。"

程安安看了一眼不远处的秦二爷，悠悠地叹了口气："我就当为我的小叔子积德了。"

见苏清澈眼风都不扫过去，她立刻换了种语气："现在这地方也不

## Chapter 22 心疼

适合多说,苏谦诚和我交情也颇深,举手之劳而已。"

苏团长自然知道她是举手之劳,让程安安举手之劳的人能有几个?三根手指头大概都能数得出来了,摆明了是来沾他的人情的。

苏团长顿时唇角抽了抽,语气不善:"苏清音马上就回国了,具体的就看你们怎么做了。"

程安安倒没想到他一下子就大方地给了这么个劲爆的消息,诧异地挑了挑眉,随即便是弯唇笑了起来:"放心,善后我一定善得很漂亮。"

苏清澈这回连哼都懒得哼一声,上车就走了。

苏清澈平生最不待见的有两个人,一个是傲娇幼稚的秦霜,一个就是聪明狡猾的程安安。这个女人太懂怎么利用自己有限的资源达到目的,他还真不愿深交。

尤其这个女人还老是向着秦霜,只这点儿,就足以让他把她划进黑名单。

程安安等车开走了,才怡怡然地上前挽住秦霜的胳膊,对着镜头大大方方地一笑:"大家可别误会,我就是来看看逼良为娼这种戏码是怎么演的。"

她这句话说得恶毒也不留情面,又虚虚地往秦霜那边靠了靠:"秦二爷,现在的媒体已经无良到为了挖新闻就把圈外无辜的人拉进来了吗?"

秦霜被她捏着手臂拧了一把,都快哭出来了,脸色更是不善。他现在应该好好想想,怎么才能在秦墨的手下把自己这半边被程安安挨过的身子保住……

程安安狠话放出去了,转眼又是盈盈一笑,眼底的那抹冷意却是直达人心底:"这 A 市要变天可还都拦不住。"

宋星辰到家的时候就接到了一个陌生的电话,她接起就听见苏谦诚的声音:"我是苏谦诚。"

宋星辰一顿,瞥了一眼坐在沙发上喝水的韩潇璃:"嗯。"

她语气冷冷淡淡的,要不是因为想知道他接下来的安排,估计她会直接挂电话,拖进黑名单里。

"潇璃的手机一直占线,刚才又没电了。能不能让我跟她说几句?"

他的语气似乎也是惊魂未定,而有些微微的沙哑,宋星辰听得心下一酸,才轻声道:"她吓着了,你赶紧回来吧。"

韩潇璃接过电话之后,宋星辰就很识趣地让出了客厅的位置,去和苏团长收拾客房了。

宋星辰怀孕之后,偶尔宋妈妈会过来给她做吃的,有时候闲下来就跟宋星辰一起睡个午觉,等吃过晚饭才回去。所以客房里该有的配置都有,只需要换个床单,换个被套就好。

苏团长从衣柜里拿出新的床单,见她要帮忙眼风就是一扫:"你的内务能比我好?去那边坐着。"

宋星辰嫁给苏团长之后内务都是苏团长一手操办,导致她现在的内务越来越退步。

上次宋妈妈过来看见被子是个四方的豆腐块时还满意地直夸女婿心灵手巧,回头再一看宋星辰自己折的,就要多嫌弃有多嫌弃。

"宋星辰,你说你,你就是长得好看了一点儿,我和你爸爸的优点你一样都没有,怎么就让我女婿对你这么死心塌地呢?"

宋妈妈说完这句话的时候,宋星辰贫嘴贫惯了,差点儿脱口而出"床上功夫"这四个字。还好她的舌头一个打结,就默默地咽了回去。

不过苏团长要是知道她敢这么说,肯定比宋妈妈更嫌弃:"哪里好?体力还是技术?"

她就坐在一边看他换床单,看着看着就觉得苏清澈的身材真好,就连一个后背都让人遐想万分,当下一个没忍住走过去从身后抱住他。

## Chapter 22 心疼

苏团长顿了一下,手上的工作也停住了,就任由她抱了一会儿才拍了拍她的手:"可以了啊。"

宋星辰就不放,在他的后背上蹭了蹭:"我要感谢我公公婆婆,怎么把我老公生得这么好呢。"

苏团长被逗乐了,转过身来抱住她:"嗯,是该好好感谢。"

"你怎么那么不害臊呢,你应该很谦虚地说'谢谢老婆大人的夸奖,我会再接再厉的',或者是'我更应该感谢我老婆,有了她我才能这么完美'。"宋星辰抵着他的额头,看着他微微勾起的唇,一时心动就凑上去亲了一口。

苏团长心尖一柔,她这么吻上来,哪里还有让她离开的道理,扣在怀里吻得她气喘吁吁了才松开:"老婆,白日做梦真的不是好习惯,要改。"

宋星辰就笑,笑着笑着又就着他的下巴咬了一口:"我下去看看潇璃。"

苏清澈"嗯"了一声,看着她水光潋滟的双唇情难自禁得又低头亲了一口,这才放她下去。

韩潇璃接完电话之后整个人已经平静下来了,看见她下来,让出个位置来,眼圈红红地扑上去就抱住她:"星辰,谢谢你。"

宋星辰拍了拍她的肩:"道谢留着让你老公来,我们之间不需要这个。"说罢,像是想起什么,随口提了句,"苏谦诚怎么说?"

"他给我打电话的时候就在机场,他的公司公关开始处理了,明天他就能接我回去了。"她抽了纸巾擦了擦脸,"我是不是特别没出息?"

宋星辰知道她对苏谦诚用情有多深,也记得她推开车门出来的时候那脸色有多苍白吓人,可她一直没哭。

韩潇璃的性格比她讨人喜欢得多,性子也懦弱。

宋星辰觉得自己强势张扬的性格其实不像宋爸爸也不像宋妈妈,倒有几分是因为韩潇璃。

　　她们小的时候就在一起玩,因为是两个女孩子,没少被男孩子欺负。宋星辰要强的性格倒是跟宋妈妈有几分像,每次韩潇璃被欺负哭了,她都会跟那帮男孩子打起来。

　　久而久之,就已经习惯保护她了。

　　她记得学生时期的时候有人说起过,两个人之所以能在一起很久,要么就是臭味相投,要么就是相互补充、相互圆满。

　　她和韩潇璃应该就是后者,她的柔软是宋星辰不外露的,而她的坚强却是宋星辰时刻表现在门面上的。

　　她负责貌美如花,宋星辰就负责舞刀弄枪。

　　其实说起来宋星辰也没少欺负韩潇璃,可两个人的感情就跟亲生的一样靠谱,从未做过一件让对方不顺心的事。

　　闺密是一生的。

　　韩潇璃和她相伴着长大,参与着她的梦想,也经历着她的青春。如今两个人都已成家立业,依然不离不弃。

　　这,难道不是最好的感情的一种吗?

　　"你很棒了。"她用手指戳了她的额头一下,"做得比我好。"

　　明知是安慰,不过韩潇璃还是没皮没脸地接受了:"行,我欠我好闺密一顿饭,随时来取。"

　　"才值一顿饭。"宋星辰不屑了,"我告诉你,我们之间一顿饭可以商量,苏谦诚跟我可没得商量。"

　　韩潇璃这才笑了起来:"行,随便敲诈,只要给我留个裤衩就好。"

　　宋星辰差点儿没喷出来,卖老公卖得这么彻底,不知道苏谦诚会不会哭啊……

　　苏清澈下来的时候,两个人已经没心没肺地挤在一起看电视了,正好宋星辰昨天还打电话跟她吐槽电视剧的大结局,现在编剧本人在更

## Chapter 22  心疼

好了。

看到虐心的地方拧她一下，再掐一把，立刻解气了。

"你说我要不要告诉粉丝，编剧被我打了一顿啊，我觉得一定有很多人都拍手叫好。"她最近特别喜欢吃辣的，现在又拆了一包泡椒笋尖吃。

刚吃了几口，就被苏清澈拿了过去："不准吃了，这个吃多了不好。"

宋星辰看着空了的爪子，不乐意了："我才吃了一口。"

"你早上已经吃掉一包了。"苏团长顺便把桌上的垃圾食品也放回柜子里，"等会儿就吃饭，今晚给你做清蒸鱼，吃得淡一点儿……"顿了顿，补充了一句，"我会记得放点儿辣。"

宋星辰这才满意，把藏在抱枕下的那包薯片拿出来塞进韩潇璃的怀里："赏你了。"

苏清澈那条清蒸的鱼焖了很久，炖出来的香气引得宋星辰食指大动。

不过等吃饭的时候宋星辰才发现，自己突然有了异样的感觉，看着那条白花花的鱼，只觉得胸口闷闷地有些难受。

苏清澈还特意把那鱼放到她的面前，鱼汤鲜美，刚出锅他就给她准备了一小碗。

韩潇璃喝了半碗鱼汤，只觉得浑身都暖了，下午的那些负面情绪消失得无影无踪，不由得竖起了大拇指："苏团长，你的手艺太棒了！"

宋星辰皱着眉抿了一口，刚喝下去胃里就一阵翻腾，她赶紧把鱼汤推得远远的，一整桌菜看着极想吃，可每当筷子落下去就不由自主地有种抵触感。

勉强吃了几口，看见稍微油腻些的就觉得肚子已经饱了。

苏清澈觉察到她的不对劲儿，把鱼汤和青菜换了个位置："怎么了？不想吃了？"

宋星辰摇摇头，吃不下东西心情也不好起来："我好像有反应了。"

苏清澈对孕期知识早就了解得一清二楚了,知道这个时候也不能强逼她,回厨房给她重新煮了一碗粥。

青菜粥清清淡淡的,她吃了几口觉得还行,可喝了小半碗也怎么都喝不下去了。

韩潇璃吃过饭不愿意闲着,也不会照顾人,就把厨房里的活揽去干了。

苏团长实在不放心宋星辰,刚上楼就听见她吐的声音,看来是吐了有一小会儿了,眼圈红红的,难受极了。

苏清澈给她倒了水漱口,又抚着她的背轻轻地拍着:"好些了没有?"

宋星辰坐了片刻,胃里还是有些不舒服,话也不想多说,恹恹地蜷在他的怀里:"我没事。"

她把胃里的东西吐得一干二净,眼下也吃不了,苏清澈哄着她先去床上躺着。过了一会儿,端了杯牛奶上来。

躺了一会儿她舒服多了,肚子空空地也难受,一杯牛奶几口就喝光了。

见她没吃饱,苏清澈也不敢再给她吃,只问她:"你想吃什么?"

"肉松饼。"

苏清澈给她拿了两个,等她吃完再下楼时韩潇璃也洗完了碗:"星辰怎么样了?"

"吃了点儿东西。"他微一颔首,眉头却一直皱着没松开。

韩潇璃抽了纸巾擦手:"怀孕的人口味总是不一样些,等过几日我方便了,你不在的时候我就过来多陪陪她。"

韩潇璃对苏清澈的印象始终停留在不易接近这里,后来因为宋星辰的关系,才能渐渐地看到苏团长有一些正常人才有的小情绪。

他此时眉头虽然微皱着,心情看起来也不是很好,浑身却有着一种与以往的冷肃不同的温润。

她缓缓地笑了笑:"你不用太担心,星辰一向爱惜自己,身体不舒服也会努力调整的。这件事过后我应该也会隔一段时间再去接活了,正好有时间空出来。"

苏清澈紧皱的眉头这才松开,对着她轻笑了一下:"那就麻烦你了,她这样我的确不放心。"

韩潇璃想了想,说道:"不用这么见外,今天的事情我还要谢谢你。星辰从小就护着我,严格地说起来,我是应该叫你一声姐夫的。"

苏清澈沉默了一下,转头看了一眼二楼亮着的那盏灯:"不客气,就像我当初说过的,宋星辰是我的责任。你作为她珍视的人,我一样珍视。"

韩潇璃心里就是一暖,再出口时,语气都有些哽咽:"那星辰,以后就拜托你了。"

他点点头,神情专注:"我知道。"

韩潇璃其实有很多的话想说,比如"你不能欺负我们星辰,你要照顾她一辈子",可她发现这句话不用说了,再比如"你要是对我的宋宋不好,我作为娘家人绝对不会饶过你",可这句话也不用说了。

苏清澈对宋星辰无微不至,不需要她提醒也已经是面面俱到。

这个铁血的军人,在自己喜欢的人面前,百炼钢已成绕指柔。

难怪宋星辰一踏进去,就万劫不复。这个男人所表现出来的,远比他的本身更动人。

他给的先是责任,再是安全感,最后就是他的全部。全部的温情、爱情、深情……

宋星辰,真的很幸运,茫茫的人海中找到了如此契合的人。

不知道是不是今天的冲击太大,她变得多愁善感起来,这么想着眼圈就微微地红了。

苏清澈再上楼的时候，宋星辰已经陷入了浅眠，听着轻轻的关门声，眼皮一跳，就醒了过来。

看见是他过来了，才懒懒地躺回去："潇璃还好吧？"

"她比你看起来好得多。"他脱了鞋上床，宋星辰刚睡的时候已经脱了外套，他怕冻着她，就连带着被子把她抱进怀里，"肚子还饿不饿？"

宋星辰点点头，随即又摇摇头："我有好多想吃的，但又好像差不多饱了。"

苏清澈皱了皱眉："好像差不多饱了？你当了老师之后怎么越活越回去了？"

她不说话，就蹭着他的胸口："我想吃泡面。"

她已经好久没吃过这个了，现在格外想吃，不过家里可没有泡面这种存货。

苏清澈早就看不惯她懒得吃东西就胡乱泡个方便面解决的样子了，在一起之后就强迫性地帮她把泡面戒了。

现在她想吃，他眉头下意识地皱起，开始思考是给她吃还是饿着她了。

宋星辰见他这副表情一下子笑起来："逗你玩儿的。"

苏团长恼羞成怒，抓起她的手就咬了一口。

次日一大早苏谦诚就过来了，风尘仆仆的，进了门看见韩潇璃好端端地在那儿坐着似乎才松了一口气。

宋星辰昨晚胃口不好，现在虽然也还不好，反应却没昨天那么强烈，吃上半碗饭还是没问题的。

尤其是苏团长怕她又吃不下东西，给她配的小菜都是带点酸、带点辣的。

她看见苏谦诚过来，目不斜视，挽着韩潇璃就进了客房直接无视他。

## Chapter 22 心疼

苏清澈对此吗……喜闻乐见。

晾了苏谦诚一小时,宋星辰才走出来,面色很是不善:"她在里面。"

苏清澈刚才在外面陪着他时,和他不经意地闲聊时就别有深意地提醒了他宋星辰的脾气。

想把人带走?可以!先说明白你的态度和做法。

苏谦诚把刚才想的在脑子里又过了一遍才说道:"这次是我的差错,我原本是想等到一个合适的机会再宣布的。"

宋星辰双手环胸,冷哼一声:"哪个电视剧正好要开播了炒一把?"

苏谦诚沉默了片刻才道:"其实本来是打算今天公开的,我这次就是去领奖的,是视帝。我想在我获得这份殊荣的时候和她一起分享。"

宋星辰其实倒也不是为难他,韩潇璃分分钟护着呢,刚才还为他辩解,说是他为了公开已经铺垫了很久,无论是记者那里还是微博上都给粉丝做了心理准备,谁知道事情会闹这么大。

苏谦诚:"我从未想过不给她一个正大光明的名分,她是我的妻子,也是我的殊荣。"

宋星辰这才微微侧了身子让他过去,顺便用一种很嫌弃的语气道:"你们两个赶紧给我滚蛋,韩潇璃这个傻蛋自己都那样了还护着你,我看着就心烦。"

等把人送走了,宋星辰又不开心了:"我忘记问他为什么人程安安就无法无天啊,人结婚谈恋爱也没铺垫啊……"

她一上午就一直念叨着苏谦诚,虽然那小子也姓苏,可苏清澈从自己老婆嘴里老是听见另一个男人的名字还是觉得堵得慌,直接抬起食指抵在她的唇上:"闭嘴了。"

宋星辰:……

她觉得她还得说个几十遍才能消气啊……

韩潇璃走了,宋星辰就特意开了电视看报道,不料苏谦诚的速度倒

209

挺快的，她把各频道都翻了一遍，后来还开了电脑翻才找到之前的视频。

苏清澈坐在她边上，微微侧目看过去，宋星辰教训人那段露了脸，不过好在上传的视频已经打了马赛克，韩潇璃虽然没被打马赛克，不过一直垂着头倒是也没拍到什么，而且镜头还被秦二爷大半个侧脸遮住……

程安安那段倒是放出来了，她勾唇浅笑，还笑得分外讽刺不屑的笑容稳稳占据了头条。

宋星辰"啧啧"了两声："程安安可是我见过的最霸气侧漏的女星了，谁敢跟她一样上头条跟上楼一样轻松随便的？"

苏清澈"嗯"了一声，云淡风轻地说道："你又不知道她是怎么上位的。"

宋星辰怎么可能不知道！

不过她对程安安的喜欢着实是喜欢到骨子里去，太对味了："真爱好吗？"

苏清澈懒懒地瞥了她一眼，不置可否。

这日吃过饭，宋星辰似乎是想起什么，看了一眼手机上的时间："清音是明天回国吧？"

苏清澈正在翻报纸看，闻言点点头："明天跟我一起去接机？"

宋星辰刚想点头，可一想起苏清澈站在两个人之间给她介绍的情景，她就有种很怪异的情绪。

可是不去接的话又不太好，这小姑子就是因为他们两个人才决定回一趟国的。

苏清音不知道她和苏清澈的窗户纸被捅破了，可宋星辰知道啊，思来想去还是想找个折中的办法。

苏清澈见她不回答，大概也能猜到她的想法，先提出道："老爷子

## Chapter 22 心疼

那边正好有事,她又是悄悄回来的,估计要在我们这里住个两三天,你就在家里等着好了,没必要跟着我跑一趟。"

宋星辰对苏清音来这里住倒是没意见,虽然苏清音就跟一根刺一样刺得她疼过,可现在这根刺儿早就因为苏清澈软得毫无威胁了。

再说了,她也不是不知道秦二爷那个蠢货对苏清音用情多深,反正没她要操心的事。她就是为难自己第一次见苏清音能不能从容淡定。

这么想着,她眉头一皱:"迟早要见的。"

苏清澈把报纸一合,简单地收拾了一下桌面,弯腰把她抱起来:"嗯,你说怎么样就怎么样。现在我们上楼去睡觉。"

突然被抱起来,吓得她赶紧伸手环住他:"团长啊,你说你妹妹能喜欢我吗?我上次还那么挑衅地在电话里跟她……"

苏清澈有一段时间几乎每天晚上都要跟苏清音通一次电话,她一个看不顺眼,就直接拿过电话撂了一句不轻不重的话,等撂完了听着那头的戛然而止顿时写了。

苏清澈偏偏还不救场,双手环胸,靠在一边笑睨着她。

那眼神就跟说"看你这蠢样"一般,让宋星辰差点儿抬不起头来。

苏清澈对她这个问题还是很稀奇的:"你不应该问我你能不能喜欢她吗?"

宋星辰捶了他一记:"这日子没法过了,老公护着小姑子讥讽原配!这个帖子的标题就很吸引人。"说着还伸手去摸手机。

苏团长直接把她压在了身下,一口吻了上去:"有这发帖的时间,不如好好地养精蓄锐到我们的宝宝三个月。"

宋星辰:……禽兽!

苏团长刚还想再做点儿什么,宋星辰握在手里的手机就响了起来。她拿起来一看,略一挑眉,是秦二爷。

等接完电话,宋星辰整个人都不好了。

秦二爷在电话那头是从未有过的严肃正经，叮嘱了宋星辰提什么都不要提到他。

临了挂电话时，还提醒了她一句："你不要为难她，她始终是局外人。"

宋星辰懒洋洋地听完他的长篇大论正昏昏欲睡，这句话立刻醒脑了，她冷笑了一声，问道："苏清音不是我小姑子吗？关你什么事？"

那头沉默了片刻，悠然地叹了一口气："我就是不放心她。"

宋星辰都差点儿摔手机了："不放心就自己过来！"

秦霜又是沉默，最后竟然直接挂了她的电话。

苏团长见她咬牙切齿的，漫不经心地问了一句："他又说什么废话了？"

宋星辰端正了苏团长的脸，凑过去："你好好看看我，我难道长着一张为难别人的恶毒女人的脸吗？"

苏团长还真的很配合地仔细看了几眼："秦霜说的？"

宋星辰松开他，就差在床上打滚了："都太浑蛋了，一个两个护着她，我明天就要欺负她。"

苏清澈连眉头都没抬一下，只是看了眼手腕上的表："嗯，明天你欺负她，现在我们睡觉。"

苏团长这么顺着她，她开始连自己都觉得自己恶毒了……

次日去接机，一切都很顺利。

宋星辰一眼就看见了走出来的苏清音，漂漂亮亮的一个小姑娘，看见他们站在一起的时候先是走过来和她打招呼。

眼角、眉梢都扬着笑，衬得整张脸都星光熠熠："嫂子好——"

宋星辰顿时就舒坦了，跟她家小姑子一比，她那冷着的脸简直就是恶毒女配！

## Chapter 22　心疼

她把长发往耳后一钩，上前轻轻地抱了她一下："欢迎你回来。"

嗯，气氛非常融洽！融洽得连一向淡定的苏团长都有些不敢置信。

他接过苏清音的行李箱，手搭在宋星辰的肩头开始往外走："既然回来了，今天中午想吃什么，我跟你嫂子陪你去。"

苏清音挽上宋星辰的臂弯，对着她的肚子看了好几眼："我都没关系，看嫂嫂想吃什么，肚子里不是还有个小宝贝吗，它最大！"

宋星辰觉得这句话舒心得她浑身都畅快了，微微扬了眉："那就在餐厅吃吧，时间也不早了，回家做的话来不及。"

苏清音点点头，下意识地四下张望了下："老爷子没来吗？"

苏清澈瞥了她一眼，语气微冷："都没来！"

苏清音顿时安分了。

苏清音住进家里的第二天，苏团长就回部队去了。

宋星辰一向不会下厨，跟苏清音回大院吃了两顿，又去外面吃了两顿之后，苏清音还是主动请缨说自己下厨一次。

宋星辰愣了一下，下意识地就问道："你不是不会做的吗？"

苏清音似乎是恍惚了一下，才说道："一个人，看着菜谱就慢慢学会了。"

宋星辰的心顿时像被人掐了一下，蓦然沉默下来，好久才挽住她："走吧，去超市买你喜欢吃的菜，我们回家做。"

苏清音的性子软软的挺好相处，宋星辰跟她在一起才三天就相处得很和谐了。

在这样的姑娘面前，的确是很容易生起对她的保护欲，就像她对韩潇璃那样。

"嫂嫂，你跟秦霜走得很近吗？我还是听哥哥说的。"她正低垂着头挑水果，头发落下来，挡住了她的侧脸。

这还是宋星辰第一次听见她提起秦二爷，愣了一下才道："是啊，有什么需要我帮忙的吗？"

"没有。"她回答得飞快，"就是随口问问。"

宋星辰欣赏不来那种喜欢却不在一起的爱情，忍了一会儿没忍住，还是一把握住了她的手，人来人往的超市里，她就看见面前的这个小姑娘眼眶微微地红着。

宋星辰顿时就一句话都说不出来了。

苏清音对煲汤非常热爱，因为不用自己动手，直接用高压锅就能压出好喝的汤来。

晚上就兴致勃勃地给宋星辰弄了一碗鸡汤，小姑娘围着围裙，俏生生的模样让宋星辰看着就觉得温暖。

吃过饭，宋星辰把自己准备了很久的手链拿过来给她，亲手给她套上。

"其实我以前挺不喜欢你的。"她摩挲着那条手链，语气清清淡淡的，"可现在对你满满的都是心疼。"

苏清音似乎是没想到她说得那么直白，一时不知道该说些什么。

宋星辰握住她的手，苏清音的手比她的还要小些，她抬眼看了看低眉顺眼的女孩子，说："不过说句老实话，我对你和秦霜之间那点儿感情还是欣赏不来。秦二爷对你死心塌地的，你飞回国也是立刻的事，何必拖着让两个人都不愉快？"

"有些经历会落下伤，他让我受伤了，所以目前伤没好我不敢回去。"她弯着唇笑眯眯的，"其实我也怕嫂嫂不喜欢我啊，没发现我一直在讨好你吗？哥哥那么好的人，你不要因为我对他有了偏见。"

她有意转移话题，宋星辰也顺着就转了："偏见？就算有也不是因为你。"

## Chapter 22　心疼

苏清音顿时又被自己的嫂嫂堵得说不出话来了，嫂子你说话一定要这样吗……

宋星辰挑了挑眉，继续补上一刀："你放心，你从来不是威胁。"

苏清音顿时泪流满面："嫂嫂，我决定以后只打电话给你。"

宋星辰这才舒了眉角："这就乖了，没事别打扰我老公，他很忙！"

苏清音心想：嫂嫂你真的可以放心！有你如此彪悍地镇守，你的地位绝对没人敢抢！

宋星辰说完自己也乐了，抱了抱身边的这个姑娘："反正还有两年，很快就能回来，一个人在美国好好照顾自己，无论发生什么，嫂嫂和你哥哥都能给你撑腰。"

宋星辰在没见过苏清音之前，并没有想过自己这么几天就能对这个女孩子敞开心扉，她还设想过两个人发生摩擦的时候要怎么做出退让，不让苏清澈为难。

可见到苏清音之后，她发现她根本舍不得这个姑娘再有一点儿的不开心。

就是一种心疼，说不上来的心疼。

明明她有万千宠爱，可落寞的……好像星空里遥远又暗淡的星光。


苏清音走那天，是宋星辰和老爷子一起送她去的机场。

老爷子把人送走之后就回大院了，临走的时候倒是嘱咐她闲了就过来陪他。宋星辰想着以后少不了去大院里蹭饭，就点点头答应了。

老爷子倒是留下了勤务兵送她回去，刚走出机场，就看见了秦二爷。他正靠在她的车门上，叼着根烟，透过烟雾缭绕就看见他那双深邃幽深的黑眸。

秦霜让勤务兵自己回去，又伸手问她拿钥匙："我来开吧。"

宋星辰把钥匙抛给他，径直上了副驾。

一路无话,直到把人送到了家门口,他熄了火沉默了好久,才一脸阴沉地下了车。

宋星辰从他手里接回钥匙,只当作不知道他的意思,就要往家走。

秦霜一把拽住她的手腕,力道大得她一阵阵地疼。

她眉头一皱:"发什么神经!"

话音刚落,就听见汽车的喇叭声响了起来,顺着声音看过去看见的就是苏清澈那辆路虎。

他的脸色比秦霜的更沉,车刚停稳甩上车门就大步迈了过来:"松开。"

秦霜嘴唇动了动,还是缓缓地松开了手:"我没别的意思,就是想问问……"

"滚。"苏清澈眉眼一扫,浑身都是戾气。

宋星辰被吓了一跳,下意识地就一缩。

苏清澈这才降了周身的火气,手搭在她的肩膀上往自己这边一揽:"你不是都跟着去看过了。"

秦霜沉着脸不说话,大步走开了,后来就听说秦二爷受了刺激,那天晚上就飞去美国了。

秦二爷走了,苏清澈的火气却没全部熄灭,拉过她的手看了眼,红红的一圈,眉头就是一挑:"不揍一顿不行。"

宋星辰倒是意外他怎么这会儿回来了,拉下袖子把手腕一遮就一起进屋了。

苏清音到了之后就打了电话过来,这次电话是直接打给宋星辰的,等她一接通就是一声欢快的"嫂嫂!"

"到了?"她看了一眼正在厨房里煲汤的苏团长,"你哥哥正好也在,要不要跟他说话?"

"和他有什么好说的啊。"那端小姑娘的声音娇娇软软的,"我就

## Chapter 22　心疼

是报个平安，刚回来一堆的事情，先不聊了啊。"

她刚挂断电话，苏清澈就捧着汤出来了，给她盛了小半碗看着她喝下去，才问道："清音？"

"嗯。"宋星辰神情满足地点点头，"她报个平安。"

"嗯。我们开饭了。"

宋星辰除了那一小段时间有一阵反应，随即都是好好的，苏清澈刚开始的时候还是不放心，让人接她去大院里吃饭。

后来她自己也觉得不方便，索性不用苏清澈说，一放假就直接去部队住几天。

以前她的性子都静不下来，可现在有了宝宝之后，对谁都温和了许多，当然，除了秦二爷和陆群。

前阵子苏团长让她帮忙介绍一些单身的女老师给陆参谋长，她挑了好几个，可跟陆参谋长相过亲的，几乎都赏了一个大差评。

感情这种事情勉强不了，宋星辰也从来没想勉强陆参谋长，不过听苏清澈说，他被发配到女兵那里去了。

至于秦霜，回来之后倒是淡定了不少。

因为两家离得比较近，秦二爷有事没事就爱溜达过来，说起来宋星辰都要汗颜了，秦二爷有时候想蹭饭了也会去下个厨，将就着和她一起吃了。

苏清澈后来在家那几次，两个人居然也能和平相处，三个人坐在同一张饭桌上吃饭那感觉……说不出地怪异。

至于产检，苏团长能陪的时候都会一次不落下，所以到目前为止，除了一次产检是韩潇璃陪着之外，其他都是苏团长陪宋星辰一起去的。

肚子里的小家伙能茁壮成长，这就是宋星辰现在最期待的事。

宋星辰的肚子越来越大了，慢慢地睡眠质量也差了，胃口倒是一如既往地好。算起来她还是比较幸运的,孕吐的反应只持续了一个多星期就彻底好了。

宋妈妈对此解释为:"你肚子里的孩子知道心疼你。"

她现在坐在沙发上看电视,苏清澈都会给她垫一个枕头,或者就是枕在他的怀里,不然过不了多久,她就会觉得腰酸不舒服。

吃过饭,苏清澈带她出去散步。

星光正好,夜色安然。

她被他牵在手里,再没有过的安心:"你想好我们宝宝的名字了吗?"

苏清澈看了眼她的肚子,不轻不重地揉了一下:"才刚六个月呢,不急。"

"怎么不急啊,马上就出来了,你陪着我的时间又少,能别一门心思钻研那些不会动的地图吗?"她噘了噘嘴,有些不乐意。

苏清澈的步子顿了顿,握着她的手缓缓地紧了紧:"女孩子叫拥月,男孩子就叫……"他顿了顿,"我只想好了女孩的名字。"

"你不是想要个男孩吗?"她看了一眼不大不小的肚子,微微往他身上靠了靠,"男孩子就叫辰澈好了。"

她对取名兴致勃勃的,回了家还在想小名:"团长啊,不管男女,生下来的小名就叫滚滚好不好?"

说完,又觉得好像哪里不妥,拿了衣服进去洗澡,开了水才想起自己忘了什么事:"名字是不是让老爷子取比较好?"

她衣服已经半褪,露出了细白的肩膀和漂亮的锁骨,在氤氲的水汽里还用一种迷蒙的眼神看着他,看得苏团长就是一阵脑热。

一起洗好了,反正他也要洗。

这么想着,他就拿了睡衣进去:"又不是老爷子生孩子,取名字当然要我们自己来。"

## Chapter 22　心疼

宋星辰总觉得有些不好："太不尊重老爷子了，你看你跟清音都是清字辈的，我随便取……"

"我和清音的名字都是爸取的。"他拥住她，扒了她的衣服，"孩子的命名权绝对有你的份。"

宋星辰这才安下心来，可一回过神看见他也一丝不挂了，不由得有些傻眼："你什么时候进来的？"

苏清澈懒得回答她，在她的眉间亲了一口："快点儿洗澡，别冻着了。"

宋星辰：……正值夏天，苏团长你觉得能着凉？

洗过澡，他把她擦干之后围着浴巾捞出来，小心地放在了床上："肚子饿不饿？"

宋星辰摇摇头："我又不是猪。"

苏清澈还是把她爱吃的肉松饼拿了几个放在床头："你等会儿肯定又要喊饿。"

宋星辰不满意了："现在他能听见声音了，你能别给他灌输自己的妈妈能吃这种信息吗？"

"现在不灌输以后迟早也会知道。"他也上了床，把她揽在怀里，"今天午睡了没有？"

"改作业就没睡。"

苏清澈闻言皱了皱眉："不能迟点儿改？"

"最后一次了。"她蹭着他的肩膀，"明天就可以办离职了。"

听出她语气里的舍不得，苏团长沉默了一下，还是问她："以后还想当老师？"

宋星辰对一板一眼地当老师的确是没有什么兴趣，这次去教书也是因为答应了奶奶才去的。她刚入职的时候就已经说了自己并不是长期工，所以学校一直在找美术老师。

这学期就招了一个大学刚毕业的美术老师,年纪虽然轻,可很有耐心,现在就等着接宋星辰的班了,有了人接手她自然走得无牵无挂。

虽然那些孩子可爱得招人疼,可她今后也有一个孩子需要自己全心全意地教导,这么一想她的时间立刻就占得满满的。而且苏团长在部队的时间多,她也不想总是和他分开,等她能单独带好宝宝了,估计也要随军了。

一个孩子的童年能有多久,她舍不得苏清澈不能全部参与孩子的童年。

他那么细心又有耐心,一定比她做得还要好。

况且,宋掌柜表示她非常希望能重操旧业!

次日,苏清澈开车送她去的学校,他没进去,只是下了车站在学校门口等她。

等了估摸半小时,就看见她大着肚子捧着一个纸箱走出来,边上还跟着一个小女生,她正偏头跟她说话,唇角柔柔地挂着一抹浅笑。

他走过去,靠得近了,那个女孩子也就不再说话了,只是把手里一直捏着的信封放进她的箱子里:"宋老师,再见。"

"再见。"

苏清澈见小女孩跑开了这才大步走过去,顺手接过她手里的纸箱:"还挺沉。"

宋星辰手上一松,就回头去看那个小女孩,等她跑进教学楼里看不见了,才挽住苏清澈的手臂慢慢往外走。

"以前在大学里的时候,临走之前一整个班的学生送我,都没有今天这么让我感觉舍不得。"她轻叹了口气,有些惋惜地在他的肩上蹭了蹭。

苏清澈配合着她的脚步,走得又慢又稳:"舍不得了?"

## Chapter 22　心疼

"嗯。"她垂下眼点点头,"刚才那些学生都来我办公室跟我告别,一个个哭得……"她顿了顿,又笑了起来,"原来我这么招人疼啊。"

苏清澈原本还等着她后半句话的,她这么一打岔,他也笑了起来,四下看了看,见没人看见,飞快地在她的额头上亲了一口:"别人不知道,我可一直捧在心尖上疼着的。"

宋星辰被他逗得笑起来,刚才那点儿伤感的情绪终于缓和了不少:"其实离职之前跟他们说了,我走的那天一定不要来送我,更不要给我买鲜花或别的。这一笔班费省下来能干好多事呢。"

苏清澈静静地听着,走到了车前,开了后备厢把她的纸箱子放进去。

"苏清澈,我突然有些明白奶奶为什么把一辈子都耗在这里了。"

苏清澈拉开车门,护着她坐进去,又俯身给她系好了安全带,手指在她的头上揉了揉:"不是说要剪头发吗?"

"不剪了,舍不得。"说罢,似乎是想起什么,等着他关上车门又绕到驾驶座,这才问他,"你什么时候回部队?"

"明天。"他顿了顿,似乎是在考虑要不要跟她说。

宋星辰倒是没发现他的异样,看着窗外川流不息的人群,在拐弯的红灯时,蓦然回头看了一眼不远处的学校。

"刚才那个女孩子想考美术学院。"她突然这么说。

苏清澈侧头看了她一眼,手指在方向盘上敲了敲:"嗯,有理想是好事。"

"她画画的确有天分。"她似乎是有些可惜,"就是家里的经济有些问题。"

"这些不是你该操心的事情。"他透过后视镜看了一眼后面的路况,"很多事情并不会被经济限制住发展。"

宋星辰摸着自己圆滚滚的肚子,很有感慨:"还好我老公养得起我和宝宝,不然我就一点儿人生追求都没有了。"

苏清澈抿了抿唇角，突然抬手握住她的手指："有件事要跟你说。"

"嗯？"她抬眼看过来，"别告诉我奶粉钱都没了啊。"

他盯着前方路况的双眸缓缓地沉了一下，再说话的时候声音都有些哑了："我有任务要离开一段时间。"

宋星辰愣了一下，被他握着的手指就是一僵。

从她怀孕之后，苏清澈能抽出时间就抽出时间来陪着她，所以她有时候甚至都会忘记他其实是一个军人，一个肩上扛着重担的军人。

她哑然失声，就这么一直盯着他握着自己的那只骨节分明的手半晌，才低低地问他："去多久？"

"不知道。"苏清澈顿了顿，又回答，"不过这次任务的难度系数小，应该不出半个月就能回来。"

宋星辰胸口顿时涌起了一大片湿润的棉花，沉甸甸地一直往下压。

她深呼吸了一口气，却觉得肚子似乎是疼了一下，反应过来才有些不敢置信地拉着他的手覆在自己的肚子上。

"他……他踢我了？"

就在苏团长的手被宋星辰按在肚子上的时候，那小家伙似乎是伸了个懒腰又动了一下，这次的动静比刚才的还要大，结结实实地能感受到。

宋星辰以前还跟苏团长一起研究过小家伙什么时候会动，按着时间算早就该有动静了，可直到今天，才这么嚣张、张扬地跟自己的爸爸妈妈打招呼。

苏团长的车一打滑，漂了一下。

他稳住方向盘，唇角却忍不住勾起。

到家的时候小家伙已经安静下来了，不过宋星辰走路都比平时小心轻柔了很多。

苏团长抱着纸箱过来时，她正跟肚子里的小家伙说话，问他："你

## Chapter 22　心疼

多大了啊……"

苏清澈顿时就笑出声来："他怎么回答你？"

"他能听见妈妈跟他说话就好。"她弯了眸子笑，"我觉得小家伙一定跟他妈妈一样爱吃肉松饼，我今天能不能多吃一个？"

苏清澈斜了她一眼，看她那眼神雾蒙蒙的一片又舍不得拒绝："就这一次，你吃多了这个饭又吃不下了。"

吃过午饭，宋星辰就拿着一本《十万个为什么》给苏清澈，让他念给宝宝听。

苏团长对此倒是没意见，把她抱在怀里翻到她折起来的那页接着念下去。

他的声音一向好听，温柔下来轻轻浅浅地又如干净的泉水，声音清朗。

宋星辰一边迷迷糊糊地想以后小家伙会不会嫌弃她的声音没有爸爸的好听，就在肚子里把自己的耳朵给捂起来，一边又暗笑自己的这股傻劲。

都说一孕傻三年，还真不是没有道理的。

她就在他的怀里静静地睡了过去，他合上书，也舍不得闭眼，就这么看着她，一直到日落。

晚上吃过饭，宋星辰把纸箱子里孩子们给她写的信全部都整理了出来，整整齐齐地堆在床上，一封封拆开仔细地读。

他洗完澡出来时，她才看了一半，拆开的信又妥帖地放了回去。他陪着坐了一会儿，她突然偏头在他的脸上亲了一口。

苏清澈的眸色就是一深，刚想逮住她亲热一下，她笑起来，把手里的信递过去："小姑娘让我代替她亲你一口。"

苏清澈扫了一眼，把她抓进怀里，吻得动情而深入。

深入浅出了好几次，宋星辰最后呼吸都有些不稳，挣扎着推开他，直接拿手挡了上去:"苏团长,注意胎教。"

苏清澈:……

这句话其实最开始的时候是苏清澈先说的,宋星辰这个臭流氓趁着苏团长洗澡的时候耍流氓,苏团长忍无可忍就甩出了这句话。

宋星辰一向擅长活学活用,立刻就逮着机会把这句话还给他了。

他揉了揉她的肚子,还是忍不住在她红艳水润的唇上亲了一口。

"我万一生完孩子身材没那么好了怎么办啊?"她仰头看了他一眼,恨恨地在他的下巴上咬了一口,"怀孕和大姨妈就应该你们男人来承受!我们女人负责貌美如花就好。"

苏团长心不在焉,手指已经从她的睡衣衣摆下面钻了进去。

她不自在地动了动身子,返身抱住他:"不要记挂着我,也不要分心,我一定会好好的。也就半个月,你也一定要平安无事。"

苏团长作恶多端的手指顿时停在了原地,最后还是伸出来缓缓地抱紧了她:"那你也不要为我担心,你要相信你老公一定可以平安地回来。"

她点点头,眼眶却微微有些湿,为了不让他看出来便低了头埋在他的颈窝:"苏清澈,我们娘儿俩可还等着你回来负责呢。"

"嗯。"他摩挲着她柔软的头发,缓缓地眯了眯眼,随即才轻勾着唇角应道,"我知道。"

"有时候光是想想不久之后就会有一个一半像你一半像我的小孩子出现,我们从小护着他长大,然后教育他为人处世……"她顿了顿,"光是想想就觉得很美好,但这样的美好是鉴于你我都在的情况下,所以苏清澈,你不能辜负了我。"

"我知道。"他在她的眉心印上一吻,搭着她的肩膀轻轻地拍了拍,"我不想缺席你的一生,也不想缺席小家伙的未来。"

苏清澈次日给她做好了早饭,才悄无声息地走了。

## Chapter 22 心疼

宋星辰醒来的时候没看见他,就知道他已经去部队了,坐在床上愣了一会儿,才起床去吃早饭。

苏老爷子大概也知道苏清澈是去执行任务了,问她这段时间是回宋家住还是一个人,如果一个人就直接搬来大院也好有个照应。

宋星辰想着宋爸爸这段时间有个学术交流会,宋妈妈的确是又忙着。

她一个人,别说老爷子、苏清澈和宋家不放心,她自己都不放心自己。

正好也失业了,也不用一直麻烦老爷子的司机来回地送她,所以干脆收拾了自己换洗的衣服就搬过去了。

Chapter 23
## 还没有说过我爱你

苏老爷子是个会享受生活的人,近年来苏清音不在身边,便经常出门找老战友喝茶下棋,或者是去哪个公园遛个弯,赏个花。

有时候出去遛弯能遛一整天,回来的时候红光满面的。

最近又跟秦老爷子学了些园艺,从他那里弄来了一盆稀少的兰花种着。

宋星辰到大院的时候,苏老爷子正在给那盆兰花浇水,边上是一只百灵,老爷子自打孙女去了美国之后就一直养着解闷。

宋星辰这么想着,就有了些不忍。

她现在怀着孕,只是苏清澈偶尔不在身边的时候,都会觉得家里太过安静寂寞,何况是戎马一生的苏老爷子,安享晚年的时候孩子们却都不在身边陪着,连说个话的人都没有。

夏天的衣服本来就很轻薄,她的东西自然也不多,一袋子的衣服、一个电脑就是全部的家当了。

王嫂给她煮了两个鸡蛋,见她来了就捞了起来,剥了蛋壳,嫩嫩地卧在白瓷碗里。

## Chapter 23 还没有说过我爱你

苏老爷子正在给那盆视若珍宝的兰花浇水,又在边上看了一会儿才回客厅。宋星辰吃完了鸡蛋,就过去陪着他说了一会儿话。

苏老爷子的性格随和好相处,之前苏清音在的时候倒是也听说过苏老爷子以前威风凛凛的事迹,跟眼前这个和蔼的老爷子可是一点儿都没有相像的地方。

王嫂长年累月地在这里帮忙烧饭,苏家也早就当她是自己人了,厨房里的事情一打理好,也就过来小坐片刻。

苏老爷子原本还兴致勃勃地点着中午要吃的菜,接了一个电话说是老战友约他一起吃饭,交代了中午不要备着他那份就出门了。

家里除了警卫员就只有王嫂了,等时间差不多了王嫂就进厨房做吃的去了。因为苏清澈在部队,她又要去学校教课,这段时间王嫂倒是没少给宋星辰做吃的,知道她的口味。

王嫂见她在大厅里坐着,就切了一盘水果端过去,让她去小院子里晒会儿太阳。

王嫂边收拾食材边陪她说话,很多时候话题不是未出生的小家伙就是苏清澈。

宋星辰很少在大院里长住,最长似乎也就住了五天,还是跟苏清澈一起的时候。

鸟笼里的百灵正好奇地歪着头打量她,上蹿下跳的,叽叽喳喳叫个不停。

王嫂去做饭,她一个人有些无趣,就上了楼。

苏清澈的房间一直有人在打扫,干干净净的,还有一股新鲜的阳光的味道。

她开着窗在窗口站了一会儿,摸出手机想给他发信息,可想起他是去执行任务的,估计手机什么都是不带的,盯着漆黑的屏幕看了一会儿还是放下了。

宋星辰之前就想过嫁给苏清澈，会有很多无奈的时候。

想见而见不到，她安静地等他回来时，他也许正在别的地方冲锋陷阵。

可是满心的，都是自豪。

她的老公虽然有一个特殊的职业，可胜在足够爱她，所以等待的时间里，这些足够安抚她的不安。

隔了几日，秦霜倒是来了。

苏清音去了美国之后他时不时地会过来一趟看看苏老爷子。虽然苏老爷子很不待见他，但他依然会过来陪陪老爷子，有时候什么都不说就在老爷子身边坐上一两小时。

宋星辰今天睡得有些晚，起来的时候老爷子已经用过早饭了，见她下了楼，让王嫂又给她做了一份。

宋星辰倒是不好意思起来："我随便吃点儿就好了，不用麻烦了。"

苏老爷子哼了一声："你那份被个兔崽子吃了。"

宋星辰走过拐角才看见秦二爷在那边吭哧吭哧地吃着早饭。

老爷子出去遛鸟了，王嫂重新给她弄了碗甜的蛋羹，她坐在秦霜的面前，冷眼一挑："吃我那份，你也不怕怀孕。"

秦二爷只剩下最后一口了，刚吃进嘴里因为她这句话咳得整个肺都不好了。

王嫂被吓得不轻，给他倒了水来喝，好不容易平息下来了，宋星辰悠闲地吃着蛋羹又补了一句："你看，现世报吧。"

秦二爷恶狠狠地瞪了她一眼，哼一声扭头就走了。

宋星辰勾了勾唇角，笑了。


事情是发生在一个多星期之后。

宋星辰刚吃过晚饭，王嫂陪着她兜圈散步，回到家的时候就看见门

## Chapter 23　还没有说过我爱你

口停着一辆军车。

苏老爷子手下带过的军人不知道有多少,门口停军车更是很平常的事情,可宋星辰却突然觉得心里紧了一下,快步走了进去。

苏老爷子正要出门,抬眼看了她一眼,似乎是思忖了一下。

宋星辰是个聪明人,立刻就明白是苏清澈出事了,她咬了咬唇,先苏老爷子一步提道:"我也想去。"

苏老爷子顿了顿,才抬了抬手:"来。"

苏清澈还在手术室里,陆参谋长的手受了伤,包扎好了正在手术室的门口坐着,听到脚步声站起身来,看见宋星辰脸色苍白地过来,嘴唇动了动,眼眶顿时红了。

苏老爷子是见过大场面的人,一点儿也没有慌张,沉着地在椅子上坐下来,看了一眼宋星辰,似乎是轻叹了一口气,拍了拍自己身边的位置:"不严重。"

宋星辰被王嫂一直扶着,苏老爷子这么说了她就在他边上坐下来,静静地看着手术室的大门,眼睛眨也不眨一下。

陆参谋长哽咽着跟苏老爷子说了情况,说到伤势的时候顿了顿才道:"首长是为了推开我才中的子弹,在肩膀上。中了流弹之后还坚持指挥,战斗结束才送进医院来的。"

宋星辰这才把视线转到他身上,说出了自打进医院之后的第一句话:"你还好吗?"

陆参谋长一个铁血的男人忍了那么久,就因为她轻轻柔柔的这句话被逼出了眼泪,哭得不能自已:"对不起……"

宋星辰听他这么说就知道苏清澈应该没有生命危险,心下也终于安定了。好像根本没听见他的那句话一般,只是轻轻地摸了一下肚子。

会没事的。

苏团长的身体素质好，麻醉的药性过了之后次日就醒了。

宋星辰昨晚守了大半夜，陆参谋长就一直陪着，等到下半夜的时候把她劝到了外间去睡，他这个病人倒是一夜没合眼。

因为睡得不舒服，天一亮她就醒了过来，王嫂特意给她做了吃的送来，陪了一会儿刚走，苏清澈就醒了。

病房里静悄悄的，只有输液的"滴答"声，她就坐在病床边的沙发上，手里拿着一本书在翻。

苏清澈一睁眼就看见了她的侧脸，因为开着空调，所以窗户没开，窗帘是半拉着的，她那边明亮许多。

看了她大概一刻钟，回头看了一眼这边，这么一眼就怎么都移不开视线了。

手上一松，书掉在了地上，发出不大不小的声音来。

宋星辰脑袋空白了一会儿，才想起来先按铃，等着医生检查过了，她这才靠近他。

苏清澈的呼吸机已经摘了，朝她伸出手来："过来。"

声音沙哑得都有些破碎。

宋星辰坐在了床边，缓缓地去握住他的手，然后就感觉他微微一用力，如往常一般把她的手纳进了自己的手心里。

昨晚她也是这么握着他的手握了一夜的，叫他手心的温度一直都是温温的，甚至有些偏凉。

他一向喜欢握住她的手，好像通过这种方式就能确定身边那个人的存在。

她用棉签蘸了些水，在他的唇上滚了一圈："好点儿了吗？"

"害怕吗？"他抿了抿唇，握着她的手也紧了紧。

害怕啊。

她从未看见苏清澈有过那么脆弱的时候，当然会害怕，害怕失去也害怕他疼。

可现在他醒过来了,安然无事地待在她的身边,那些阴霾立刻就被驱散了。

她俯低了身子,额头抵着他的,轻声说道:"我很担心你。"

她别的都没有多说,只是握住他的手,额头抵着他,就这么眼眸深深地看着他,让他一眼就看清了她泛红的眼圈和眼底还未彻底散去的惊惧。

他微扬起头,就在她的唇上吻了一下:"我在,宋星辰,我在。"

苏团长因为身体素质好,所以复原的能力也很快,半个月伤口就长得差不多了。

原本苏团长就是打算在完成任务之后请一个小假,陪宋星辰到处去走走转转,这次光荣负伤之后倒还真的让他如愿以偿了。

想着暂时还什么都做不了,苏团长肩不能挑手不能提,做饭这个任务也实在有些为难,就和宋星辰一起住回了大院里。

最高兴的人反而是王嫂,以前大院里冷冷清清的,现在宋星辰过来了,苏清澈也过来了,重点是一个是孕妇,一个是伤员,她有大把的时间可以把她研究的那些汤汤水水搬出来挨个儿地喂。

宋星辰在大院住了一个月就觉得自己圆了一圈。

苏老爷子对苏清澈就总结了两个字:丢人。

苏团长也不以为意地耸耸肩,全当没听见,心里却想着这个假要是休到宋星辰生完孩子,坐完了月子最好。

不过当然,他也就是想想。

在大院住了一个月,他身体已经完全没有问题了,不过依然还是住在大院里。

宋星辰的肚子越来越大,他过不了多久又要回部队报到,到时候宋星辰一个人在家，他还是会不放心。

况且，大院里有一个秦霜，让他觉得分外讨厌。

宋星辰那日睡不着，靠在他肩膀上的时候问他："你真的有那么不喜欢秦二爷吗？我怎么觉得秦二爷真性情，我还挺喜欢呢。"

她最近闲着没事干，倒是跟程安安那口子也混熟了，不过秦墨那样不苟言笑，比苏清澈看起来还要阴沉几分的男人她实在是不敢近身。

倒是秦二爷，嬉皮笑脸的，调皮或是欺负都不打紧，反正秦二爷从来不放在心上。

他原本是刚闭上眼的，闻言看了她一眼，抱着她往怀里搂了搂："又睡不着？"

宋星辰点点头，摸了摸自己圆滚滚的肚子："睡不好。"

苏清澈坐起身，微曲着身子，照着医生教的办法把她半搂着，她的上半身就斜斜地倚在他的怀里，她这才舒服了些："才七个月呢，我就觉得有些累了。"

"让你平时不活动。"他的手指按在她的肩膀两侧，轻柔地捏了捏，"明天去母婴店看看，我听程安安说过她当时睡不好有个什么东西来着，可以让你舒服点儿。"

宋星辰抬头看了他一眼，手指点了点儿他的下巴："别转移话题。"

嗯……

苏团长只好老实交代："不讨厌，喜欢着呢。"

"咦？"宋星辰怀疑地看了他好几眼，"说真话，你别给小家伙做坏榜样啊。"

苏清澈立刻改口："讨厌死了。"

宋星辰：……

苏清澈把她的手握在掌心里，以前她十指纤长，白白嫩嫩的。现在虽然也白嫩，不过因为怀孕，这双手看起来都圆润了不少，握在手心里

## Chapter 23  还没有说过我爱你

触感更佳。

他一时舍不得松开,就这么握着,凑到唇边亲了一口:"你别看程安安老是欺负他,可其实心疼着呢。没少因为秦霜给我使绊子。秦霜这样的人,任是谁都是又爱又恨的。"

床前的壁灯灯光昏昏暗暗的,她听着他的声音,心下就是一片宁静:"就像我也喜欢欺负秦霜,可总觉得秦二爷很好很好,如果外人欺负他,我也是不愿意的这种感情吗?"

苏清澈向来不觉得自己是喜欢秦霜的,但如果换个角度想,秦霜要是被人欺负了,他会不会不愿意?

为什么要不愿意?有人收拾他他坐着看笑话好了,他上面还有个秦墨,再不济就是程安安都能给他搭把手。

但如果秦霜真的遇到了问题,遇到了什么危险,他却是愿意帮忙的。

那种愿意,是跟陆群放在同一个位置上的。

这么想着,他也绝对不会告诉宋星辰,只含含糊糊地"嗯"了一声,在她耳垂上轻轻地咬了一口:"你就不能多操心一下你老公?"

宋星辰慵懒地抬起眼看了看他:"你哪里需要我操心了?"

苏团长双眸缓缓一眯,倾身吻住她:"哪里都需要。"

真的是……吃素好久了呢!

宋星辰的预产期在冬天,苏团长出公差去了外省,临走之前还是掐着她的预产期算了一遍,保证当天一定会出现。

宋星辰临到预产期的前三天时,就被安排着住进了医院,不是陆军医院,而是一家私人医院。

韩潇璃那日还过来看她,拎了一篮子的水果,自己先吃掉了一半。

她就坐在床前,手边一杯温茶,把这日子过得就跟在咖啡厅一样逍遥自在。

宋星辰整个孕期,除了看了一堆书之外似乎别的都没干什么。

韩潇璃捧着茶杯坐在她的对面,以她圈内人的身份给她说了一堆的娱乐八卦,偏偏宋星辰一点儿反应也没有,她不由得就郁闷得又多啃了两个苹果。

宋星辰把书合上,放在了一边,这才总结性地来了一句发言:"你那儿不是想洁身自好就能当一朵出淤泥而不染的荷花的圈子,能给一个待产的孕妇来点儿正能量吗?"

韩潇璃想了想,问道:"小三坚持不懈,最后上位成功算不算?"

宋星辰二话没说,直接拿书砸了过去:"韩潇璃我告诉你啊,你这三观必须要端正了。"

韩潇璃赶紧点头:"这不是开个玩笑吗,你淡定点儿啊。"

宋星辰瞥了她一眼,拿过她眼前的盘子吃着里面切成片的水果:"你打算什么时候要孩子啊?"

"快了吧。"她含含糊糊地咬着苹果,眯着眼看向窗外,"缘分到了自然就有了,想生一个女孩子,看着她被爸爸宠上天,日后渐渐长大,感情能够一帆风顺,就这么平平淡淡地过着她的一生。"

她午后说的这句看似漫不经心的话却在日后成了现实。

有一个漂亮明艳、活泼可爱的女孩子,被苏谦诚宠在手心,一路平平安安地长大,她的童年美丽得像童话,她就和他一起牵着手继续走,陪着孩子慢慢成长。

当然,她那时候绝对没想到这个小姑娘继承了爸爸漂亮的脸,遗传的却是妈妈的智商……

感情的确一帆风顺,可惜比她的八年抗战还要凄惨……

"我家首长想要个男孩子,跟着他学射击练体能,我一直没好意思吐槽他,他乐意我还不乐意我儿子也去当兵呢。以后娶不到老婆让他急去,他要不是遇上我,绝对打光棍。"她愤愤地咬了一口草莓,一双眼睛却是看向了窗外。

她这里的环境好，窗口看出去就是一座喷泉，可惜已经冬日了，不然还能看见花团锦簇。

韩潇璃因为她那段话笑得不行，想起苏团长这几日出了远门，也不敢提，就转移了话题。

可临走前，还是没忍住，问她："星辰你后悔过吗？这种时候，他不在身边。"

她看了韩潇璃一眼，反问道："那你后悔吗？他万人景仰，万人追捧，光芒大盛，你却是一个幕后的编剧，缺失安全感的时候，你有一刻后悔的念头吗？"

她愣了一下，就知道她的意思了："我没有，虽然有时候觉得没安全感，可依然很努力地在爱他。"

"那我也一样，我明知道现在或者以后很多重要的时候他都不会陪在我的身边，我也从未有过一丝的后悔。也不知道从什么时候起，他已经变成了我生命里的一部分，割舍不了。"她轻抿了一口茶，微微垂了眼。

就是有那么一个人，你是毫无理智地想去奉献一切，哪怕你知道在他那里也许你并不会得到你想要的，可依然忍不住要去对他好的人。

苏清澈，就是宋星辰的那么一个人。

哪怕知道生命里很多重要的时候都不能陪在身边，哪怕知道他的第一职责永远不会是她或者是他们的孩子，哪怕知道他职业特殊所带来的危险性以及他随时有可能奉献自己生命这种事，她依然没有想过退缩。

舍不得，也不想舍得。

苏清澈，就是这么牵动她，这世间也就仅此一人能牵动她。

她最好的年纪，遇见了最好的他，此生已无憾。


宋星辰的预产期到了的时候，小家伙却丝毫没有想要出来的意思。

宋妈妈这段时间都已经空出来了，专门为了等这个小生命的降临，一大早地来医院，更是给宋星辰准备了一大碗的鸡汤。

宋星辰好吃好喝的一整天下来，肚子却是没有丝毫动静。

宋星辰一整天的兴致都不高，想着就走到窗边拉开窗帘看一眼，或者是听见门口有动静了，抬眼看过去总是失望而归。

她眼底的情绪太过明显，秦二爷刚进来就有些迈不动脚，还是宋妈妈招呼着他进来坐。

那碗鸡汤宋星辰只喝了小半碗，宋妈妈想着不要浪费了，就去热了热端给秦二爷。

秦霜把汤喝得呼呼响，喝完了一抹嘴问她："等苏清澈？"

宋星辰瞥了他一眼，那眼神明明白白地就在表达一个意思：你知道得太多了……

秦二爷被她看得后背直冒冷汗："至于嘛……"

宋星辰漫不经心地笑了笑："那你对我的小姑子，至于吗？"

得，这回把事情上升到了家族的高度。

秦二爷走了以后，宋妈妈给宋星辰做了饭过来，晚上便在这里歇着了。

好在这家私人医院对于高级病房里的设施毫不手软，舒适得就跟自家一样，宋妈妈直接在外间就能睡了，宋星辰一有点儿什么也好及时反应。

就是这样，苏老爷子也不放心，不过他年龄大了守夜实在不行，便让值班的护士多帮忙留意着些。

本来住进这家医院 VIP 病房的也都不是简单人物，苏老爷子特意叮嘱了一番自然是不敢掉以轻心。

宋星辰心里一直压着事也睡不安稳，翻来覆去的。

宋妈妈在外面听了一会儿，还是敲了敲她的门："星辰？"

"嗯？"她起身，顺手开了灯，"妈你怎么还没睡？"

宋妈妈进来看了她一眼，给她理了理被角才出去，走到门口似乎是想起什么，又叮嘱道："你现在就需要好好休息，别想太多。"

宋星辰点点头，等关了灯，她又陷进了一片黑暗里。

她微微侧过身子，透过窗口看过去，一轮明月当空，月色，清冷。

她意识越来越浅，轻得连自己的呼吸都开始听不见了，然后她就做了一个梦。她一直心心念念的人终于回来了，在她的床前坐下，温热的手就握着她的，缓缓地摩挲着，眷恋又深情。

大概是这种感觉太过真实了，她微微侧过身往那股子温热靠了靠，心下安宁。

宋星辰是睡到下半夜的时候不舒服的，突如其来的一阵痛，把她惊醒，她猛然清醒过来就只见一片乌压压的黑暗。

她往四周看了看，整个房间里空无一人，只有她自己的呼吸声一下比一下重。

肚子上的痛感越来越强烈，一阵一阵的，她咬着唇紧紧地拽住被角，疼得发不出声音来。

床头有按铃，她刚伸出手去，还没按到，门口就传来了很轻的脚步声。

她像是预感到什么，轻声叫他的名字："清澈？"

脚步声顿了一下，随即就是开门的声音。

灯光大亮，她眯了眯眼，抬手挡了挡，等适应了灯光再看过去的时候，那个人已经走到了跟前。

他半跪在她的床前，抬起她的下巴仔细地看着她的脸。

苏清澈现在的脸色实在是算不上好，他紧皱着眉头，抽了纸巾帮她擦了擦额头上的汗："是不是要生了？"

"嗯。"她咬着唇点点头，肚子传来的痛感简直要把她逼疯了，她被他半抱在怀里，还是疼得哭了起来。

苏清澈是后半夜赶回来的，到了 A 市直接来了医院。

宋星辰睡得安稳，他也不舍得叫她起来，坐了片刻，先去外面安顿宋妈妈，等她回房间里去睡觉了，再回来的时候宋星辰已经醒了。

宋星辰硬挨了一会儿，就被推进了产房。

苏清澈的脸色比之刚才更要难看几分，甚至比她的还要苍白，紧紧地握住她的手，说什么也不放开。

直到要推进产房了，还是宋星辰轻轻地松开他的手："你在外面等我，我没事的。"

苏清澈就站在床边深深地看着她，眼底都有些红，他俯身在她的唇上吻了一下："一定要平安出来，我在这里等你。"

宋星辰还从未见过苏清澈这种样子，好像神情始终是淡淡的，可眉间的脆弱一眼就能看得出来。

宋星辰知道他是在害怕，他曾经有过这样的经历，所以格外害怕。

所以，临进手术室前安抚的人反而成了她这个产妇："你来了，我就不怕了。"

苏清澈这才松开手，看着她被推进去。

宋星辰被推进产房的时候还只是刚刚开始而已，她疼得浑身都被冷汗浸湿了，可丝毫没有办法。

到最后，她已经完全张不开嘴，发不出声音，只觉得脑袋里一片空白，什么都记不起来。只是看着头顶那盏灯，迷迷糊糊地知道自己正在等待一个小生命的到来。

苏清澈在外面等了一个多小时，耐心渐渐告罄。不过即使这样，他依然还是能做到周全。

苏老爷子和宋爸宋妈都在等着，他还会记得半小时给他们换一杯温水，自己却始终不记得停下来休息一下。

## Chapter 23  还没有说过我爱你

秦二爷半夜听到了消息,也过来了,顺带来的还有韩潇璃和苏谦诚两口子。

韩潇璃倒是听宋星辰讲过苏清澈的事,在那儿坐了片刻,拿了水杯递过去给他:"星辰今天一直在等你来,她说你答应过她一定要来看宝宝出生。"

他接过,也不客气,抿了一口,润润干燥的嗓子。

"你来了,她就不怕了。"她笑了笑,指了指产房,"如果真的担心不如进去吧,外面我会帮忙照看着。"

苏清澈也不多言,对着她一颔首,就让人准备无菌服准备进产房。

宋妈妈等得倒是淡定多了,还笑着跟老爷子道:"那个小家伙以后肯定聪明,今天一整天都没动静,爸爸一到就闹着要出来了。"

苏老爷子笑得合不拢嘴:"我倒是希望是个女孩子,不管是像星辰还是清澈,保准以后是个美人坯子。"

苏清澈进来的时候,宋星辰已经疼得整张脸都白了,不过神志倒是一直很清楚,看见他进来还微微诧异了一下:"你……怎么,进来了?"

"不放心你。"他顺手把她的长发往后一顺,在她的唇上落上一吻,"老婆,辛苦了。"

她却突然笑了起来,握住他的手一紧:"不客气。"

苏团长进来之后也怕她分神,重复着护士的命令给她,始终握着她的手给她加油鼓劲。

宋星辰只知道自己疼得厉害的时候,苏清澈会很轻柔地亲她,那个时候她再疼都觉得不是很疼了,总有一股柔情暖暖地在她心里蔓延开来。

疼到最后她都有些脱力,就这么躺着,他也始终陪着,陪着她痛过最后的那一阵,终于等来了他们的小家伙。

小家伙的啼哭声很有力,一声一声的,她最后一次用力已经费尽了全部的力气，听着这声新生命的哭声，耳边还有苏清澈安慰的声音，只觉得头晕目眩。

苏清澈松开手，去抱了孩子过来给她看："是男孩。"

她累得手指都抬不起来，侧头看了一眼被苏清澈抱在怀里的婴儿，心里满溢的却是作为母亲的骄傲，这个小家伙终于出来了。

"苏，辰，澈。"她缓缓念出他的名字，看着苏清澈笑了起来。

苏清澈在她的唇上又亲了亲，这才抱着小家伙先出了产房。

就在他刚走的瞬间，宋星辰却突然感觉有些不适，浑身控制不住地发抖，连呼吸都有些困难起来。

产房里有一位妇产科的医生，见状脸色就是一变："是羊水栓塞，快准备心电血压监测、颈静脉穿刺、静脉注射……"

苏清澈前脚刚走，护士就匆匆地从里面跑出来，准备去叫值班室里另一位妇产科的医生。

小家伙已经被苏老爷子抱了过去，苏清澈一转身看见护士的脸色不对，下意识地一把抓住她的手腕："里面的产妇怎么了？"

护士不敢耽误直接一把甩开他的手，边走边说道："羊水栓塞。"

苏清澈顿时立在原地怎么也迈不开脚步，那冷意似乎是从头到脚浇下来的，浇得他生生地打了一个冷战，面色苍白如纸。

还是秦霜先反应过来，和苏谦诚一人一边扣住了他，秦二爷此刻也手脚冰凉的，颤着手打电话调集有经验的医生过来抢救。

苏清澈站在原地像是失了魂魄一般，一双眸子紧盯着手术室的大门，浑身的气势冷厉如冰。

清晨的空气原本新鲜又清凉，可他呼吸着，却刺得心脏都钝钝地痛着。

那位护士已经带着医生急匆匆地过来了，苏谦诚和秦霜两个人都没按住他，他几乎是不费什么力气就挣脱了他们的钳制，上前一步飞快地扣住医生的肩膀。

他语气清晰又不容抗拒道:"必须救活她。"

那医生吓得一抖,他一双扣在她肩膀的手轻柔了许多,再开口时声音多了几分乞求:"麻烦你一定要救活她,她是我的妻子,我不能失去她。"

那声音已然低入尘埃,带着前所未有的无力和脆弱。

秦霜一低头,就看见苏清澈的手一直在颤着,心里一酸,他闭了闭眼背过身去。

此刻已经天色大亮,可那晨光却怎么也照不进人的心里,冷凄凄的一片。


护士来来回回已经跑了好几趟,他一直站在手术室前,背靠着冰凉的墙壁,神色已经恢复了正常,但如果仔细看的话还是能从他的眼睛里看出他的情绪。

手术室外已经没有了一点儿声音,小家伙已经被护士抱走了,此刻蔓延着的就是无边无际的凉意和沉默。

过了一个多小时,护士出来的时候往外扫了一眼,看见苏清澈快步上前说道:"产妇已经苏醒了,不过暂时还没有脱离危险,生命体征已经趋于稳定,专家和医生都还在严阵以待,并发症随时都有可能出现。"

苏清澈此刻已经恢复了镇定,此刻甚至很清晰地问道:"是她让你出来告诉我的吗?"

护士顿了顿,随即点了点儿头:"是的,她让我出来说一声,怕你担心。"

护士说罢就要重新进去,刚转身似乎是想起什么又看了他一眼,然后就看见这个男人眼眶已经红了,她愣了愣,声音不禁放柔了许多:"刚才在产房里你的表现真的很棒,羊水栓塞诊断得及时,治疗得也及时,应该不会有问题的。"

"自然会没事,我不放人,她怎么敢走。"他转眼看向窗外,胸口却疼得像是被针扎了一般。

宋星辰,你最好给我平安地出来。

并发症是在一小时之后出现的,专家预测到的情况真的发生了,还好一切都早有准备,血库里血袋也准备得齐全。

宋星辰在那一小时之内的意识都是清醒的,可大量失血之后又昏昏沉沉了起来。

眼前的那盏灯远得都好像是记忆里的东西,她感觉自己似乎是抬手去抓了,可这么探出去,握住的却是一片虚空。

耳边似乎还有小家伙的哭声,一声比一声撕心裂肺,她听着就觉得心疼得不得了,一边埋怨苏清澈不好好地哄着,一边又忍不住想亲自去看看。

可浑身沉得就像是溺水了一般,意识全部都在,可就动不了半分。

她突然就陷入了一片恐慌里,总感觉是有谁想带走她,可是她不愿意,她的人生才刚刚开始走上一个新阶段,她还没好好看看自己的宝贝儿子长什么样。

她还有好多好多的话想跟苏清澈说,她还想问他,是不是被她吓坏了……

可她不是故意的。

宋星辰再次醒来的时候,已经没有记忆里那盏明亮得有些刺眼的手术灯,她刚动了一下,手上就是一紧,她抬眼看过去,就看见苏清澈一直坐在那儿。

今晚的月色格外好,他又正好对着月光,五官柔和。

握着她的手,就这么静静地看着她,好一会儿才俯身轻轻地抱住了

## Chapter 23　还没有说过我爱你

她："老婆,谢谢你回来。"

他的怀抱温暖,比起她记忆中那清冷和孤寂的走廊让她眷恋太多。

她伸出手缓缓地回抱住他："对不起,让你担心了。"

幸好,你回来了。

你承诺我要来看着宝宝出生,你来了。

我承诺你平安地出来,我也做到了。

苏清澈,因为知道有你在,我格外勇敢。

宋星辰坐月子的时候一直夸小家伙的日子挑得好,小家伙长得也快,一天一个样,苏团长去部队才一个星期,小家伙已经完全不是当初那个样子了。

喂得白白胖胖的,面色红润,一股聪明劲儿。

苏清澈对小家伙说得最多的就是:"快点儿长大然后孝敬你妈去,为了你,你爹差点儿守寡。"

宋星辰每次听见会笑,小家伙就闭着眼睛往宋星辰的怀里钻。

等出了月子,天也越来越冷了。

要不是她一个人没办法带孩子,也就跟着去部队里住了。

苏老爷子隔三岔五地过来看曾孙子,这几日关节有些不便又想曾孙子想得紧,让苏清澈把人给接过来住几天。

宋星辰收拾了东西由宋妈妈陪着下楼,到了楼下才发现下雪了,雪花一片片的,越下越大。

小家伙不知道是被风吹了一下冻醒了还是怎么的,睁开眼睛看了看,然后兴奋地动了动身子,被妈妈抱得越来越紧之后他就觉得无趣,歪了头默默地又睡了。

小家伙喂了奶之后和苏老爷子玩了一会儿就睡着了,宋星辰坐在床边戳了戳他的小脸,笑眯眯地叫他的小名:"滚滚……"

苏团长刚从楼下上来,给她热了一杯牛奶,放在了桌子上,从身后把她环进了怀里:"我孩子的妈就不能做点儿有意义的事?"

宋星辰不理他,径自逗着儿子,看他皱着小眉头双眼却仍闭着,非要睡到自然醒,又笑了起来:"好像突然有些懂什么叫人生的意义了。"

有人曾经说过,人从出生起,每一秒都是向着死亡迈进的。

可人生虽然短暂,却也美好,那种诱惑是致命的。

她依然还是向往细水长流的生活,守着他们的孩子,和他一起白首。

她拿过放在床边的那册婚纱照,一页页地翻着。

苏清澈瞥了她手里的相册一眼:"照片有什么好看的,本人在这里呢。"

宋星辰抬眼看了看他,终是把手里的相册放在了床边,偎进他的怀里:"你怎么都不问我,那七小时我是怎么过的?"

苏清澈双眸骤然一眯,身子也僵了一下,显然不愿意提及那生死攸关的七小时,他每次想起都心悸得不行。

宋星辰抬头看了他一眼,轻声说道:"我就想着你还在外面等我,我不能让你一个人。"

她好不容易成了他的致命弱点,怎么舍得就此失去他。

她还说过要彼此羁绊走完这一生,才刚开始,怎么舍得就此结束?

她躺在手术台上的时候,只有活下来这一个念头。

"苏清澈,我那么爱你,你知不知道?"

"我知道。"他握住她的手,十指相扣,"以后我会守着你,守着我们的儿子,守着这个家……用我的一辈子。"

苏清澈在她额上亲了一口,把她揽紧在胸口:"我就这一条命,被你占据了一大半。宋星辰,我好像还没跟你说过我爱你吧?"

宋星辰没说话,只是扣着他的手微微地紧了紧。

## Chapter 23　还没有说过我爱你

苏清澈哑然失笑，倾身吻住她："我会珍惜自己的生命，哪怕这条命不属于我了，我都会很努力地回来，我知道这里有你在，死也会回来。"

"宋星辰，你是我老婆。"

军人的职责注定他不能把家庭放在第一位，可就算如此，他无论在哪里，发生了什么，都会努力回家。

哪怕就是最后一眼，也要回来看看她，看看她用命给他带来的儿子。

一辈子能有多久？

待他解甲而归，终不负她的痴心以待。

他轻柔地吻着她，在这入了夜的温柔里。

时光也盗不走的爱人。

番外一
# 陆参谋长之听说姻缘天注定

（1）

继苏团长终于寻到良人，成功地脱离了结婚困难户行列之后，一直高喊跟随苏团长脚步，一切以苏团长为目标、为圆心的陆参谋长也荣升为被领导格外关注的人。

而苏清澈作为陆参谋长的直系领导，这给陆参谋长相亲的重任就落在了苏团长的肩上。

苏清澈接手过那么多任务，还真的没有这一次来得这么棘手。倒不是陆参谋长不够优秀，相比起来，陆参谋长无论哪方面都是不错的。

但不知道为什么，和陆参谋长相过亲的姑娘无一例外都是直接拒绝再次会面。

相亲N次失败之后，苏清澈皱着眉头抓着得力爱将总结失败的经验："你倒是告诉我为什么没一个姑娘看上你的？"

陆参谋长作为"无辜"的当事人，用很纯良的眼神看着他："大人，我冤枉啊。"

苏清澈敲了敲桌面，冷声警告："说人话。"

陆参谋长顿时立正站好，开始汇报经过："报告，我只是在她们面前本色出演而已。"

本色出演？

如果是本色出演他的精明睿智，机智灵活，路见不平，幽默风趣，苏清澈还真不信那帮姑娘会看不上他。

"说。"他耐心即将耗尽，很是干脆地下了命令。

陆参谋长组织了一下措辞道："我站在一个参谋长的角度……给她们参谋了一下穿衣搭配，饮食爱好，健康情况，消费能力。"

越说到后面，他越心虚，默默地就把声音降了下去。

苏团长头疼地抬手揉了揉眉心，颇有些无奈。最终也只是挥挥手，让他趁早滚出去，来个眼不见为净。

宋宋在荣登团长夫人之后，也是被陆参谋长尊称一声嫂子的。

知道这件事之后，很是云淡风轻地提点道："既然他那么喜欢参谋，直接把他扔去训练女兵，让他去参谋跟自己同标准的。如果这样他也能提出一个不好来，他这个教官是当花瓶使得吗？"

苏团长觉得夫人提出的方案非常可行，他看中的不是它的经济实用，而是陆参谋长再用这个借口来搪塞，说出女兵的一个不好来，他就能直接治他这个当教官的失职之罪。

既然方案已经敲定了，那人事变动嘛自然打个招呼也就能很利落地办好了。

所以说，人不作死就不会死。

陆参谋长身体力行了那么多年，可总是掌握不了这句话的精髓所在。

这日。

苏清澈刚到部队，就叫勤务兵去把陆参谋长给找来。

陆参谋长接到命令立刻就风风火火地从训练场跑了过来,满头大汗,一身的臭味。

苏团长很嫌弃地把人踢走去冲澡，完了之后才把上面刚下来的文件丢过去，表情冷艳高贵，毫无不良目的：" 这任务很严苛啊，你不能给咱们部队丢人，知道不？"

陆参谋长拿到文件时心里还有些小九九，苏团长这么一说，他顿时责任心暴涨，立正敬礼，郑重地就被苏团长忽悠去训练女兵了。

其实说起来，陆参谋长训练女兵也不是第一次了，不过上一次是指导，接管这事的不是他。

据说这批女兵很多都是高素质的文化兵，更有呛口的小辣椒不服从管教。

于是我们四肢发达但是大脑有些简单的陆参谋长就想着他的出现必须要惊世骇俗，不求帅气得让她们为之倾心，也要在出现时务求闹她们个人仰马翻。

这里必须要表扬的就是，我们的陆参谋长是一个想做就做的好青年，他很丰满地策划了一个——跳伞降落！

但现实，真的很骨感。

女兵们一大早就被通知新的教官会来，但由于没有接到集结的通知全部都在宿舍的外面站着。

所以当她们远远地看见一个不明飞行物，以一种非常扭曲的姿态摇摇晃晃地往这边飞来时，颇有些目瞪口呆。

这是全军目击 UFO 事件，还是速度非常缓慢、大概出了严重事故的 UFO？

啊，不对，她们终于看见了那之前并不怎么明显的降落伞。

所以当陆参谋长的降落伞失控，使他猛地砸进一个房间时，他觉得整个世界都黑暗了。

尤其是他摔在滑溜溜的地板上，疼得龇牙咧嘴之时，一抬眼就看见了一个光溜溜的小姑娘正目瞪口呆地看着这个突然闯入的不速之客。

陆参谋长也傻眼了,他僵直的目光从光溜溜的小姑娘的脚丫子缓缓上移,一路翻山越岭地停留在那惊恐的脸上时,他仿佛能预见自己被全军通报,作为谈资笑料的今后的军旅生涯。

反应过来的小姑娘一把扯过旁边的浴巾,把自己围得严严实实的,然后怒火中烧地直接一脚踢向了男人最脆弱的地位,毫不留情地直击目标!

于是,陆参谋长还没从震惊中缓过神来,就悲伤地被袭击了。

他一骨碌从地上爬起来,挨了好几下小姑娘的花拳绣腿,才一把握住她的手腕紧紧地压制在墙上:"别动。"

"别动?"夏小沐咬牙切齿地瞪着眼前的男人,简直想扑上去把他碎尸万段了。奈何力量悬殊,她根本没办法挣脱他的桎梏。

然后,被惹急了的小姑娘恶狠狠地直接扑上去,一口咬在了陆参谋长裸露在衣服包裹外的脖子。

那一口下去,鲜血淋漓的……啧啧,估摸着陆参谋长有好长一段时间都不能看见鸭脖子了。

更悲剧的是,陆参谋长闹腾的闹剧太彪悍,引得那一群女兵争先恐后地往这里涌来,在听见一阵杀猪般的号叫时,默然了。

而,我们悲剧的男主角陆参谋长——

自始至终,都是猜对了结局却没猜对过程。

于是,始终保持向苏团长看齐的陆参谋长如愿以偿地走了自家上级的老路——遇见良人之前,首先要被全军通报。

虽然,这个版本在多年之后渐渐流传成一段经典笑话的时候,变成了如下版本。

战士A:你知不知道,我们团有个参谋长对一个女兵一见倾心,但碍于没有办法认识就想出了个超级屌的馊主意。

战士B：这个我知道！是不是跳伞去了那女兵洗澡的地方？

战士A：你知道啊？

战士B鄙视地看向战士A：你问问部队里，这事还有谁不知道啊。

战士A抓耳挠腮：那你知道捡肥皂的事吗？

战士B一脸呆滞，甚至很蠢地把肥皂往地上一放，弯腰去捡："不就是这样吗……"

你们说是哪样呢，哈哈哈哈哈。

（2）

听说陆参谋长跳伞着陆失败，进了女兵洗澡的地方后，被苏团长拉回部队狠狠地批评了一顿，罚了个一万字的检讨以及五公里负重越野才放了回去。

放回去之前，苏团长目光如炬地看着他问："知道怎么做吧？"

陆参谋长犹豫了一下，挣扎在不懂装懂还是不耻下问之间，最后还是深叹了口气："不知道……"

苏团长顿时一脚踹了过去："丢掉的面子给我找回来，这帮女兵认真练！"

陆参谋长又挣扎了片刻，随即点了点儿头，万分地严肃："报告首长，我懂了！"

陆参谋长回去的路上一直懊恼地想把那个女人抓回来好好打一顿，可一想到自己走的是高端大气上档次的路线，又谴责了一番自己脑海里不纯洁的念头。

怎么能打女人呢……这是不对的！

真的是被宋星辰误导久了，他觉得自己看着旁边开车的小兵都顺眼了很多。

## 番外一　陆参谋长之听说姻缘天注定

次日训练的时候,他在镜子前苦练绷脸的严肃劲儿,练得嘴都酸得牵不起肌肉来,这才负手走了出去。

那帮女兵对这个跳伞失误、着陆错误而被全军通报批评的教官已经有了蠢萌这种设定,一个个好奇地打量着他。

陆参谋长哪里见过这种阵势,当下差点儿没扭头就跑。尤其是那个从头至尾用一副"你这个强奸了我的地痞流氓王八蛋"眼神看着他的夏小沐。

陆参谋长每次目光掠过去都会赶紧移开,然后自欺欺人地勾起个讽刺至极的笑来。

不过陆参谋长还没去找她的麻烦,她倒是自己先跟他忾上了。

中午吃饭的时候,别的班都先去吃饭了,因为早上军姿没站好,陆参谋长就让这个班的女兵练到站好为止。

陆参谋长是个心软的主,尤其是面对一堆嫩生生的小女兵,根本就没法硬起来好吗……呃,是心肠根本就没法硬起来!

偏偏夏小沐这个臭脾气的,连"报告"都没喊,直接出列反对他。

陆参谋长一个着急上火,怒吼了声:"你给我罚站,其余人都去吃饭。"

吼完他就后悔了……饿着人小美女了可怎么办……

于是,他一个中午什么事都没干,光顾着跟这个小女兵大眼瞪小眼地在烈日炎炎下……晒太阳补充钙质。

下午主要就是浪费体力用的,夏小沐被饿了一个中午已经头昏眼花了,难得没那个精力去打陆参谋长的脸。

陆参谋长胆战心惊地过了一下午,后来尾随这个班进食堂,见夏小沐跟只猪一样把饭往嘴里倒,立刻就安心了,然后他发现,他的肚子唱空城计已经很久了。

新兵的训练就这样有条不紊地进行着,偶尔苏团长会来视察一圈,别的什么也不干，就在陆参谋长身后站着，看他训练科目。

陆参谋长被盯得满头大汗，下手就越发狠了，然后在军训一个星期后，终于出了问题。

最喜欢打陆参谋长脸、最喜欢跟陆参谋长对着干的夏小沫同志体力不支昏过去了。

陆参谋长吓得够呛，连命令都来不及下，赶紧一把扛起夏小沫同志往军医那里跑。

结果怎么样了呢？

夏小沫原本只需要休息一会儿就能好，刚醒过来又生生地被陆参谋长摇晕了，睡到次日早上才起来。

陆参谋长自然不会一直守在她的身边，还是特许给她放了一天的假，晚上再去看的时候她还在吊水。

他刚进去准备冰释前嫌、一雪前耻之际，原本在病床上和军医谈笑风生的夏小沫，弯腰就吐了起来……

得，他都已经让人讨厌到有生理性厌恶了。

陆参谋长回去反思了很久，深刻地觉得自己并没有那么糟糕啊，然后越想越不痛快，到最后脑子一抽又跑回军医那边了。

她正好吊完水出来，看见他似乎是愣了一下。

陆参谋长不敢离得她太近，就远远地站着，站了好一会儿觉得自己就跟个傻子无二了，可刚才准备好了的一堆话已经全部忘记了。

只能尴尬地清咳一声，转身要走。

刚往前走了几步，就听身后她的声音弱弱小小的："那个……你等一下……"

陆参谋长条件反射地转身训道："有事要喊报告……"话音未落，自己先傻了，又犯二了……

夏小沐愣在原地片刻,居然也傻不棱登地配合他:"哦,报告教官。"

陆参谋长越发觉得尴尬了,走近了两步,又心有余悸地问她:"你还好吧?不会又想吐吧?"

夏小沐立在风口半天,突然爆笑起来,还笑得上气不接下气,让陆参谋长觉得自己越发像个摆设了。不,比摆设的处境还不如……。

夏小沐笑了片刻才觉得不妥,主动往前走了几步,吓得陆参谋长一个劲儿地往后退:"你别过来啊,出事了我不负责。"

可直到夏小沐走到了他的跟前都没发生任何的化学反应。

咦……

蠢萌的陆参谋长开始发现问题,找出原因,得出结论……

夏小沐却怡怡然地后退一步,很认真地跟他道歉:"对不起啊教官。"

陆参谋长默了默:"时间不早了,你赶紧回去吧。"

夏小沐点点头,走了几步又退了回来:"教官你能不能送我到宿舍门口?"

女孩子漆黑的双眸在月光下显得透亮又清澈,这么专注地看着他,让他突然觉得心驰神往。

他咳了一声,清了清嗓子,才抬手示意她先下楼梯:"走吧。"

一路上,陆参谋长光顾着看夏小沐纤细的脖子,听着自己一下快过一下的心跳声了……一直把人送到了门口还不自觉地抬脚就想跟着她上去。

还是夏小沐转身想告别,一转头看见陆参谋长就在自己身后一步之遥的时候呆了呆:"陆参谋长,女兵的宿舍……男兵禁止进入,就算是军官也一样。"

陆参谋长差点儿想找块豆腐撞死算了,他摸了摸脑袋,很是憨厚地笑了一下:"那个,不小心发呆了一下……"

夏小沐点点头,很不给面子地拆台:"教官,你反应迟钝,还注意力不够集中,你是哪个人训练出来的,不知道他会不会被你气死?"

小姑娘又恢复了牙尖嘴利,陆参谋长却无心纠缠了,默默地用眼神谴责了她一下,转身就跑了。

这要是让苏团长知道了,他不死也要脱掉一层皮。

被调戏了的陆参谋长当晚就下定决心,再也不搭理这个坏丫头了。

说到做到这点儿,某些时候,陆参谋长还是能够办到的,次日再训练的时候目不斜视,休息的时候更是走得远远的,全方位阻止敌人渗透。

原本训练女兵是要三个月的,陆参谋长这么坚持了一个月,就因为上头另外有指示给调走了。

苏团长在看陆参谋长上报的报告时,一目十行地扫了一遍都没看见他多发表一点儿他感兴趣的字眼,脸一沉就把人给轰出去了。

等再次见到夏小沐的时候已经是半年之后了。

他是协助女兵执行任务,接到这个任务的时候他第一个想到的就是夏小沐,随即就自己把自己吓傻了。

一路就跟个毛头小子一样,惴惴不安地到了现场。

任务说轻不轻,说重不重,陆参谋长到的时候,正逢歹徒愿意交换人质。

陆参谋长下了车就看见夏小沐一身便衣,白白嫩嫩的,慢慢地和人质交换。

他眉头一皱,问清了现场的情况之后,差点儿没暴走。

这个歹徒是现在正在通缉的杀人犯,身上的命案已经有数起了,杀人不眨眼。

他握着枪,紧紧盯着已经走到歹徒势力范围之内的夏小沐,牙关紧咬。

随即,他便飞快地根据地形以及歹徒团伙的方位进行了战术安排,他自己参与其中,高空速降,担任爆头的任务。

他站的地方正好能够看见夏小沐的情况,他一身军装,器宇轩昂,距离虽远,一双眸子却是毫无偏差地凝视住她。

哪怕距离再远,她都能看见他的专注,隔着那层层的阻碍也一路畅通地到达了她的心底。

原来,彼此都那么想念。

番外二

# 苏家滚滚

平淡的日子总是需要一些调剂品的。

于是,滚滚小朋友周岁的时候,由他的老爸苏团长大人组织了一场内部的、不公开的抓周。

苏团长对此非常重视,苏老爷子也是如此,一般的物品全部弄来了,铺在了滚滚小朋友平时玩耍的婴儿房里。

他撅着圆滚滚的小屁股东看看西摸摸,知道妈妈喜欢电脑,还抱着平板往宋星辰的怀里塞。

见宋星辰不收,还仰着脑袋有些好奇地看着她。

宋星辰看着原本还小小一团的滚滚,一眨眼就一岁了,感慨得不行。

三个月的时候,滚滚小朋友就会抬头、抬腿,那时候宋星辰老是坏心眼地逗他,用一根手指头就能让他躺回去,他就晃动着手脚想翻身,奈何穿得很臃肿,也没有足够的力气,到最后往往都是累得自己睡着了。

五个月的时候,他终于会翻身了,苏清澈每次把他放在床、沙发、地板这些地方,他都会跃跃欲试地要翻个身打个滚,然后自娱自乐地笑上好久。

## 番外二　苏家滚滚

六个月的时候，他已经会爬了，起先还不会往前爬，趴在地上只会往后退，还没少撞青了自己白嫩的小腿，后来苏清澈教会他往前爬时候，他的乐趣又变成了没事到处乱爬。

十个月的时候就开始学着站起来走路了，起先宋星辰不放心，他一要站起来就会半抱着，生怕这个好动的小家伙摔着了。后来苏团长就很不客气地拎着他的后领教他走路。

起先也是走得磕磕绊绊的，没少摔跤，苏团长对他走几步能自己绊倒自己这种行为表示了无奈之后也只是放任自由。

宋星辰那次给滚滚小朋友洗澡，看见他摔的好多地方都青了，心疼得让苏团长好好地做了一番检讨。

检讨完之后，苏团长还是该干吗干吗……

滚滚小朋友摔跤了也从来不哭，一个月下来就已经会自己走了。

那天晚上吃过饭，苏清澈开始履行自己的承诺，给苏夫人这个大功臣领养一只金毛回家养。

因为小金毛的原主人家离得并不远，就当作散步一样走过去了。

把小金毛带回家的时候，滚滚小朋友蹲着研究了半天，到了要睡觉的时间还紧紧地搂着金毛要一起呼呼……

小金毛被滚滚勒得呜呜叫，还是苏团长从楼上下来，一把拎起了滚滚小朋友，那只小金毛才终于脱险，蹭着苏团长的脚绕了好几圈。

滚滚小朋友被抱着上楼梯的时候，搂着爸爸的脖子，很是清晰地叫道："爸爸。"

苏团长……顿时愣在了那里。

宋星辰洗完澡出来的时候，滚滚小朋友对"爸爸"这个词已经叫得很熟练了，连对着宋星辰也叫爸爸，嫉妒得宋星辰满床打滚。

当然，最后一定是被苏团长武力镇压了，镇压到日上三竿才起来，所以也理所当然地错过了滚滚小朋友对着一只金毛叫爸爸的场景……

所以，鉴于此上的行为，滚滚小朋友是个很聪明的小孩。

苏老爷子对曾孙子那么有出息、那么有天资深表欣慰。

苏清澈对宋星辰想些什么完全了解，把她揽进了怀里，趁着滚滚和苏老爷子都没看见，飞快地在她唇上亲了一口。

宋星辰被苏团长偷袭习惯了，此刻应对起来熟能生巧，面不改色地继续逗滚滚抓周。

作为家庭成员之一的金毛同学，也来围观了，趴在地板上看它的小主人吊人胃口。

滚滚小朋友一时有些下不了手，干脆扑向金毛把它抱在了怀里，小金毛同志这段时间个子可长了不少，被滚滚小朋友一抱，很热烈地在他怀里拱来拱去。

滚滚小朋友顿时对它也没有兴趣了，就这么站着，可怜巴巴地看着宋星辰。

苏团长这个时候去房里把自己的军帽拿了过来，端端正正地摆在滚滚小朋友的面前。

滚滚盯着看了好一会儿，就在妈妈警告的眼神下抱着军帽不撒手了。

滚滚小朋友对爸爸的军装，以及军帽，甚至军功章都特别感兴趣，有时候在苏老爷子那里，准是要把这些都摸一遍才高兴。

苏老爷子对于滚滚小朋友的选择非常高兴："有天资，是我苏家好男儿。"

宋星辰的不高兴也只能放在心里，等苏老爷子走了就立刻不高兴了。

"苏清澈，我一点儿也不希望儿子以后跟你一样当兵。"她板着脸，看着滚滚抱着军帽在那边打滚。

苏团长顺手把炸毛的苏夫人抓进怀里，圈在怀里看时事："嗯，那不关我们的事，由他自己说了算。"

宋星辰：……这是当爸爸的该有的态度吗？

她看向滚滚小朋友的眼神里充满了同情,看来只有娘疼你了,可怜的娃啊。

滚滚小朋友第一次参加的婚礼是陆参谋长的婚礼。

他刚过了周岁没几天,陆参谋长的结婚请帖就送到了家里。

滚滚在陆参谋长怀里打了好几个滚,扯松了他的衣服,弄得他衣冠不整了,才拿过请帖撒了。

陆参谋长的结婚对象自然是小夏同志。

听苏团长同志的情报汇报,据说后续是这样的。

那一次陆参谋长执行任务的时候,以死相搏,以命换命,成功地又进了一次医院,也顺利地把媳妇拐到手了。

苏团长还很不经意地说了一句:"我那次去接他出院……为什么接他出院?就知道会有好戏才去的。"说完,他顿了顿,神秘兮兮地耳语道,"我看见陆参谋长扑了小夏同志,就在病房里,我一直没好意思打扰。"

宋星辰很不屑地睨了他一眼:"你最后一定是直接开门进去吓得他们鸡飞狗跳,然后又人模狗样地关门出来了。"

苏团长很是欣赏地赏了一个香吻过去:"我老婆可真聪明,不过你这么抹黑你老公真的好吗?"

"哪里不好?"她话音刚落,就被苏团长生扑了……

虽然结婚第二年了,可她貌似还是没学乖,对于苏团长时不时地腹黑下套还是会不由自主地亲自走进陷阱里,让某只大灰狼吃干抹净,拆吞入腹。

陆参谋长的婚礼很热闹,部队里平时也没有什么乐子,好不容易有个人结婚了必须叫上战友。

陆参谋长新婚那天被折磨得简直不成人形,连一向剽悍的夏同志都很吃不消。

　　苏清澈作为主力军，自然不会放过这个机会，于是新郎官大好的洞房花烛就在新娘子把新郎扛进厕所时落幕了……

　　滚滚精神了一整天，刚被妈妈抱进怀里就困得眼睛都睁不开了，睡得那叫一个香甜。

　　宋星辰把儿子放到了后座的儿童座椅上，这才回到前面。

　　苏清澈今晚也喝得有些醉了，一双眸子亮得就像是暗夜里璀璨的星辰。

　　他倾身过去把她抱起坐在了自己的腿上，驾驶座的位置实在是窄小，她就横跨着坐在他的腿上。

　　外面是沉沉的黑夜，暗得连灯光都没有，唯一的光源便是天上的月亮以及漫天的星辰。

　　宋星辰捧着他的手，刚挨着指尖就被那温度烫了一下："怎么喝了那么多？"

　　"我高兴。"他弯唇笑了起来，握住她的手，十指交缠，"让我抱一会儿。"

　　她就这么依偎在他的怀里，由他抱着，说不出地安心和满足。

　　"今天看着陆群结婚，想着我们当初还是应该办一个婚礼，我后悔了……"他微微松开她，看着她时，眼神还微微有些迷离，"我应该让你好好地当一天的新娘子，和我站在一起宣誓，互相戴戒指。我好羡慕。"

　　宋星辰微微愣了一下，眼神一下子柔和了起来，她握住他的手，看着他手上的戒指，缓缓地取下来，刚动了一下苏清澈就弯起了手指不让她继续褪。

　　她抬眼看了他一眼，在他的唇上亲了一口："松开。"

　　苏团长果真就乖乖地松开了，任由她取了下来。然后看着她把自己的戒指也取下来放在了他的手心里："羡慕的话，我们也可以来一遍。"

她专注地看着他，一双眸子弯弯的，一如他初见时，那个明艳张扬的少女，可此时的她，眼底多的那份温柔和深情全是因为他。

"苏清澈先生，你愿不愿意娶宋星辰小姐为妻，此生不离不弃，相濡以沫，白头到老。无论发生什么，都会在她的身边，在她最需要你的时候出现。你愿意吗？"

"我愿意。"他也笑了起来，"那宋星辰小姐，你愿意嫁给苏清澈先生吗？"

"我愿意。"她莞尔一笑，眉目如画，璀璨如星辰。

他们认真地为彼此又戴了一次戒指，他低头看着那枚戒指，拉到唇边轻吻了一下："谢谢你，宋星辰。"

"我爱你，苏清澈。"

驾驶座上的位置狭小，可这一点儿也不影响他们彼此的靠近。

苏清澈捧着她的脸，吻得很认真："我的人生，有你，有滚滚，此生无憾了。我爱你，宋星辰。"

他们的感情始终不紧不慢，不温不火，可只有彼此知道，在那些短暂分开的日子里，想念是如何疯狂滋长，爱情是如何热烈蔓延。

这一辈子，能在一起，真的很好，很好。

有什么是比相爱的人能在一起相守更美好的事？

生活有棱角，可我爱你依旧。

宋星辰："这一生没续完的缘分，来世还可以再相聚，苏团长，你觉得我们来世还会不会在一起？"

苏清澈："来世还有相亲这种东西吗？"

宋星辰："可以不相亲认识吗？你敢不敢第一次遇见我的时候就认出我来？"

苏清澈思忖片刻："谁知道你那时候是不是变成金毛了……"

宋星辰咬牙切齿："苏清澈你认真点儿会死啊？"

苏清澈："我很认真啊,谁说下辈子你一定是人的?"

宋星辰："为什么不是人的不是你?"

苏清澈理所当然:"你想也知道不可能啊。"

宋星辰:……她到底是为什么要跟他讨论这个问题?

苏清澈："我不求来世,今生能睁眼醒来第一个看见你就很满足了,谁知道人的下一辈子是什么秉性?万一我没那么好,宋星辰,你就不要跟着我,吃苦了我会心疼的。"

这辈子始终想捧你在手心,让你觉得嫁给我是你这辈子做得最正确的决定。

而你,是我此生最棒的礼物,我寻到你伴在我左右,只是爱着便已经心满意足。

我今生有过杀戮,也许并不能和你一起上天堂,宋星辰,所以这辈子多爱我一点儿,连着下辈子的那份,爱得更深一点儿。

就是有一种感情,此生难忘,难舍,难断。

今生的情也许是前世的债,要赎多少罪,续多少功德才能换来一辈子的安稳幸福?

所以才得来一句:愿天下有情人终成眷属。

还有他们是在一起了,一直一直在一起,可有些人呢,相爱不能相守,没入人海,终成为弱水三千。

番外三
# 秦家苏苏

滚滚小朋友两岁的时候,又参加了自家小姑姑的婚礼。

婚礼的场面宏大,小姑丈骚包又帅气,给小姑姑戴戒指的时候眼圈一直红着,他难得地不捣乱,很认真地灌了他好几杯酒。

秦二爷被气得牙痒痒,对着宋星辰怒目而视:"敢不敢放苏清澈出来。"

宋星辰夹了一口虾仁喂进滚滚的嘴里,很是挑衅地看了秦二爷一眼:"他晚上还要开车,滚滚敬你就好。"

"喝醉了就住在这儿。"秦二爷再出招。

宋星辰不动声色地扫了这个 A 市顶级的酒店一眼,仍是不为所动:"我认床,睡不着算你的?"

秦二爷牙齿磨得咯咯响,又被滚滚拿着果汁敬了一杯,无奈极了。

当然,滚滚小朋友灌人酒可是非常有技术的,对秦霜那一向是这样,比如:

"你是我姑丈,我叫你一声姑丈你就要喝了这杯。"

"你娶了我的小姑姑,你就要喝一杯。"

"你和小姑姑要洞房花烛,我可以不捣乱,喝三杯!"

"姑丈,祝贺你和我姑姑百年好合!"

"姑丈,祝贺你和我姑姑早生贵子!"

秦二爷:……

由于儿子挡驾,老婆坐镇,苏团长今晚喝了三杯酒之后就一直安全无虞地撑到了结束。

滚滚跑了好几趟厕所,精神足得很,揽着爸爸的脖子,看着爸爸一直牵着的妈妈:"妈妈,我以后是不是也要结婚?"

宋星辰顺手捋了一下垂到胸前的头发,漫不经心地应了一声:"嗯,怎么了?"

滚滚皱着眉头若有所思:"那你说我娶姑丈的女儿好不好?"

苏清澈的步子就是一顿,抽手就揍了滚滚的小屁股一下:"不准。"

"为什么?"

宋星辰抿唇一笑,徐徐然道:"有什么不准的?又没有血缘关系。"

滚滚立刻就更理直气壮了:"妈妈都说可以。"

苏团长顿时觉得自己的家庭地位岌岌可危。

秦苏小朋友降临的时候,滚滚正好三岁,他趴在姑姑的床上看着这个小婴儿,想摸摸又不敢伸出手去,最后还是求救一般地看向秦二爷。

秦二爷顿时骄傲感爆棚:"男女授受不亲,滚滚不能摸小妹妹。"

滚滚小朋友向来只听爸爸妈妈的话,对于姑丈的话选择性地听一些,更多的时候是对着干。

他伸出手指头摸了摸秦苏的脸,觉得软软的像果冻一样,就又摸了几下。

秦二爷的脸顿时就黑了:"我还没摸过我自己的闺女呢。"

滚滚小朋友学着他爸爸那样不屑地挑了挑眉,干脆趴上去亲了秦苏

## 番外三　秦家苏苏

一口。

秦二爷……无可奈何了。

秦苏小朋友因为有爸爸宠着疼着,所以有些恃宠而骄,那日去滚滚家,看见一屋子的玩具跟自己的都不一样,拎了一个变形金刚就要带回家。偏偏那个还是滚滚最喜欢的,他皱着眉头思忖了片刻,对秦苏小朋友说:"这个东西是我的。"

"爸爸说我是妹妹,你要让着我。"秦苏鼓着小脸,一双眸子倒是亮晶晶的。

滚滚想了想,又说:"可是这个是我的,如果你想要,只有一个办法。"

秦苏小朋友好奇了,一边抱紧了变形金刚,一边问小哥哥:"什么办法?"

滚滚神秘兮兮地看了看四周,凑近小姑娘的耳边,轻声道:"只有你嫁给我了,我的才是你的,你的还是你的。"

秦苏小朋友老是能听见爸爸妈妈这么说,当下皱着眉头想了很久,问他:"那我们怎么结婚?"

滚滚皱着小眉头想了想,立刻想到了办法,他偷偷从爸爸妈妈的房间里把结婚证拿了一本出来,然后照着里面那样画了自己的人头。

画得……当然是英俊潇洒。

那时候滚滚已经识字了,可写字还不会,就索性空出一大片的空白来。然后他又把墨水倒了出来,自己先在上面按了一下,印在自己的画像下面:"你也学我这样。"

秦苏不疑有他,就按了下去。

滚滚小朋友对自己的计策非常满意,还很贴心地解释道:"我不会写字,等我会写字了,我把这个空白补上去。"

他又看了眼秦苏手里的变形金刚,大义凛然地一挥手:"现在我们结婚了，你可以把变形金刚拿走了。"

秦苏只在乎自己是不是拿到了变形金刚，欢天喜地地下楼跟爸爸回家了。

回到家，秦二爷才发现秦苏身上的裙子沾着墨迹，捏了捏她的小脸："怎么弄得都是墨水？"

秦苏皱着小眉头研究变形金刚，好几次差点儿拧断了变形金刚的胳膊。玩了一会儿她就失去了兴趣，把变形金刚往地上一扔就缠着爸爸玩去了。

秦二爷收拾她的玩具时看见变形金刚缺了一个口，还问她："你弄坏玩具了，怎么还给你滚滚哥哥啊？"

秦苏正大口吃着饭，摇头晃脑的："不还给哥哥。"

秦二爷皱了皱眉，开始长篇大论地教育起女儿借了人家的玩具是要毫发无损地归还的，秦苏听得都要打瞌睡了，等他好不容易说完，才很正经地说道："这是滚滚哥哥送我的啊，我们结婚了，所以他的都是我的。"

秦二爷手里的玩具顿时脱手砸了下去，他大惊失色："你说什么？"

秦苏见爸爸变了脸色，也不害怕，反正爸爸是不会打她的："我跟滚滚哥哥结婚了！"

秦二爷在自己闺女那里求证清楚之后，哭着去找老婆人人了⋯⋯

太伤心了。女儿就这么把自己给嫁了，居然一点儿舍不得老爸的意思都没有！白养那么久了！送人！

再说这边，滚滚小朋友当晚在饭桌上非常神秘地对着爸爸妈妈悄悄说道："爸爸妈妈，我结婚了。"

宋星辰吓得筷子一个没拿稳直接掉了。

苏团长睨了儿子一眼，拍了拍他的头，示意他安安静静地不要吵，起身去给宋星辰另外拿了一双。

## 番外三　秦家苏苏

等他回来，才漫不经心地问滚滚："怎么回事？"

"秦苏要变形金刚，可是我很喜欢啊，所以就想到了一个共享的办法！"他扬扬得意地挑了挑眉，"我跟她结婚了。"

"噗……"宋星辰深觉这顿饭没法好好吃了，尤其是自家的儿子还献宝似的把结婚证拿出来放在她的手边，让她过目一下儿媳妇。

饭后，宋星辰便亲切地致电了秦二爷。

秦二爷的兴致不高，一看是"亲家"打来的电话更是打不起精神："干吗？"

宋星辰不说话，只是笑，笑得他浑身发毛了，才听她的声音百转千回地叫他："亲家！"

秦二爷一个哆嗦，干脆挂了电话，挂完电话整整三天没理秦苏……

于是，第三天的时候秦苏小朋友一生气，就把秦二爷刚从拍卖会上买来的瓷瓶子砸碎了，还上去踩了两脚。

秦二爷看见闺女脚上血淋淋的，差点儿一口气没喘上来，赶紧抱着上医院了。

秦苏哪里受过这种痛，哭了一下午，哭得秦二爷那心肝一阵一阵的，疼了整整一晚。最后还是宝贝疙瘩似的捧在手心里，家里那些容易打碎的东西，统统藏了起来。

宋星辰知道这件事的时候，很不厚道地让滚滚拎着一袋子水果和大白兔奶糖去看望他受伤的结婚对象。

秦二爷因为这件事，怒极攻心，请了一个月的假在家养内伤。

番外四
# 谦诚潇璃——喜欢

韩潇璃觉得她上辈子一定是属乌龟的,所以这辈子才会遇到麻烦就条件反射地当一只缩头乌龟。

距离苏谦诚在 B 市遭遇车祸已经一个星期了,她从那天跑掉之后就再也没有联系过他。

窝在沙发上看见今天的娱乐报道,就见苏谦诚因为是轻伤,所以今天已经伤愈出院了。

他戴着墨镜从医院的大门走出来,似有若无地看了一眼镜头,就被他的经纪人护着上了保姆车。

韩潇璃手指捏着遥控板,耳边主持人的声音却越来越遥远。

苏谦诚那天在医院的病房对她说:"上前一步,也许是天堂,也许是地狱。"

她琢磨了好久,起先一直以为他也是对她有点儿好感的,可其实认真地说起来,苏谦诚从来没有明确地表态过,而这句话……却是对想要靠近他的自己说的。

就在她正往死胡同里钻的时候,电话响了起来。

她顺手接起，就听见苏谦诚微微带着倦意的声音："潇璃？"

"嗯？"她瞪圆了眼，有些不敢置信这个时候他居然给自己打电话。

"嗯，我今天出院了。"

韩潇璃继续瞪圆了眼，有些不知所措地接了一句："身体好了吗？那恭喜了啊……"

那端似乎是沉默了片刻，才道："突然想见你。"

韩潇璃站在苏谦诚门前的时候还有些恨铁不成钢地拍了自己脑袋一下，怎么就过来了呢……就因为他说了一句"突然想见你。"

不过来都来了。

她深呼吸了一口气，终于按下了门铃。

韩潇璃原本以为来开门的会是他的经纪人或者是助理，根本没想到作为病号，苏谦诚一身家居服，打开门侧身让她进来："挺快的。"

刚想寒暄一下的韩潇璃，顿时愣住了……

难道她要点头说："对啊，我一路飙车过来的。"

这么想着，苏谦诚已经把门掩上了，还去给她泡了杯咖啡。

他神色算不上好，面色有些苍白，整个人看起来不像平日里那般光彩照人。

她顿了顿，还是问道："身体好点了吗？"

"嗯。"他抿了口咖啡，然后皱了皱眉头，"我好像有点儿唐突了？"

韩潇璃握着咖啡杯的手抖了一下："没有。"

他唇边这才有了笑意，似乎是很不经意地问她："那你想好了没有？来见我，应该是有答案了才对。"

韩潇璃顿时石化了。

她紧张地抿了好几口的咖啡，才说道："其实我没想好……"

"嗯？"他扬了尾音，那淡淡的笑意倒是丝毫不减，"那就告诉我你想到哪儿了。"

这个倒不困难。

韩潇璃努力地措辞："我很喜欢你。"

"嗯。"他又抿了一口咖啡，神色淡淡的，一双眸子却很认真专注地看着她，示意她继续说下去。

韩潇璃内心悲愤得卷来回跑着草泥马了，可这种情况下还是清了清嗓子说道："可你离我太远了，我觉得我没有勇气。"

苏谦诚似乎是顿了一下，随即端着他那杯咖啡从单人沙发里走过来，径直坐在了她的身边。

两个人挨得极近，她动作幅度稍微大一些，就能直接碰到他。

韩潇璃觉得更紧张了："不是这个距离……"

"我知道。"他看了她一眼，"可是我想跟你试试看，如果你担心你走不过来，我可以走过去。"

韩潇璃又愣住了。

这张以前永远只能从屏幕上看见的脸，此刻就在她的面前，他在跟她说话，告诉她他想试试看……

他也不急，捧着咖啡杯，垂着眸子看着她："你可以考虑，但是我不接受考虑结果和我想的不一样。"

韩潇璃：……那她还考虑什么！

不过韩潇璃回去之后还真的很认真地考虑了三天……

她终于想通了之后，就急不可待地给苏谦诚打了电话。

苏谦诚正要登机，接到她的电话时，眼眸就是一亮，顺手把手里的登机牌都塞进了经纪人的手里："嗯，我是。"

韩潇璃思忖了片刻，正愁怎么开口呢，就听见那边经纪人小声提醒他快要登机的声音。

她一愣，窘了一下："不好意思，等你到了再说吧。"

"也好。"他看了眼时间，"我大概回A市的时候能赶上吃晚饭，我们一起吃晚饭好了。"

　　韩潇璃：……难道约她之前真的不需要先问问她本人的意见吗？

　　苏谦诚见她不说话，一边往登机口走，一边道："那就这样决定了，我先挂电话了。"

　　"好。"她只来得及说完这个字，那边就挂断了电话。

　　苏谦诚大概是刚下了飞机就过来接她了，身上穿的还是上节目时的正装，斜倚在车门边上，听见脚步声，就微微侧过头来看她。

　　苏谦诚带她吃饭的地方……嗯，很正式。

　　正式到随便吃个饭都能碰上导演和制片人。

　　苏谦诚的神色一直很淡定，甚至于在导演和制片人的眼神不停暧昧地扫来扫去的时候，很是大方地直接揽住了她的肩头。

　　然后他低头轻声问了她一句："算女朋友了吧？"

　　韩潇璃不知道怎么反应，下意识地就点了点儿头，然后苏谦诚立刻就把名分给坐实了："带女朋友出来吃饭。"

　　韩潇璃：……想好的彻夜长谈，因为这句话，彻底泡汤。

　　韩潇璃觉得自己果然不是苏谦诚的对手。

　　韩潇璃其实对苏谦诚的想法很不能理解，其实说起来，除了她爱他爱得足够死心塌地之外，她在自己的身上根本找不出一点儿优点来。

　　她在不久之后也问过苏谦诚，苏谦诚正在看文件，闻言顿了顿，才说道："我喜欢就好了。"

　　可到底是喜欢什么，直到韩潇璃跟苏谦诚结婚之后也不知道。

　　韩潇璃并不勇敢，她和宋星辰一样都是爱自己比较多的人，可这种人一旦喜欢上一个人，也是愿意飞蛾扑火，义无反顾的。

　　人生可供选择的机会很多，但反悔的机会少之又少，韩潇璃这辈子有三件事是她迄今为止都庆幸自己做了正确的选择。

一是和宋星辰成为闺密,也始终是闺密。

二是成为编剧。这个曾经她当作靠近苏谦诚的垫脚石,却让她在里面找到了自己一直想追求的以及她的人生价值的工作,更庆幸的是以此保障着她的基本生活。

三是她勇敢迈出的那一步。那一步,让她真的如愿以偿,和一直一直喜欢的、崇拜的那个人在一起。

直到他和她求婚。

苏谦诚的步伐一直不紧不慢,足够她跟上来和他并肩在一起。

走到求婚这一步的时候,韩潇璃其实是有所察觉的。

苏谦诚求婚的方式和当初让韩潇璃做他女朋友的方式差不多……

他亲自下了厨,置办了烛光晚餐,在音乐下带着她跳了一支舞。她沉醉在他的温柔里,他就这么从她的身后抱着她,轻声地问她:"愿不愿意嫁给我?"

曾经那么远,远到遥不可及的人,此刻就抱着她求婚,她自然说不出拒绝的话,亲眼看着他给自己戴上戒指,在她的手背上轻轻地吻了一记。

苏谦诚那晚跟她说了很多,从他的过去到他的将来。

他说:"我以前喜欢过程安安,求而不得。我那时候以为我这辈子除了她再也爱不上任何人了,可我遇见了你。你也许不知道,最先让我感兴趣的就是你竭力想隐藏喜欢我这种心思却频频露出马脚来的样子。

"那时候我就想,这个世界上原本还是有很多像我一样的可怜人的,我想起曾经那些蚀骨疼痛的夜晚,就舍不得你也尝一遍,就努力地对你好。可是后来我发现我做错了,我做的那些只是在拉近你我彼此。

"所以我把选择权交给了你,在我意识到我开始喜欢你了的时候。在医院里,我对你说上前一步,也许是天堂,也许是地狱。其实那个时候的我也没有想好，我能给你什么，是天堂还是地狱，一直到出院你再也没有来过，我心里就有了答案。

"可是我舍不得就这么放你走，我觉得……"他突然哑声，片刻才说道，"我觉得你是上天给我的礼物，来陪伴孤单的我的，我已经打开了心扉，何必再关上一次？然后你就再也逃不掉了。

"到现在我才真的发现，你的确是为我量身定做的。想起几年前，我还在喜欢另一个女人，突然就觉得释然。如果不是因为喜欢她，我怎么会爱上你。"

他眼高于顶，凡人轻易入不了他的眼，可就是因为这么卑微地求而不得过，所以才知道那是一种怎样伤心的滋味。

他终究开始感谢自己从来没有对爱情失望过，哪怕最孤单寂寞的时候，他都没有对感情绝望过，所以几年之后他就遇见了韩潇璃。

一个在爱情里单纯得几乎如白纸的韩潇璃。

她和程安安的性格南辕北辙，和他却契合得没有一丝缝隙。

自古以来便有一句姻缘天注定，当真是如此，你也许还在苦苦等待，但请不要对爱情失望，因为属于你的那个人也许正在为遇见你，尝着痛心蚀骨的滋味。

我始终好好等着，等着你来到我的生命里。

番外五

# 踏过时光

韩潇璃和苏谦诚结婚之后，接受的最大的考验应该就是隐婚曝光。

她刚从外面回家，就看见那边站着几个像是记者的人。她留了一份心眼，微微绕开了些路，看得更仔细一点儿。

在看见他们手上的设备之后，韩潇璃立刻决定先避开，不过不巧的是她的车正好被送去维修，现在开的是苏谦诚的私驾，在掉头转弯的时候就被眼尖的记者看见了。

她倒车的技术烂得不行，生怕撞到他们，就干脆地熄火了。

她现在出现在这里虽然不至于无法解释，可看着记者们的架势也知道是闻风而来，她不敢贸然地下车，想打电话给苏谦诚了解情况的时候，才想起来，这个时间他应该在准备走红毯。

她的指尖一顿，涌进来的电话就是一串陌生的号码，这种时候她生怕做什么都是错的，干脆拒接。

韩潇璃不知道自己是什么心情，坐在寂静的车里，车外是喧闹的人群，她拉低了帽檐微微遮住自己，除了这些她什么都做不了。

静坐了好久她才头脑清晰了起来，给公寓的保安打了电话，没过多久就看见保安下楼来维持秩序,可就算是这样,她的车前依然被堵得水泄不通。

有不少苏谦诚的粉丝也在,粗俗不堪的话,以及眼底的不谅解和敌视都让她难过得胸口揪了起来。

宋星辰赶到的时候,她已经被困在车里一个多小时了,脸色苍白得毫无血色。

她就这么看着前方涌动的人陷进了自己的沉思里。

她是一个胆小的人,这种场面更是第一次遇到,并且只有自己一人。

苏谦诚来的时候手里还拿着一个奖杯,看见她站在窗口,不知道在看什么,心下就是一紧,手里的奖杯都有些烫手。

她知道他来了,可丝毫没有转身的意思。

他站了片刻,还是先打破了这沉默,上前走了几步:"潇璃。"

"嗯。"她垂着头应了一声,"你来了啊。"

苏谦诚的嗓子晦涩得有些说不出话来,就站在离她几步远的地方,看着她柔弱孤寂的背影。

苏谦诚一直以为像韩潇璃这样有着温暖笑容的女孩子是不会有这种背影的,可他站在她的身边看着,心里疼得不行。

她终于转过身来,柔柔软软地笑:"我麻烦了星辰一天,她现在还很不方便地需要人照顾。你来了,我们就回去吧。"

他嗓子哽得说不出话来,上前一步把她拉进了怀里,紧紧地抱着:"对不起,让你独自承担这些。"

她并没有说话,一直安安静静地任由他抱着,好一会儿,她才察觉到他的不对劲儿,发现他身体的温度有些偏高:"发烧了?"

"我没事。"他闷闷的,只是把她抱得更紧了点儿。

其实这件事苏谦诚完全不知情,也完全是突发状况,她倒也不怪他,只是……

她顿了顿，抬起手来扯了一下他身上这件隆重的晚礼服："我没关系，我只是被吓到了。"

她说的是实话，其实她并没有关系，这件事里冲击最大的应该是苏谦诚，别说他个人的形象问题，连公司的股票估计都要往下跌。

虽然中国的娱乐圈环境对明星还是比较宽容的，可隐婚这个罪名坐实了，对苏谦诚的影响无疑是巨大的。

她反而更担心的是他。

苏谦诚在她话出口的时候就知道她在想什么，微微松开她四下看了看："有没有受伤？"

韩潇璃摇摇头，反扣住他的手："我们先回家吧，你这么急地赶回来，身体肯定会吃不消。"

苏谦诚最近的档期实在是紧，为了赶电影上映的时间，加班加点，这一个星期都没睡超过二十四小时的觉，好不容易杀青，又是电影节。

韩潇璃送他去的机场，他整个人都很疲倦地靠在车后座休息，身上披着她上次给他买的大衣。

大概是察觉到有人过来，努力地想醒过来，她生怕打扰了他的休息，抬手盖在他的眼睛，轻声地哄："是我，你抓紧时间睡会儿。"

第二天，韩潇璃这边就出事了。

好在，他依然是夺得大奖凯旋。

经纪人一直很不放心地频频回头看着苏谦诚。

韩潇璃知道他是真的很累，挽着他的手靠在他的肩上休息，等听见他的呼吸轻缓，这才睁开眼，调整了下姿势让他靠在她的肩上。

经纪人见状递过来一条薄毯："他原本是下午的飞机，正好休息一下再回来的。但你这边出了事他不放心，拿了奖直接离席赶了昨天的末班车，一晚上没睡。在飞机上倒是闭了会儿眼，又被吓醒了，一直叫你的名字。"

经纪人的声音压得极低,韩潇璃缓缓地握住苏谦诚的手覆在掌心里。暖暖的一片。

苏谦诚这次感冒来势汹汹,高烧不退,又是多事之时,也不去医院,就让私人医生来家里给他吊水,吊了三天除了还有些咳嗽之外,倒是没什么大碍了。

公关已经开始处理了,这件事情带来的影响远比韩潇璃估计的要小得多。

虽然有些不能理解偶像突然结婚又隐婚的事实,不过网上普遍还是对他们表示祝福。

韩潇璃抬起头看了一眼,苏谦诚正靠在床头看文件,察觉到她的视线,也转过头来,淡淡地一笑。

韩潇璃莫名地就觉得浑身都是幸福感。

苏谦诚对这次的事件处理其实很简单,先是公关出面努力降低影响,他这段时间的通告也推得一干二净,就在家里养身体了。

第五天的时候他就召开了新闻发布会,主要针对这件事做正面的解释。

韩潇璃没想到的是她居然也要参与,站在他的身边接受那些闪光灯的洗礼,她的心境已然和那日不同。

虽然有些紧张,面上却能挂上浅浅淡淡的笑容,得体大方。

她说的话不多,除了刚开始的自我介绍之外她似乎全场都在装花瓶。

苏谦诚对媒体的回应是这样:"我并不是隐婚,我已经不止一次隐晦地透露过这个信息,我原本是想在拿到大奖之后再公开,给你们一个交代,也给我的妻子一个交代。"

苏谦诚全程都没说什么煽情的话,只是在发布会结束之前,很认真地说了一句:"我对待这份感情是真的,我也很珍视她。她于我太重要了,所以请你们,即使伤害我也别伤害我的妻子。

"她没有面对媒体的经验,所以不要为难她。在你们眼里,她是苏谦诚的老婆。可在我的眼里,她只是韩潇璃,是我要用一辈子时间去保护、爱护、负责任的人,是我要共度一生的伴侣。"

苏晓晨的到来其实有些意外,韩潇璃是在两个月的时候检查出来的,可当时他们两个并没有要生宝宝的计划,她来得很突然,也很惊喜。

苏谦诚原本还在一线,女儿来报到之后他慢慢地就把手头的工作交接了,从怀孕到苏晓晨周岁的这段时间里,他除了自己的公司在运营之外任何活动都不接。

苏晓晨降临人世之后,苏谦诚果断变身奶爸,偶尔他有私人饭局,有幸的都能见到这位苏家捧在掌心里的小公主。

有人好奇地问起苏晓晨的妈妈时,苏晓晨都会很自觉地帮爸爸回答:"妈妈赚钱养家,爸爸做家庭妇男。"

可有人问得深一点儿了,苏晓晨就瞪着圆溜溜的眼睛眨也不眨地看着他,那意思就在说:"你个臭不要脸的,明知道我不会还问我!"

苏晓晨跟爸爸更亲厚一点儿,三句不离爸爸,最黏人的时候半小时没看见苏谦诚都要大哭大闹。

不过,这个情况只发生在苏晓晨遇见她人生中另一个重要的男人之前。

那个男人不是别人,正是苏谦诚求而不得那位的儿子——秦昭阳。

在全家人的期待和满满爱意里来到了这个人间,一出生就有爸爸的守护,妈妈的疼爱,此后成长一帆风顺,她被捧在掌心里,呵护着一点儿点儿长大。

## 番外五　踏过时光

有一个帅气的竹马，虽然少年老成，不爱说话，偶尔还腹黑毒舌，可她的生命里总算是多了一个人的陪伴，从小陪她长大，保驾护航。

一起走过那些宝贵的童年时光，参与纠缠着彼此的人生。

从最初的青涩懵懂，一路相伴相随，他们的故事从相遇便开始。

你说，缘分这种东西，怎么就那么神奇？

虽然结局了，可故事，从来就没结束，他们依然好好地沿着自己的轨迹慢慢走着，踏过时光，路过繁华，始终相亲相爱地存在着。

你们在，他们便一直都在。

## 番外六
## 你乖

宋星辰看着交易关闭的理由，鼠标一点儿看了一眼地址，颇有些头疼地捏了捏眉心。

苏团长正斜倚在床头看军事杂志，察觉到她这个动作，起身给她热了一杯牛奶："累了就去歇会儿，嗯？"

宋星辰拿出手机，在备忘录上敲了地址，这才就着他的手把牛奶喝了，去库房翻出一套情趣护士服。

苏清澈往电脑上看了一眼，眉头就皱了起来："你自己去送货？"

"嗯，同城交易，我自己送她等会儿就能拿到，如果给快递要到明天了。"说话间，她整理了一下自己的东西就准备出门。

苏清澈一把拉住她："我送你。"

苏清澈一路上都沉着一张脸，哪怕宋星辰反复强调买家是她的老客户，她们见面交易也不下三次了，而且对方是个手无缚鸡之力的女人。

她强调第三遍的时候，苏清澈侧过脸去瞪了她一眼："闭嘴。"

哟，真生气了？

等回到家，苏清澈也懒得理她，径直上了楼。

这种低气压维持了两天,在宋星辰特意挑衅地穿了一件情趣旗袍站在房间门口时终于告终了。

苏清澈冷着脸看了她一眼,丝毫不为所动。

宋星辰心里"啐"了一声,倒抽一口凉气,这都不吃?

这么想着,她转身去库房打包了一个包裹,特意晃进房间里:"我要去同城交易了,你送我去。"

苏清澈这回有反应了,脸色猛地沉了下来:"你再说一遍。"

"不送拉倒。"她勾起唇角似笑非笑地睨了他一眼,摇曳生姿地走了出去。

还没走到楼梯口就被人一把拽住了手腕给拉进了卧房。

苏清澈一把关上门,紧紧地把她压制在门后,很不开心地眯起了眼:"我是不是说过不准了?"

宋星辰把手里的包裹往地上一扔,无辜地眨着眼,笑眯眯地看着他:"送到了啊,苏先生你还不签收吗?"

苏团长不出声,看了她好一会儿:"暂时没有签收的打算。"他微微松开她,"想和掌柜的验过货再说。"

话音一落,他横抱起她直接扔在了柔软的床上。

她被这冲力抛得脑袋晕了一下,再回神他已经覆了上来,很不客气地吻住她的唇。宋星辰突然笑起来,搂住他,抵着他的唇讽刺道:"不是不打算理我吗?"

"看情况而定。"

旗袍有些碍事,所以苏团长很是干脆利落地将旗袍撕开。

"我刚买的!"她扯住衣领,抬手开始反抗,"不跟你玩儿了。"

"我也没跟你玩儿。"他握住她的手控制在她的头顶,吻住她的唇。

宋星辰睁开雾蒙蒙的双眸看着他,手指在他的衬衫上比画了一下:"我要为我的旗袍报仇。"

苏团长一口咬在她的下巴上:"不能专心点儿?"

她哼了一声:"我不想配合你。"

苏清澈轻轻地吻着,哄着她。

宋星辰环住他的后颈,嘟囔道:"晚点儿还要去接滚滚。"

苏团长看了一眼时间,慢条斯理地:"不急。他自己也能走回来。"

宋星辰:……当爹的你是不是太不走心了?

夕阳都要西下了,他这才紧紧地抵着她,和她一起颤起来。

她像是刚从水里捞出来,汗津津地,他扯了被单裹住她,在她唇上眷恋地吻:"老婆……"